DESEO

MAUREEN CHILD

EL SOLTERO PERFECTO

Editado por Harlequin Ibérica.
Una división de HarperCollins Ibérica, S.A.
Avenida de Burgos, 8B - Planta 18
28036 Madrid

© 2025 Harlequin Ibérica, una división de HarperCollins Ibérica, S.A.
N.º 558 - 27.2.25

© 2021 Maureen Child
El soltero perfecto
Título original: The Wrong Mr. Right

© 2021 Maureen Child
Más que un negocio
Título original: One Little Secret
Publicadas originalmente por Harlequin Enterprises, Ltd.
Estos títulos fueron publicados originalmente en español en 2022

I.S.B.N.: 978-84-1074-526-1
Depósito legal: M-25736-2024
Impreso en España por: BLACK PRINT
Fecha impresión para Argentina: 26.8.25
Distribuidor exclusivo para España: LOGISTA
Distribuidor para México: Distibuidora Intermex, S.A. de C.V.
Distribuidores para Argentina: Interior, DGP, S.A. Alvarado 2118.
Cap. Fed./Buenos Aires y Gran Buenos Aires, VACCARO HNOS.

Capítulo Uno

Bennett Carey estaba al borde de un ataque de nervios.

Y su madre estaba a punto de empujarlo por el precipicio.

–Mamá –dijo, tratando de no perder la paciencia–, no necesito que redecores mi casa.

Candace Carey estaba sentada frente a él, al otro lado de su escritorio, y descartó su comentario con un movimiento de la mano. El sol se reflejó en el enorme brillante de su alianza y los reflejos iluminaron la cara de su hijo.

–Yo no diría que es una casa, Bennett –replicó, y miró a su alrededor–. Y, mucho menos, un hogar –añadió, al tiempo que movía la cabeza–. Este despacho de las oficinas de la empresa tiene más personalidad que esa casa. Llevas cinco años viviendo allí y parece que es una casa de alquiler. O que está vacía.

Él la miró con el ceño fruncido y murmuró:

–En este momento, no lo suficientemente vacía.

Desde que sus padres habían iniciado lo que sus hijos denominaban «las guerras de la jubilación», no había forma de saber cuál iba a ser el siguiente paso de su madre. Y parecía que ni siquiera en su despacho de las oficinas centrales de Carey Corporation iba a estar a salvo de sus interferencias. Incluso había ofrecido un aumento de sueldo a su secretario, David, si conseguía mantenerla fuera del despacho. David había rehusado la oferta.

Bennett no podía reprochárselo. Su padre, Martin Carey, le había prometido a su mujer que iba a jubilarse y que iban a hacer los viajes que siempre habían estado planeando. Sin embargo, su padre era incapaz de alejarse de la empresa familiar. Aunque, ahora, él era el consejero delegado, Martin se aseguraba de dar su opinión acerca de todo lo que hiciera su hijo. Así que, para demostrarle a su marido lo que sentía por haber sido abandonada en aras del trabajo, su madre lo había dejado después de un matrimonio de casi cuarenta años y se había ido a vivir con Bennett.

—Las paredes son de color beis, Bennett.

—A mí me gusta el beis.

—A nadie le gusta el beis —dijo su madre—. No es un color. Solo es ligeramente mejor que el blanco. Necesitas color en tu vida, Bennett, y me refiero a algo más que a las paredes de tu casa. Corres el peligro de convertirte en alguien como tu padre. Antes de que te des cuenta, habrás consagrado tu vida a esta empresa y te habrás olvidado de todo lo demás.

—No es cierto. Yo tengo una vida. Por ejemplo, acabo de estar en mi cabaña de Big Bear.

Había ido a la cabaña para intentar escaparse de su familia que, en aquel momento, lo estaba volviendo loco. Se suponía que iba a ser una semana llena de paz y tranquilidad, pero solo había durado dos días allí. ¿Quién podía vivir sin los sonidos de la ciudad? ¿Sin una buena conexión a internet? ¿Sin cemento? En aquella cabaña había demasiada naturaleza.

–No has invitado ni a una sola mujer a casa durante las dos semanas que yo llevo viviendo contigo.

Él se quedó boquiabierto.

–Por supuesto que no. Tú eres mi madre –respondió.

No podía creer que estuvieran manteniendo aquella conversación. De repente, echó de menos la paz y la tranquilidad de la cabaña.

–Y, como soy tu madre, sé muy bien lo importante que es una buena relación sexual para tener una vida sana.

Él alzó ambas manos y cabeceó.

–Te lo ruego, déjalo ya. No sigas.

Ella dio un resoplido.

–No sabía que eras tan mojigato, Bennett.

–No lo soy –respondió él–, pero no voy a hablar de sexo con mi madre.

–Tus hermanas no tienen ningún problema en hablar de esto conmigo.

–Ya. Tampoco voy a hablar de su vida sexual.

Eran sus hermanas, y no quería saberlo.

–Bueno, pues yo creo que…

Por suerte, el teléfono sonó en aquel mismo momento.

–¿Sí? –respondió él, rápidamente.

Mientras escuchaba a su secretario, Bennett alzó una mano para pedirle a su madre que se mantuviera en silencio.

–¿Es grave? –preguntó.

–Sí, señor –dijo David–. Los bomberos ya están allí.

–Muy bien. Voy para allá ahora mismo –dijo él.

Colgó, tomó la chaqueta del traje y se la puso.

–Lo siento, mamá, vamos a tener que dejar la conversación para más tarde.

O para nunca.

–Antes, dime qué ocurre.

–Ha habido un incendio en The Carey.

A su madre se le escapó un jadeo.

–¿Hay algún herido?

–Todavía no lo sé –respondió él, mientras se dirigía hacia la puerta–. En cuanto lo sepa te lo diré.

Tardó un poco menos de media hora en llegar desde Irvine, en California, a Laguna, donde la familia tenía su restaurante de cinco estrellas, al borde de un acantilado, desde hacía décadas. Era un lugar rústico pero elegante, construido con madera de cedro que el aire del mar había ido desgastando, y con enormes cristaleras que proporcionaban maravillosas vistas. En el amplio porche delantero había asientos tapizados de azul marino para que la gente pudiera esperar cómodamente mientras le asignaban una mesa. El edificio estaba junto a la autopista de la costa del Pacífico, pero lo suficientemente alejada de la carretera como para que hubiera espacio para una docena de jardineras de piedra con flores. El aparcamiento estaba a la izquierda, y en la parte trasera había un patio muy amplio con solera de pizarra, lleno de asientos desde los que poder admirar una incomparable vista del océano Pacífico.

Sin embargo, en aquel momento había tres camiones de bomberos, un par de coches patrulla y una ambulancia, algo que le preocupó. Esperaba que todos los empleados hubieran podido salir del local sanos y salvos.

Aparcó el BMW a cierta distancia y se abrió paso, rápidamente, entre la gente que se había arremolinado allí para observar el enorme agujero que había en el tejado del restaurante y el humo que ascendía y se retorcía debido al aire que soplaba desde el mar.

Se aflojó la corbata, porque tenía un nudo en la garganta. Había agua por todas partes y apestaba a madera y plástico quemados. A Bennett se le encogió el corazón.

–Señor Carey.

Se giró y vio a un bombero de unos cuarenta años. Tenía la cara manchada de hollín y el uniforme húmedo a causa del agua y los productos químicos.

–Uno de sus empleados me dijo quién era usted. Yo soy el capitán Hill.

–¿Están todos bien? –preguntó él.

–Sí –respondió el capitán, y miró hacia el restaurante–. En ese momento solo estaban dentro los cocineros, y salieron rápidamente. Nos llamaron desde el exterior.

–Qué alivio –dijo él. Era muy consciente de que los edificios podían reconstruirse, pero las vidas humanas no eran recuperables.

–¿Cómo se originó el incendio?

El capitán Hill se quitó el casco y se pasó una mano por el pelo empapado.

–El inspector vendrá un poco más tarde y convocará a todo el mundo, pero puedo adelantarle que, en mi opinión, ha sido un cable eléctrico defectuoso. ¿Cuántos años tiene el edificio?

Bennett suspiró.

–Más o menos, sesenta.

Era culpa suya. Debería haberse ocupado de aquel asunto justo después de que lo nombraran consejero delegado. Sin embargo, con todo lo que tenía que atender y su padre entrometiéndose constantemente, no había tenido tiempo. Aunque debería haberlo encontrado, porque en eso consistía su función principal: en que todo marchara como la seda.

–¿Puedo entrar a echar un vistazo?

El capitán Hill frunció el ceño, pero respondió:

–Sí. Es seguro. Está todo sucio y húmedo, pero es seguro. Tenga cuidado, eso sí. Algunos de mis hombres siguen dentro, así que, si necesita algo, puede preguntarles a ellos.

–Muy bien. Lo haré. Gracias –dijo Bennett, y se dirigió hacia el restaurante.

Por el camino, pasó por encima de las mangueras y de algunos charcos, y rodeó a los bomberos que estaban recogiendo el equipo de extinción. Una vez dentro, miró a su alrededor y exhaló un suspiro. No solo iba a tener que encargarse de reparar los daños provocados por el fuego, sino, también, de los destrozos que había causado el agua en los muebles, en las paredes y el suelo. Era una pesadilla.

Había estado allí dos días antes con Jack Colton, el prometido de su hermana Serena. Aquella noche, como siempre, el ambiente era elegante y acogedor. Las paredes eran de un color adobe claro, y estaban adornadas con pesadas vigas oscuras. Los ventanales eran muy amplios y las lámparas de bronce parecían del siglo anterior. Las mesas estaban vestidas con manteles blancos y jarrones de flores. La cubertería era pesada, la cristalería estaba tallada a mano, el servicio era impecable y la comida, superior a la de cualquier otro lugar.

Sin embargo, en aquel momento parecía un escenario de guerra. Aunque los bomberos hubieran vencido al fuego, había otra batalla que librar. Era muy consciente de que la tradición de aquel lugar iba a tener que cambiar.

Parecía que, últimamente, estaba rodeado de cambios. Sus hermanas estaban cambiando las cosas. Su hermano Justin estaba evitando a la familia. Su madre, por el amor de Dios, se había ido a vivir a su casa. Y su padre se negaba a apartarse del trabajo y le complicaba la vida mucho más de lo que debiera.

Al mirar a su alrededor, tuvo que aceptar que los daños que había sufrido The Carey era otra carga más que recaía sobre sus hombros.

Pasó por delante del bar y entró en la cocina. Tuvo que contenerse para no suspirar de nuevo.

—Está claro que vamos a tardar en dar cenas otra vez —dijo.

Y eso también era un problema grave.

Al menos, sabiendo que los empleados estaban sanos y salvos, podía concentrarse en solucionarlo.

Había una cena formal organizada en el restaurante dentro de cuatro semanas. Ya se habían enviado las invitaciones y se había hecho un anuncio público en los medios de comunicación. Era demasiado tarde para cambiar el lugar de la celebración, y no estaba dispuesto a cancelarla. Así pues, solo podía hacer una cosa.

Sacó el teléfono móvil y llamó a su secretario.

—David, por favor, consigue al mejor contratista

del condado. Necesito que se pongan a trabajar en el restaurante inmediatamente.

–Sí, señor.

Bennett colgó y siguió evaluando los daños. La cocina necesitaba una reparación completa. El suelo, de tablones de roble centenario, necesitaría acuchillado y barnizado. El bar estaba manchado de humo de tabaco y lleno de agua, y el espejo que había detrás de la barra había quedado hecho añicos, como las botellas de licor. Las mesas de nogal estaban volcadas y también necesitarían arreglos, por no hablar de las sillas.

Abrió su bloc de notas y comenzó a elaborar una lista. A medida que apuntaba el suelo, los licores, las paredes y los muebles, iba mascullando maldiciones en voz baja. Por lo menos, la lista le proporcionó algo en lo que concentrarse. Las listas, si se utilizaban bien, podían resolver casi cualquier problema.

–Cuatro semanas –dijo, y emitió un gemido–. En cuatro semanas, esto tiene que volver a ser un establecimiento de primer nivel.

–Sí, y no veo que eso pueda suceder.

Bennett miró a su izquierda y vio a su chef, el afroamericano John Henry Mitchell. El chef medía un metro noventa, tenía el pelo corto y rizado y los ojos marrones, de mirada perspicaz. Tenía el físico de un jugador de la Liga Nacional de Fútbol Americano y era un artista en la cocina.

–John Henry –dijo Bennett, tendiéndole la mano. El chef se la estrechó–. Estoy muy aliviado de que todos estéis bien.

–Sí, yo, también –respondió el chef, y su voz grave

retumbó como un trueno–. Dos de los cocineros estaban aquí, preparándolo todo para esta noche.

–¿Están bien?

–Un poco asustados, pero sí.

John Henry agitó la cabeza y miró a la pared del otro extremo de la cocina.

–Empezó allí –dijo, señalándola–. Yo no me di cuenta, al principio, porque estaba en la cámara haciendo recuento del género.

–No es culpa tuya.

–Sí, ya lo sé. Fue el cableado, Bennett. Los bomberos dicen que estalló, que el fuego se extendió como la pólvora por las paredes y el techo y que, de ahí, pasó al ático y prendió el techo. Este cedro tan viejo y las tejas alimentaron el fuego y, bueno, ya sabes el resto –dijo el chef, y se encogió de hombros–. Saqué de aquí a los chicos y llamé a los bomberos. Nos quedamos esperando fuera, viéndolo todo.

–Sí –dijo Bennett, y le dio una patada a un trozo de madera carbonizada, que se deslizó por el suelo–. Gracias por llamar tan rápidamente.

–Esto es un desastre, Bennett.

–Sí, desde luego que lo es.

Los dos hombres siguieron evaluando los daños en silencio, durante un par de minutos.

–¿Qué vas a hacer con esa fiesta? Solo quedan cuatro semanas.

–Ya lo sé –dijo Bennett–. Le he pedido a mi secretario que encuentre al mejor constructor del condado.

John Henry se echó a reír.

–Está a punto de llegar el verano, Bennett. Todos los contratistas van a estar ocupados con los patios, las piscinas y Dios sabe cuántas cosas más. Yo mismo tengo a uno que va a empezar a hacerme un muro de contención en el patio trasero el lunes.

–Encontraré a alguien –dijo Bennett–. Si tengo que pagar el doble, lo haré.

–Bueno, pues así, quizá lo resuelvas –dijo John Henry, pensativamente.

–Lo voy a conseguir como sea –dijo Bennett, mirando a su amigo–. El dinero es una buena motivación para cualquiera. Voy a conseguir al contratista y a celebrar esa cena. Tú sigue preparando el menú. Por supuesto, chuletas…

–Por supuesto.

The Carey ofrecía las mejores carnes de California, sin duda. Era una tradición de las que no iba a cambiar.

–Tú ocúpate del resto del menú –dijo Bennett, agitando una mano.

John Henry se echó a reír.

–Sí, ya sé que tengo que hacerlo. No te iba a dejar a ti esa tarea.

Bennett sonrió con una expresión de ironía.

–Mejor, no.

Respiró profundamente y arrugó la nariz al percibir el olor desagradable de la madera quemada y el humo. Después, miró a su amigo.

–Bueno, ¿necesitas algo?

–No. Yo estoy bien.

–Pagaremos los sueldos aunque el equipo no pueda trabajar hasta que el restaurante esté completamente renovado.

John Henry sonrió.

–Ya le he dicho a todo el mundo que ibas a hacerlo.

Bennett enarcó las cejas.

–¿Tan seguro estás de ti mismo?

–No, estoy seguro de ti, Bennett. Sé que te preocupas por tus empleados.

Bennett se sintió azorado e incómodo, y dejó pasar el comentario. No se merecía ningún reconocimiento por cumplir con su deber.

–Bueno, John Henry, no tienes por qué quedarte más. Vete a casa. En cuanto empiecen a trabajar aquí, te aviso.

–Bien –dijo el chef–. Tengo algunas ideas para mejorar la cocina.

–De eso estoy seguro –respondió Bennett.

John Henry se echó a reír.

–Como hay que rehacer la cocina, se puede hacer esos cambios que llevo pidiéndote estos cinco últimos años. Por ejemplo, encimeras más altas, para no tener que trabajar encorvado…

–De acuerdo. Haz una lista.

John Henry le dio una palmada en la espalda.

–¿Cuántas listas has empezado tú hoy?

–Dos –dijo Bennett, cabeceando–. Y seguro que empezaré más.

Estaba seguro de que iba a concederle a John todo lo que pidiera para la cocina. Aquel hombre era el mejor chef de California, y no quería que ningún otro restaurante se lo robara.

–Cuando hable con el constructor, tú estarás presente.

John Henry asintió. Después, los dos amigos se miraron y se echaron a reír.

Bennett suspiró y dijo, con una sonrisa:

–Sí, ya sabías que ibas a estar presente en la conversación. Prepara la lista y te aviso en cuanto dé con un contratista.

John Henry sonrió.

–Sí, será mejor que empieces cuanto antes. Cuatro semanas no es mucho tiempo.

Pocos días después, a Bennett se le estaba acabando la paciencia. Aunque no quisiera admitirlo, John Henry tenía razón. Su secretario había llamado a todos los contratistas conocidos de Orange County y todos habían respondido negativamente. Ni siquiera el dinero había podido resolver aquel problema. Como necesitaba rehabilitar el restaurante a toda costa, no había tenido más remedio que reunirse con la representante de una empresa constructora pequeña, Construcciones Yates, con buenas críticas en internet.

Estaba allí, en The Carey, con una mujer que no era lo suficientemente grande como para sostener un martillo. La observó mientras ella se movía por el restaurante, evaluando los daños. Era muy menuda, diminuta. No medía más de un metro cincuenta centímetros, pero era impresionante.

Tenía el cuerpo pequeño, compacto y curvilíneo. Tenía el pelo negro y rizado, y lo llevaba corto, de modo que la melena enmarcaba su rostro ovalado. Su boca era carnosa, tenía los pómulos altos y los ojos muy brillantes, de color verde. Hannah Yates no era, en absoluto, lo que él se esperaba.

Se irritó un poco al darse cuenta de que estaba desconcentrado. Hannah era toda una distracción, y eso no era lo que él necesitaba en aquel momento. Lo que necesitaba era una buena constructora y, en vez de eso, estaba mirando embobado a un duendecillo muy sexy.

Según lo que le había contado, su padre, Hank, era el dueño de la empresa hasta que ella se había hecho cargo, hacía tres años. Le mostró sus referencias y fotografías de otras obras que habían realizado, y no dejó de hablar ni un momento. Parecía que conocía bien su profesión. El único problema era que él no sabía si una empresa pequeña podría acometer y terminar aquella obra en un plazo de cuatro semanas.

Ella estaba muy ocupada tomando notas en su tableta y haciendo mediciones.

—¿Para cuándo necesita que esté terminada la obra? —le preguntó.

—Para dentro de cuatro semanas.

—¡Ya! —exclamó ella, y cabeceó como si estuviera hablando con un loco. Después, se puso a murmurar.

A él se le habían acabado las opciones. Aquella mujer y su pequeña constructora eran su última esperanza. No iba a ser fácil encargarle aquella obra, pero no le quedaba más remedio. Y eso era difícil de asimilar para un hombre que estaba acostumbrado a llevar las riendas. Iba a ser todo un reto confiar en una mujer que parecía un duendecillo.

Capítulo Dos

Cuatro semanas. Hannah tuvo que contenerse para que no se le escapara una carcajada. Aquel hombre tenía que estar de broma.

Él la seguía con la mirada mientras ella se movía por aquel restaurante de lujo de Laguna. Lo que había sucedido era una lástima. Nunca había tenido la oportunidad de comer allí, ¿quién podría permitírselo? Y, ahora que por fin había entrado a The Carey, estaba viéndolo en su peor momento.

Y parecía que a Bennett Carey, también. No estaba muy contento de tener que tratar con ella, pero, si quería salvar su restaurante, iba a tener que superarlo.

«Pero míralo», pensó. Allí, entre los escombros, parecía un modelo de revista. A pesar del polvo, se las había arreglado para que sus zapatos mantuvieran el brillo. Cuando se giró para seguir tomando medidas, notó que la estaba observando.

Se estaba preguntando si ella podía hacer el trabajo. Como era bajita y mona, los hombres tenían tendencia a subestimarla. No era la primera vez que iba a tener que demostrar lo que valía.

Que él fuera el hombre más guapo que había visto en su vida no quería decir que ella se olvidara del verdadero trofeo.

Que era conseguir aquel trabajo.

No estaba buscando a ningún hombre y, si así fuera, no sería Bennett Carey. No jugaban en la misma liga, y ella lo sabía. Ya había sufrido por salir con un hombre rico, y no tenía la intención de cometer el mismo error.

Sin embargo, trabajar para él era otra cosa.

Siguió observando los daños que habían provocado el incendio y la extinción del fuego. El suelo de roble estaba quemado y habría que acuchillarlo, repararlo y volver a teñirlo. Había que reforzar las mesas, y la magnífica barra del bar necesitaba el mismo tratamiento que el suelo.

Aquel restaurante era un sitio de gran interés en Laguna y, si fuera ella la elegida para devolverle la vida… Eso pondría a su empresa en un lugar destacado. Solo tenía que convencer a Bennett Carey de que sus empleados y ella podían conseguirlo.

Terminó de tomar notas y se acercó a él.

—El local ha sufrido daños muy graves.

—Sí —dijo él con ironía—. Ya me he dado cuenta.

Ella ignoró el comentario. Volvió a mirar sus notas y dijo:

—Me refiero a que hay muchísimo trabajo.

—¿Quiere decir que no puede hacerse cargo?

—Por supuesto que no quiero decir eso —respondió ella, y señaló el logotipo de su camiseta roja—. Aquí dice «Construcciones Yates». Eso significa que yo construyo.

Él suspiró.

—Lo que quería preguntar, en realidad, es si su empresa de construcción es lo bastante grande como para hacerse cargo de toda la obra.

—Mi empresa puede hacerse cargo de cualquier obra. Puedo darle referencias, y usted puede hacer las llamadas que crea oportunas.

—He hablado con un par de antiguos clientes suyos mientras usted tomaba notas.

—Vaya, no pierde el tiempo, ¿eh?

—No puedo perder ni un minuto. E investigué sobre usted antes de concertar la reunión. Tiene unas críticas excelentes, pero ninguna de sus obras ha sido de esta envergadura.

Cierto. Construcciones Yates, la empresa que había fundado su padre y cuyas riendas había tomado ella hacía tres años, tenía una buena reputación, pero la mayoría de sus trabajos habían sido en el ámbito residencial o en pequeñas empresas. Estaba orgullosa de todos aquellos proyectos, pero The Carey era otra cosa. Por eso deseaba tanto hacerse con aquella obra; trabajar para la familia Carey le abriría las puertas de los más ricos, de gente aburrida que buscaba un modo de gastar su dinero.

—Si se unen todas, sí lo han sido.

—Lo que quiero decir es que…

—Sé lo que quiere decir. Mis empleados pueden hacerlo. Tengo más fotografías del antes y después de las obras aquí en la tableta. Si quiere, puede verlas.

Le ofreció la tableta y Bennett miró las fotografías en silencio. Hannah sabía que eran unas fotos impresionantes, puesto que las había hecho ella misma. Sabía que sus obreros eran muy buenos. Bennett Carey frunció el ceño como si no quisiera reconocer que era tan capaz como decía.

Un minuto después, le devolvió la tableta.

–Necesito que la obra esté terminada dentro de cuatro semanas –repitió.

Hannah lo miró y se echó a reír. Así que no estaba bromeando. Debería haberse contenido, porque de verdad quería conseguir aquel trabajo. Pero, por otro lado, aquel hombre estaba en medio de un restaurante destruido por un incendio, con un traje que, seguramente, costaba más que su furgoneta, dando órdenes absurdas como si fuera un rey.

–¿Le parece gracioso? –preguntó él, con una mirada intimidante.

–Pues, sí, eso ha sido muy gracioso. Antes pensé que lo decía en broma. ¿Cuatro semanas para arreglar todo esto? –inquirió ella.

–Tengo una cena muy importante organizada aquí para dentro de cuatro semanas. No puedo posponerla, y no puedo celebrarla en ningún otro sitio. Quiero que sea aquí.

–Lo entiendo, pero debe saber que es prácticamente imposible hacer todo este trabajo en ese plazo.

–Eso me han dicho, y repetidamente. Pero, imposible o no, necesito que se haga.

–Entonces, otros constructores ya le han dicho lo mismo.

–Sí –dijo él–. Además de informarme de que estaban completamente ocupados durante los dos próximos meses.

–Así que necesita a Construcciones Yates –dijo ella. Claramente, no era su primera elección, pero, si conseguía aquella obra y la llevaba a cabo en el plazo convenido, en el futuro sería la primera elección de todo el mundo. Construcciones Yates era una buenísima empresa y, cuando se lo hubiera demostrado a Bennett Carey, todo iría sobre ruedas.

—Básicamente, sí.

—Podemos hacerlo, pero no puedo prometerle que sea en cuatro semanas.

—Entonces, no puedo contratarla.

—Soy la única opción que tiene —respondió ella.

A juzgar por su expresión, al rey Carey no le gustó oír aquello. Sin embargo, le gustara o no, los dos sabían que era cierto. Él miró a su alrededor otra vez, como si se estuviera recordando a sí mismo lo mala que era la situación.

—¿Cuánto tiempo necesitaría? —le preguntó.

—En un mundo perfecto, ocho semanas —respondió ella.

—Pero el mundo no es perfecto.

—Cierto. Digamos que seis semanas. Para hacerlo en cuatro semanas, tendría que pagarles horas extra a mis empleados todos los días. Serían muchas horas.

—Así que es posible.

Ella sonrió. Bennett Carey era gruñón, pero también era muy rápido.

—Sí, es posible, si a uno no le importa trabajar hasta la muerte.

—Cuatro semanas haciendo horas extra no es para tanto.

—No, no es para tanto, pero es muy caro. Subiría mucho el presupuesto.

—Eso no me preocupa. Estoy dispuesto a cubrir las horas extra de sus empleados. Y, si termina la obra en el plazo de cuatro semanas, estoy dispuesto a darle un bonus.

–¿Qué tipo de bonus?

–Cincuenta mil dólares. Por encima del presupuesto convenido.

Hannah estuvo a punto de quedarse boquiabierta, pero se contuvo. Con el corazón acelerado, se dio cuenta de que cincuenta mil dólares era una cantidad superior a lo que le cobraría por la obra completa. Con ese dinero podría pagar los préstamos que había pedido para comprar equipos nuevos para la empresa, saldar todas las deudas y darles a sus empleados las primas que se merecían.

Mientras ella pensaba, Bennett volvió a hablar.

–Está bien. Cien mil dólares.

En aquella ocasión, ella no pudo disimular su reacción.

–¿Se ha vuelto loco?

Él enarcó una ceja.

–¿Acaso no le interesa?

–Por supuesto que sí me interesa –respondió ella.

–Entonces… ¿qué otra cosa puede necesitar a modo de incentivo?

–Nada. Pero me parece que usted tiene que ir al psicólogo.

Él se atragantó al intentar reprimir una carcajada. Al menos, ella tuvo esa sensación, aunque era difícil saberlo con certeza, puesto que no parecía que fuera un hombre acostumbrado a reírse. Seguramente, lo que ocurría era que no tenía práctica.

–¿Cerramos el trato, o no?

No respondió inmediatamente. Aunque tenía que pensar ciertas cosas y hacer cálculos, sabía que iba a aceptar el trabajo, porque lo necesitaba. Y no por el bonus, sino porque le abriría el camino hacia reformas de primera magnitud, restauraciones de edificios… Sería una gran oportunidad.

Además, un bonus de cien mil dólares…

–Cuatro semanas –murmuró, mirando a su alrededor.

–Ni un día más –dijo él.

–Tendremos que trabajar hasta muy tarde para acabar a tiempo.

–Ya he aceptado el pago de las horas extra. Y, además, está el bonus.

Ella lo miró con los ojos entrecerrados.

–Esa cena debe de ser muy importante para usted.

–Pues sí, lo es.

–Tendré que cambiar la fecha de algunas de las obras que ya tengo en marcha para poder hacer este trabajo.

–Y también obtendrá una buena recompensa por ello. Entonces, ¿cerramos el trato, sí o no? –insistió él.

Y ella le tendió la mano.

–Sí, lo cerramos.

Él le estrechó la mano y, con el calor de su contacto, a ella le chisporroteó la sangre. Por un momento, perdió la capacidad de pensar, y se preguntó si, a pesar del bonus, no estaba cometiendo un error al hacer negocios con Bennett Carey.

Para calmarse, se zafó de su mano y comenzó a hablar de nuevo.

–¿Está seguro de que acepta el pago de las horas extra de mis empleados? Tendrán que trabajar mucho.

Él apretó la mandíbula y asintió con sequedad.

–Ya le he dicho que sí. Siempre y cuando no se interrumpa el plazo de la obra, acepto el presupuesto.

Ella cabeceó suavemente mientras murmuraba algo.

–¿Qué dice?

–He dicho que, tal vez, debieran interrumpirle a usted más a menudo. Está un poco tenso.

–Gracias por su comentario –dijo él con tirantez–. Lo tendré en cuenta.

Después, miró la hora en su reloj de pulsera, que parecía de oro macizo.

–Cuando comiencen a trabajar –prosiguió–, mi chef, John Henry Mitchell, se pondrá en contacto con usted para hablar de los cambios que quiere para la cocina.

Ella se quedó sorprendida.

–¡Vaya! ¿Deja que su jefe de cocina tome ese tipo de decisiones?

–Yo no sé cocinar.

–Sí, eso me lo imaginaba –respondió ella. Seguramente, tenía un chef también en su casa–. Necesito la llave.

–Sí, yo también me lo imaginaba –replicó él, con una sonrisa, y le entregó la llave.

Ella la agarró con fuerza, como si estuviera agarrando su futuro.

Él miró a su alrededor por última vez y dijo:

–Bueno, la dejo para que pueda comenzar.

Cuando Bennett Carey salió del restaurante, ella tuvo la impresión de que, quizá, debería haberle despedido con un saludo marcial.

***

Aquella tarde, en la reunión familiar, Bennett estuvo observando en silencio a los Carey. Estaba con sus hermanas y sus padres, escuchando a medias las conversaciones. Observó distraídamente los ventanales, a través de los cuales se veía el cielo azul y los otros edificios de cromo y cristal que rodeaban sus oficinas.

A lo lejos estaba el mar y, un poco más cerca, la autopista, con un tráfico constante. Por encima de todo aquello, el silencio podía ser ensordecedor en su despacho, a no ser que hubiese una reunión de la familia Carey. Tal vez ese fuera el motivo por el que su hermano menor, Justin, evitaba aquel tipo de reuniones.

Otro motivo de irritación para él. No sabía qué era lo que estaba haciendo su hermano, y eso no le gustaba. Iba a tener que hablar con él pronto.

Durante una pausa, él captó la atención de todo el mundo al anunciar que había contratado a una empresa para que rehabilitara The Carey.

–¿Qué empresa? –preguntó su hermana Amanda.

–Construcciones Yates –respondió él–. Su gerente se llama Hannah Yates.

–Una mujer –dijo Serena, sonriendo–. Bien hecho, Bennett.

–No la he contratado porque fuera mujer.

–Seguramente, ni te has dado cuenta –dijo Amanda, resoplando.

Serena también dio un resoplido.

Bennett frunció el ceño, porque, a pesar de lo que pensaran sus hermanas, él sí se había fijado en Hannah Yates. En sus ojos verdes, en sus curvas, en su diminuto cuerpo y en su forma de moverse, con gracia y seguridad en sí misma.

–¿Construcciones Yates? –preguntó su padre con el ceño fruncido–. Nunca había oído hablar de ellos.

–No creo que conozcas a todas las constructoras del condado de Orange, ¿no? –inquirió su madre.

–No, per...

–Seguro que Bennett se ha ocupado de comprobar sus referencias.

–Gracias, mamá –dijo él–. Por supuesto que lo he hecho.

–¿Y cuánto tiempo lleva Hannah Yates en el mundo de la construcción? –preguntó Amanda.

–Creo que toda su vida, pero tomó las riendas de la empresa de su padre hace tres años.

–No puede ser muy fácil para ella dirigir su propia empresa en ese sector.

–Mandy tiene razón –dijo Serena–. Debe de ser muy buena en lo que hace, porque la construcción es un terreno de hombres, generalmente.

–Sí –dijo Bennett–. Pero yo no estaba pensando en el feminismo, sino en conseguir una constructora que pudiera terminar la obra, y Hannah Yates ha dicho que podía hacerlo.

–¿Y tú lo crees? –preguntó su padre.

–Sí, papá. He investigado a la empresa, y tiene una buena reputación. Sus antiguos clientes hablan maravillosamente de ella.

–¿Y eso es suficiente para ti?

–Como ha dicho mamá, comprobé minuciosamente las referencias que me dio. Por otra parte, no tengo muchas más opciones, papá –dijo él, encogiéndose de hombros–. Todas las constructoras más conocidas tenían ya obras para el verano.

–Así que está todo decidido –dijo su padre, con un resoplido de desaprobación.

Bennett miró a sus hermanas en busca de apoyo. Serena se encogió, y Amanda se tapó la sonrisa, disimuladamente, con una mano.

–Si te hubieras jubilado, tal y como se suponía que ibas a hacer –dijo su madre–, ahora estaríamos en el Caribe, en un crucero, y no sabrías nada de esto.

Martin frunció el ceño.

–Pero lo sé.

–Exacto. ¿Y por qué? Porque no estás dispuesto a dejar la empresa, aunque lo prometiste –dijo Candace.

–Ay, Candy…

Bennett se frotó el puente de la nariz. Las guerras de la jubilación continuaban su curso. Entre sus padres, la empresa, el incendio del restaurante y la ausencia de su hermano, tenía la sensación de que el suelo se iba a hundir bajo sus pies. Y eso, sin tener en cuenta a sus hermanas y a sus nuevos prometidos.

–Las fotos de sus trabajos son muy buenas –dijo Amanda, y él tuvo ganas de darle un beso por aquella muestra de apoyo.

–Sí –dijo Serena, observando la tableta de su hermana–. Me encantan las reformas de las cocinas. Y, como eso es exactamente lo que necesitamos, me parece una buena señal.

–La cocina de una casa particular no tiene nada que ver con la cocina profesional de un restaurante legendario –dijo Martin.

Nadie respondió.

–¿Podrá terminar la obra a tiempo para celebrar la fiesta? –preguntó su madre.

–Tendrá un coste adicional, pero, sí, estará terminada a tiempo.

–¿Has aceptado un aumento de presupuesto por el trabajo extra? –inquirió su padre.

–Voy a pagar lo que sea necesario con tal de que la obra esté acabada a tiempo.

–Que es lo que debe hacer un consejero delegado –dijo su madre, fulminando a su marido con la mirada.

–Perfecto –replicó Martin–. Solo espero que sepas lo que estás haciendo.

Bennett recordó el calor que había sentido al estrecharle la mano a Hannah Yates. Había sido como una descarga eléctrica, algo muy… interesante. Algo que no esperaba, y para lo que no tenía tiempo.

Y recordó a aquel duende sexy que se reía de él. Entonces, respondió:

–Sí, yo, también.

Capítulo Tres

Un par de horas más tarde, Hannah estaba sentada en una de las sillas del comedor de casa de su padre, con la cabeza entre las rodillas, respirando profundamente. Tenía el corazón acelerado y la boca seca, y le temblaba un ojo.

—¿Estás bien, nena? —le preguntó su padre, y le dio una buena palmada en la espalda.

—Ay, papá... Sí, estoy bien. No me estoy ahogando. De verdad. Creo.

—De acuerdo. Entonces, ¿te importaría incorporarte y repetir lo que has dicho antes? Lentamente, por favor.

Cuando pensó que no iba a desmayarse o a seguir hiperventilando, Hannah se irguió y puso las manos en las rodillas. Miró a su padre.

—Bennett Carey va a pagar las horas extra sin objeciones. Y nos va a dar un bonus de cien mil dólares si acabamos la obra a tiempo.

Entonces, fue su padre quien palideció. Se sentó frente a ella y se pasó una mano por la barba canosa, y tragó saliva.

—Pero... ¿está en su sano juicio?

—No lo sé. Creo que no. Por lo menos, creo que no es peligroso. Lo único que pasa es que necesita que la obra se termine rápidamente. Y no me parece que sea el tipo de hombre que acepta un no por respuesta.

–Más de un tipo de peligro –murmuró Hank.

Cierto. Al recordar los ojos y la boca de Bennett Carey cuando hablaba o fruncía el ceño, y la descarga de calor que había sentido cuando le estrechó la mano, Hannah pensó que sí, que había más de una clase de peligro en aquella situación. Sin embargo, estaba dispuesta a arriesgarse por una oportunidad como aquella.

–Papá –dijo, mirándolo a los ojos–. No estoy interesada en ese tipo de peligro. Ya me he dado un batacazo, ¿no te acuerdas?

–Sí, claro que me acuerdo –dijo él–. Quiero asegurarme de que te acuerdes tú.

–Es difícil de olvidar.

Una vez, había salido con un cliente rico. Él era elegante y zalamero, le enviaba flores sin motivo alguno. La había dejado deslumbrada y se habían comprometido, algo que había estado a punto de costarle muy caro. No iba a cometer el mismo error con otro tipo rico, por muy tentador que fuera.

–No quiero verte en dificultades otra vez, Hannah.

–No va a suceder –dijo ella–. Voy a aceptar el trabajo por el dinero. Papá, son cien mil dólares de bonus.

–Por hacer un trabajo de ocho semanas en cuatro.

–Sí, claro. Ese es el quid de la cuestión.

A decir verdad, estaba un poco preocupada. Sabía que no iba a ser fácil, pero tenía carta blanca para las horas extra y, con la perspectiva de aquel increíble bonus, iba a encontrar la forma de conseguirlo.

Hank Yates apoyó un codo en la mesa del comedor, una mesa que llevaba treinta años en el mismo sitio de la misma casa.

Miró a su padre, el hombre que había sido su héroe y su modelo durante toda la vida.

Medía un metro setenta y dos centímetros y todavía estaba en buena forma. Conservaba la musculatura de los años que había pasado en el mundo de la construcción. Tenía la cara curtida, pero las arrugas que rodeaban sus ojos y su boca eran de reírse. Su padre era un hombre de una gran fortaleza.

La mujer de Hank, su madre, había abandonado a la familia cuando ella tenía solo tres años, porque, al parecer, ser esposa y madre estaba impidiéndole ser feliz. Así que se marchó, se divorció de Hank un año después y nunca más se supo de ella.

Para Hannah, eso nunca había supuesto un gran trauma. Hank siempre había sido el mejor de los padres, una roca para ella. Era el único punto estable de su universo. Siempre preparado y dispuesto a apoyarla. Había sido el padre y la madre que necesitaba, y sentía adoración por él.

Hank la había criado en medio de las obras de construcción, junto a sus tíos, que siempre habían sido muy protectores. Le habían enseñado carpintería, fontanería, reparación de tejados, electricidad... todo lo que necesitaba para dirigir su propia constructora. Y era lo que estaba haciendo, dirigir Construcciones Yates. Algunos de los antiguos empleados seguían trabajando para ella, e incluso su padre aparecía a echar una mano a última hora, casi todos los días, cuando se cansaba de pescar.

Y, para aquella obra, iba a necesitar su ayuda.

—¿Has hablado con Steve? —le preguntó su padre.

Su capataz.

—No. Quería decírtelo a ti primero, y preguntarte qué te parece.

Él se rio.

—Me lo estás preguntando después de haber tomado la decisión.

—Bueno… sí, es cierto. Pero, papá, ¿cómo iba a rechazar esa oferta? Cuando acabemos la obra, podré acabar de pagar el préstamo y todavía tendremos dinero para comprar más maquinaria y herramientas, y…

Hank alzó una mano y movió la cabeza.

—Lo entiendo, de verdad. Y quiero lo mismo que tú.

—Gracias, papá…

—Pero —añadió él, con una sonrisa—, no quiero que te mates a trabajar por un bonus. Solo para pagar el préstamo.

—No es solo para eso, papá. También es para pagar viejos errores. Cuando hayamos terminado esto para el rey Carey…

Él dio un resoplido.

—¿El rey Carey?

—Así lo he bautizado —respondió ella, encogiéndose de hombros—. Es autoritario y… aristocrático, supongo. Pero, de todos modos, hay otra cosa más: si hacemos bien esta obra para la familia Carey, nuestro currículum subirá de nivel y podremos optar a obras muy importantes. Podríamos llevar a Construcciones Yates a la cima.

Él la observó fijamente.

—Sin presión, ¿no?

Ella se echó a reír y le apretó el brazo.

—Exacto. Voy a llamar a Steve para contárselo todo

–dijo. Se apoyó en el respaldo de la silla y empezó a pensar–. Es un edificio antiguo –murmuró–. Y, por cómo se originó el incendio, sabemos que el problema eléctrico está en la cocina. Vamos a pedirle a Marco Benzi que vaya y revise toda la instalación.

Marco era el mejor electricista que conocía. Sus empleados y él harían catas por todos los muros para asegurarse de que el cableado del resto del edificio no tenía ningún problema.

–Bien pensado.

Ella sonrió.

–Hay que quitar el techo y arreglar los daños de la buhardilla. El tejado está en buenas condiciones, salvo la parte que se ha quemado.

–Lógicamente.

Otra sonrisa.

–Tiny y Carol pueden encargarse de retirar las vigas quemadas del tejado, y las tejas, y los demás, hacer la demolición de la cocina. Hay que quitar la mayoría de las encimeras y reponerlas de manera uniforme. Algunos de los tablones de roble blanco del suelo están carbonizados y también hay que cambiarlos. Tenemos que acuchillar todo el parqué y darle el mismo acabado que el resto del suelo. Para que quede igual, tendremos que lijar toda la cocina.

–Tiene sentido. Para eso, el mejor es Devin Colier.

–Sí, es verdad. Y…

Hannah se estremeció e hizo un gesto de contrariedad.

–Te voy a necesitar, papá. Sé que tenías ese viaje de pesca programado con Tom Jetter, pero…

Él movió la mano para descartarlo.

–Podemos esperar. Tanto Tom como yo podemos ayudar en esta obra.

Tom había trabajado treinta años en Construcciones Yates, así que tenerlo en el equipo sería de gran ayuda.

–Sí, eso estaría genial.

Hank le dio un golpecito en la mano, se levantó y fue a la cocina. Ella lo siguió. Su padre se sirvió una taza de café y ella, automáticamente, le preguntó:

–¿Cuántas te has tomado hoy?

Él puso los ojos en blanco con resignación.

–¿Quién es el padre aquí?

–Algunas veces, eso es lo que yo me pregunto.

–Qué graciosa –dijo él, mientras se sentaba en la mesa de la cocina y empujaba una silla para ella con el pie–. Llama a Steve, explícale lo que está pasando y empieza a hacer una lista de materiales.

–De acuerdo –dijo ella. Marcó el número del capataz sin apartar la mirada de su padre–. Pero te voy a vigilar. El médico dijo que nada de tomar más de tres tazas de café al día.

–¿Y qué sabe él?

Hannah suspiró y esperó a que Steve respondiera a la llamada. Le preocupaba la úlcera de su padre, pero, si conseguía que dejara de tomarse dos cafeteras al día, sería una gran ayuda.

Aparte de las preocupaciones normales, estaba Bennett Carey. Aquello no podía decírselo a su padre, por supuesto. Él se preocuparía mucho por si ella cometía el mismo error, aunque eso no fuera a suceder. No tenía intención de salir con Bennett Carey, aunque, al recordar sus ojos azules, su estatura y su impresionante cuerpo, pensó que no le importaría en absoluto verlo desnudo.

—¡Steve! —exclamó, al oír la voz del capataz. Gracias a Dios; hablar con él le apartaría aquellos pensamientos de la cabeza—. Tenemos un trabajo importante. Ya verás cuando te cuente de qué se trata.

Aquella tarde, en casa, Bennett se encerró en su despacho. Era mejor evitar a su madre. Ella estaba con un par de amigas en el piso de abajo, mirando libros de diseño. Que Dios se apiadara de él.

Descolgó el teléfono con desesperación. Cuando oyó la voz de su hermana, exclamó:

—¡Amanda, tienes que ayudarme!

—¿Quién es?

—No tiene gracia.

—Claro que sí —respondió ella, riéndose—. Lo que pasa es que no tienes sentido del humor.

—¿Cómo voy a tenerlo? Mamá y sus amigas están abajo, mirando muestras de pintura y de tapicerías… Vamos, deja de reírte.

Bennett se acercó al balcón y salió para disfrutar de la vista del mar. Allí, en Dana Point, el mar era salvaje y parecía infinito. En circunstancias normales, aquellas vistas le transmitían calma y sosiego. Aquel día, sin embargo, no sintió ni el más mínimo alivio para su tensión.

Primero, un duende le ponía difícil llegar a un acuerdo para realizar la obra de The Carey y, después, su propia madre convertía su vida en una pesadilla.

—Está bien. En realidad, te compadezco —dijo su

hermana–. Aunque, en realidad, a tu casa le iría bien una puesta a punto.

–Llevas cinco años sin ver mi casa.

–Sí, gracias por invitarme tan a menudo.

–No estoy hablando de eso.

–Muy bien. ¿Has cambiado algo?

–Por supuesto que no.

–Pues eso es lo que quiero decir.

–Y lo que yo quiero decir es que Henry y tú tenéis una casa enorme en Irvine. Podrías llevarte tú a mamá.

–Podría, pero no voy a hacerlo. Aunque la adoro, mamá está obsesionada con los planes de la boda. No quiero que esté aquí controlándolo todo.

–Yo, tampoco.

–Tú no estás preparando tu boda. Además, Bennett… en cuanto se reconcilie con papá, tus problemas habrán terminado.

–¿Y a ti te parece que eso va a ocurrir pronto?

–Bueno, en realidad… no…

Su padre no iba a dejar la empresa, y no parecía que el final de las guerras de la jubilación estuviera cerca.

–Entonces, ¿tengo que dejar que haga lo que quiera con mi casa?

–Tiene un gusto excelente.

Sí, cierto. Tenía un gusto elegante, sobrio… pero no masculino.

–No es mi estilo.

–El beis no es un estilo, Bennett –le dijo su hermana.

–Muy bien. Voy a intentarlo con Serena.

Ella se echó a reír.

—Pues buena suerte. Allí ni siquiera hay sitio para que se mude Jack.

—Jack tiene una mansión gigante en Laguna. ¿Por qué no se van a vivir allí?

—Porque Serena quiere esperar a que estén casados para irse a vivir juntos. Jack no está muy contento con eso.

—¿Y por qué quiere eso nuestra hermana?

—Porque quiere que Alli se acostumbre a la idea primero, y parece que Jack tiene que construir un castillo en el jardín trasero.

—¿Un castillo?

—Es una larga historia. ¿Por qué no lo intentas con Justin?

Él agarró con fuerza la barandilla de hierro del balcón y giró la cara hacia la brisa del mar. Su enfado aumentó. Su hermano pequeño llevaba dos años apartado de la familia, aunque él debía reconocer que no ayudaba mucho a mejorar la situación. Pero… demonios, Justin debería estar allí, como mínimo, ayudando a resolver el problema de sus padres.

—Bueno, está bien. Ha sido un golpe bajo.

—Sí.

—Pues vamos a cambiar de tema. Cuéntame algo sobre la mujer que va a hacer la obra de The Carey. La he buscado en internet, y su empresa tiene muy buenas críticas.

—Sí, ya las he visto.

—¿Y qué tal es ella? A ella también la has visto.

—Sí –dijo él.

Y, al instante, su imagen sexy, sus ojos verdes y su cuerpo diminuto y curvilíneo ocuparon toda su mente.

Su sonrisa le fascinaba; era como si siempre se estuviera riendo de una broma secreta. O de él. Cuando lo miraba con aquella expresión de desafío, él notaba que se le removía algo por dentro. Seguramente, era una sensación de lujuria.

Y ¿qué hombre no sentiría algo así al verla moverse de un modo tan eficiente por toda la estancia? Él la había visto tomar nota, mentalmente, de todos los daños del incendio. Era profesional y lista. Sin embargo, también se había fijado en cómo se le ajustaban los pantalones vaqueros a las piernas, y de que tenía unos pechos pequeños y firmes que se le marcaban ligeramente en la camiseta de Construcciones Yates. Y ¿cómo era el brillo de aquellos ojos tan verdes? Claramente, el efecto que tenía en él era algo biológico.

Aunque Hannah Yates tenía algo más. Algo en lo que él no quería pensar. Y eso le molestaba. Ninguna otra mujer había captado toda su atención tan rápidamente como ella. Se había convertido en una de sus empleadas, oficialmente, y él nunca mezclaba los negocios con el placer. Pero, demonios, la tentación era tan grande…

–Bueno, cuéntame cosas de ella.

¿Qué podía decir para que su hermana no notara que sentía atracción por Hannah Yates?

–Es una listilla.

A Amanda se le escapó una carcajada tan sonora, que él tuvo que apartarse el teléfono de la oreja.

–Ya me cae bien –dijo ella.

–Sí, bueno. En realidad, parece una mujer competente.

–Vaya, un gran cumplido, viniendo de ti.

Él cabeceó y se rio resignadamente.

—Ni siquiera sé por qué te he llamado.

—Porque soy tu hermana, inteligente y perspicaz, y confías en mí plenamente.

—Sí, no, no es por eso.

—Vaya, una muestra de humor de mi hermano, el señor Estoico. Hannah Yates ha conseguido lo impensable.

—Ya veremos —dijo él—. En cuanto a la obra, solo tiene cuatro semanas para terminarla.

—Lo conseguirá.

—Estás muy segura.

—Bennett, hazme caso. Cuando una mujer está dirigiendo una empresa en un sector dominado por los hombres, hace lo que tenga que hacer para cumplir con su palabra y acabar un proyecto.

—Y creo que el bonus que le he ofrecido también influye.

—¿Cien mil dólares? —preguntó ella, y se echó a reír otra vez—. Por esa cantidad, ¡me habría ofrecido a hacer el trabajo yo misma!

Él sonrió sin poder evitarlo.

—Si necesita ayuda, le diré que te llame.

—No, gracias. Ya tengo suficiente. Pero, Bennett... no irás a vigilar de cerca a esa mujer, ¿no?

—¿A qué te refieres?

—Ya sabes, a lo que hiciste con Serena cuando empezó a trabajar en la empresa. Lo que intentas hacer con Justin. Lo que hiciste conmigo hasta que conseguí que lo dejaras. Te pones a vigilar a la gente para cerciorarte de que lo hacen todo tal y como tú quieres que se haga.

38

—¿Y cómo quieres que lo compruebe?

—Pues no sé. Podrías confiar en los demás.

Aquello era para echarse a reír.

—Esta obra es demasiado importante como para correr riesgos. Por supuesto que voy a vigilar y a revisar su trabajo a menudo. Y, Amanda, si no me vas a ayudar a quitarme de encima a mamá, dímelo ya.

—Creía que ya te lo había dicho. ¿Por qué no consigues que te deje ver la página web que ha encargado para el programa de *Las estrellas del verano*?

—¿Y por qué iba a hacer algo así? —murmuró él, pasándose una mano por el pelo con desesperación.

—Porque, mientras esté hablando de lo que va a hacer con el concurso, no estará hablando de redecorar tu casa.

Su hermana tenía razón. Además, él debería prestar más atención a lo que sucedía con el programa de *Las estrellas del verano*. El único motivo por el que no lo había hecho hasta aquel momento era que se había convertido en el proyecto de su madre, y él ya pasaba el tiempo suficiente con ella tal y como estaban las cosas.

Las estrellas del verano era un concurso nuevo y, hasta la fecha, se había hecho muy célebre. Todos los años, el Centro Carey celebraba la Sensación de Verano, una serie de conciertos que duraba tres meses. En el palaciego edificio del centro se ofrecían ballets, sinfonías y obras de teatro. Sin embargo, aquel año, Serena había tenido una idea para involucrar a toda la comunidad.

El programa de *Las estrellas del verano* había celebrado audiciones en el centro. Las actuaciones habían sido grabadas y publicadas en una página web para que la gente pudiera votar a sus intérpretes favoritos. Era parecido a un concurso de talentos de televisión, y aquel que resultara más votado ganaría un premio que consistía en poder actuar en verano en el Centro Carey.

Por eso necesitaba que el restaurante estuviera en funcionamiento dentro de cuatro semanas. Allí se presentaría al ganador ante el público y los medios de comunicación.

–Holaaa….

–Sí, sí. Estoy aquí –dijo Bennett–. Es una buena idea. Esta noche voy a distraer a mamá con el concurso.

–¿Y vas a asegurarte de que lo está haciendo todo tal y como tú quieres?

–Obviamente.

–No tienes remedio –dijo Amanda, y colgó.

Bennett no compartía su opinión. Se guardó el teléfono en el bolsillo y volvió a mirar hacia el mar. Sin embargo, no estaba viendo el azul del mar ni las nubes blancas que el viento arrastraba por el cielo brillante.

Solo veía a un duende que se reía de él. Hannah Yates.

Ya tenía bien claro que el hecho de haberla contratado podía ser un gran error.

Capítulo Cuatro

Hannah llegó a The Carey a primera hora de la mañana. Entró, encendió las luces y observó el desastre. No era el primer edificio incendiado que veía, pero le dio pena que aquella casona tan bella hubiera sufrido tal indignidad.

Caminó entre los escombros hacia la cocina y, mientras, hizo una lista mental del trabajo que quería que hicieran sus obreros cuando llegaran. Su padre también iba a ir a trabajar, y ella estaba encantada de contar con su ayuda. No había un carpintero mejor en toda California.

—¡Eh, jefa! —gritó alguien, desde la entrada—. ¿Estás ahí?

—¡Sí, Nick! ¡En la cocina!

Se giró y esperó a que llegara el fontanero.

—Qué desastre —dijo él en cuanto pasó por la puerta.

Nick era un hombre de baja estatura, fuerte, con mostacho. Tenía una voz grave que retumbaba y unas manos mágicas para su oficio.

—Es una pena —añadió—. Traje a Gina a cenar aquí en su último cumpleaños.

—Bueno —le dijo Hannah—, pues podrás traerla también en el próximo.

Él asintió distraídamente mientras miraba a su al-

41

rededor. Hannah abrió un armario y vio que estaba lleno de sartenes y ollas. Sin duda, el resto de los armarios estaba igual.

–Vamos a empezar a vaciarlo todo mientras llegan los demás –le dijo a Nick.

–Claro. Demonios, nunca había visto tantas sartenes juntas. ¿Dónde lo vas a almacenar todo?

–Por ahora, vamos a dejarlo en las mesas que hay en el comedor principal –dijo ella. Después, tendría que preguntarle al rey Carey si pensaba conservar aquel menaje o pensaba cambiarlo todo.

Al poco tiempo llegó Mike Holly, un joven con aspecto de surfero que sería la primera persona a la que ella llamaría para reparar un tejado. Steve Scott, el capataz, llegó inmediatamente después, y poco a poco fueron entrando el resto de los trabajadores. Al final llegó su padre, con un termo de café y un montón de tazas de plástico.

–Has encontrado la forma de que no te regañe por el café, ¿eh? –inquirió ella.

Hank se encogió de hombros.

–Los chicos lo agradecerán.

–Claro. Los chicos.

Hannah cabeceó y, como nunca había podido convencer a su padre de que hiciera algo que no quería hacer, movió los brazos señalando el restaurante, y le preguntó:

–¿Qué te parece?

–Me parece un desastre –dijo Hank–. Y estoy empezando a pensar que estás tan loca como el tipo que te ha contratado. ¿Por qué piensas que vas a poder hacer esta obra en cuatro semanas?

42

Hannah frunció el ceño.

—Papá, si tú todavía dirigieras la empresa, ¿habrías rechazado la oferta de Bennett Carey?

Él respiró profundamente, se encogió de hombros y le guiñó un ojo.

—Habría dicho que sí tan rápidamente como tú.

Ella también sonrió.

—Gracias por reconocerlo.

—¿Te reconforta saber que los dos estamos dispuestos a enfrentarnos a grandes retos?

—Por supuesto que sí —respondió ella. Le dio un beso en la mejilla y dijo—: Los chicos están en la cocina, vaciándolo todo para poder empezar la demolición.

—Mi día favorito del trabajo —dijo su padre—. No hay nada tan divertido como una demolición —añadió, y se encaminó hacia la cocina rápidamente.

Hannah sonrió y, al oír que se abría la puerta principal, se giró. Bennett Carey entró en el restaurante, y ella notó algo como un cosquilleo por la espina dorsal. Tal vez tuviera un grave problema.

Desde la cocina, empezaron a oírse los ruidos de la demolición, algo que siempre simbolizaba el comienzo de una nueva obra. Martillazos, risas, música rock y gritos de hombres y mujeres acostumbrados a trabajar juntos. A Hannah le encantaba aquel ruido, pero Bennett se estremeció un poco al oírlo.

—Parece que están echando abajo el local, no reconstruyéndolo —comentó.

—Antes de reconstruir una cosa, hay que derribarla.

—¿No estaba lo suficientemente estropeado?

Ella sonrió y lo observó durante un instante. Un

rayo de sol le iluminaba desde atrás mientras permanecía inmóvil, como si estuviera dándole tiempo para que lo admirara.

Así que lo admiró.

Llevaba un traje azul oscuro, una camisa blanca y una corbata verde, y parecía que todo estaba hecho específicamente para él. Seguramente, así era. Tenía el pelo rubio, e iba tan bien peinado como siempre. Ella, por su parte, llevaba unos pantalones vaqueros desgastados, una camiseta de Construcciones Yates de color rojo y sus botas Doctor Martens. Ropa de trabajo. No iba a cambiar su guardarropa, desde luego. Una vez había intentado cambiar para agradar a un hombre rico, y se había arrepentido. Así pues, Bennett Carey podía aceptarla tal y como era, o largarse y dejarla trabajar.

Se oyó otro estruendo en la cocina, y unas carcajadas, y el ruido le apartó aquellos pensamientos de la cabeza. No tenía sentido suspirar por un hombre al que no podía conseguir.

—¿Qué puedo hacer por usted, señor Carey? —le preguntó.

—Quería pasar por aquí para…

—¿Para cerciorarse de que habíamos empezado a trabajar?

Él frunció el ceño.

—Pues… Sí, en efecto. No tienen mucho tiempo, y…

—Todos lo sabemos. Estamos en la obra, y nos vamos a quedar aquí hasta que terminemos. No necesito vigilancia.

—Es una pena, porque tiene un vigilante —replicó

44

él–. Tengo intención de pasar a menudo por aquí para ver el progreso de la obra, así que acostúmbrese.

Ella se encogió de hombros.

–No es el primer cliente nervioso que tengo.

–No estoy nervioso –respondió él, y se metió las manos a los bolsillos del pantalón mientras miraba a su alrededor–. Aunque quizá debería estarlo. ¿Qué hacen aquí todas estas sartenes y ollas?

–Hemos vaciado los armarios de la cocina y hemos dejado el menaje aquí hasta que sepamos qué tenemos que hacer con él.

–No lo sé –dijo él–. Le pediré a John Henry que venga por aquí.

–Muy bien. Así se soluciona un problema.

–Está muy segura de sí misma, ¿no?

–Pues… sí, supongo que sí –respondió ella con una sonrisa.

–Espero que esa seguridad tenga una buena base –dijo él–. Me estoy jugando mucho con esta obra.

–Sí, yo, también.

–Estoy corriendo un riesgo por haberla contratado, señorita Yates.

–Nosotros hacemos unos excelentes trabajos, y usted lo sabe, o no nos habría contratado.

–Como usted misma dijo ayer, no tenía muchas opciones.

–Es usted un arrogante…

Él enarcó una ceja como si estuviera esperando a que le diera un motivo para despedirla. No sabía qué tenía aquel hombre, pero parecía que, aunque se conocieran desde hacía solo unas horas, ya sabía cómo fastidiarla.

Alzó una mano y dijo:

–Siento haber dicho eso.

–Gracias.

–Aunque se lo mereciera.

Él sonrió ligeramente.

–Vaya disculpa.

–Mire, si cree que puede conseguir que renuncie a la obra insultándome para contratar a otra empresa…

–No hay ninguna otra empresa. Usted misma lo dijo.

–Exacto.

–Así que somos su única opción. Por suerte para usted, valemos todo lo que va a pagarnos. The Carey va a quedar tan bonito como siempre fue y, para que lo sepa, este trabajo es muy importante para mi empresa y para mí.

–Por el bonus.

–No solo por el dinero. También porque servirá para dar a conocer mejor Construcciones Yates. Por todo ello, la obra es importante, y la llevaremos a cabo de acuerdo con el nivel de calidad que acostumbramos.

–Bien.

–Y será mucho más rápido si se marcha.

–De acuerdo, me voy –dijo él, sonriendo de nuevo–. Pero volveré. Acostúmbrese, señorita Yates.

–Hannah.

–Hannah –respondió él, con un asentimiento–. Acostúmbrate, porque vas a verme a menudo durante las próximas semanas.

Ella se quedó mirando la puerta cuando él ya se había ido. Acababa de marcharse, y ya estaba deseando volver a verlo. Y eso era peligroso. Bennett Carey era impresionante. Rico. Fastidioso.

¿Qué mujer no se sentiría fascinada?

Demonios…

Bennett tuvo dos reuniones de trabajo después de su conversación con Hannah Yates y, por primera vez en su vida, le costó concentrarse. Eso era inaceptable.

Los conciertos de la Sensación de Verano estaban a punto de empezar. También iba a celebrarse la votación para elegir a *Las estrellas del verano*. Dentro de dos semanas se anunciaría ante los medios de comunicación quién era el ganador y, dentro de cuatro semanas, la familia Carey celebraría la recepción y la cena en The Carey.

Y él no podía dejar de pensar en Hannah Yates.

Estaba en su despacho del edificio de oficinas, y miró distraídamente a su alrededor. Todo su entorno, muebles, paredes y ventanales, era de cristal, cromo, acero y cuero negro, con un diseño futurista. De repente, se dio cuenta de que no había ni un solo detalle de suavidad en toda la habitación, y frunció el ceño. ¿Cómo era posible que nunca se hubiera percatado?

Desde que Hannah Yates había entrado en su órbita, no conseguía concentrarse en las reuniones y se sentía molesto por el mobiliario de su despacho. Tenía que ser por su culpa. Aquellos detalles nunca le habían molestado antes de conocerla.

Era diminuta, pero sus curvas eran de las que volvían loco a un hombre. Aunque a él siempre le habían gustado las mujeres rubias de pelo largo, no podía dejar de preguntarse cómo era el tacto de su pelo negro y corto. Y sus ojos, verdes como esmeraldas, tenían una mirada desdeñosa que le molestaba mucho. Las mujeres nunca lo habían desdeñado, pero ella, sí, con un sentido del humor irritante y atrayente al mismo tiempo.

No se dio cuenta de que alguien entraba en su despacho, pero, al oír la voz de su padre, suspiró.

–¿Qué es eso de que has rescindido nuestro contrato con la empresa de limpieza?

Bennett se giró hacia su padre y respondió:

–He encontrado a alguien mejor.

–¿Mejor? –preguntó Martin apretando los puños–. Llevábamos casi veinte años con Parris.

–Sí, y se habían vuelto perezosos, papá. Estaban tan seguros de su contrato con nosotros, que llevaban dos años sin estar a la altura. No han limpiado los lugares en los que creían que nadie iba a fijarse. He tenido algunas quejas de los empleados. Y lo he comprobado.

–¿Y por qué yo no sabía nada de esto?

–Porque yo soy el consejero delegado, papá.

Su padre enrojeció del enfado, pero él ya se esperaba aquella reacción, y prosiguió:

–Era hora de cambiar de proveedor –dijo–. Ya he contratado a otra empresa que va a empezar a trabajar esta misma semana. Tienen una buena reputación y el precio es un diez por ciento más bajo.

–Así que se trata del dinero. Por ahorrarte unos centavos…

–No, papá. El mismo Don Mackie, el responsable de nuestro equipo de limpieza, me puso al corriente de los problemas hace un mes. Hablé con el gerente de Parris, pero no solucionaron los problemas, así que tomé la decisión.

–Sin consultármelo.

–Papá, no te lo consulté porque es una decisión fácil y acertada.

–No me gusta.

–Los cambios no siempre son algo malo. Ahora, yo estoy a cargo de la empresa, y soy yo quien debe tomar las decisiones, grandes y pequeñas.

–No digo lo contrario, pero creo que deberías haberme puesto al corriente tú mismo. Deberías habérmelo consultado.

–¿Por qué?

–¿Que por qué?

–Tú me cediste el puesto, papá. Eso significa que yo soy quien tiene que tomar las decisiones ahora. Además, esto no es tan importante. Ni siquiera es lo suficientemente importante como para estar manteniendo esta conversación.

–Entonces, ¿ya no necesitas para nada la opinión de un viejo? ¿Es eso?

–Papá, si me nombraste consejero delegado de la empresa, es porque sabías que yo podía hacerlo, y que había llegado el momento. ¿Qué es lo que ha cambiado?

–No me di cuenta de que me ibas a ignorar. No sabía lo que era no tener las riendas, y no me gusta.

–Siento que digas eso, papá.

–Tu madre no lo entiende –dijo Martin, quejumbrosamente–. Piensa que tengo que alejarme de repente de todo aquello que he estado construyendo toda mi vida. Quiere que le dé la espalda a todo y que, como por arte de magia, todo deje de importarme.

—Ella sabe muy bien que siempre te va a importar, pero quiere saber si ella también te importa o te importa más la empresa.

Martin se quedó boquiabierto.

—Eso es absurdo. ¿Cómo no va a saber si me importa? Estamos casados, por el amor de Dios. Hemos criado a cuatro hijos, a una nieta… y llevamos casi cuarenta años juntos.

—Ya sabes que no voy a ponerme del lado de nadie.

—Sí, ya lo sé —respondió su padre con un resoplido—. ¿Qué es lo que no quieres decirme?

Bennett suspiró.

—Lo que no quiero decirte es que creo que mamá tiene razón. Cuando yo me hice cargo de la empresa, tú le hiciste muchas promesas, y no has cumplido ninguna.

—Pero… ¿tú crees que mi propio hijo puede decirme eso?

—Me has pedido que te lo diga.

—No era eso lo que quería oír.

—Por eso no te había dicho nada hasta ahora.

—Era un buen plan. En lo sucesivo, sigue con él.

—Ojalá lo hubiera hecho —murmuró Bennett.

—¿Qué has dicho?

—No, nada. Mira, papá, mamá está viviendo conmigo porque está enfadada contigo.

—Puedes echarla de tu casa.

—Por supuesto que no lo voy a hacer.

—Muy bien, hijo. Si tú no me ayudas, ¿qué se supone que voy a hacer?

–Vamos, papá. Tú conseguiste que se casara contigo. Acuérdate de lo que funcionó tan bien entonces y ponlo en práctica otra vez.

Martin se quedó mirándolo pensativamente.

–Pero, por favor, hazlo en otra parte.

–Muy bonito, hijo, muy bonito decirle eso a tu padre –refunfuñó Martin–. Está bien, ya me marcho. Y, solo para que lo sepas, no me importa nada la empresa de limpieza.

Bennett alzó ambas manos.

–Entonces, ¿por qué has venido a discutir de esto?

–Para recordarte que aún no me he muerto, Bennett. Todavía formo parte de esta empresa.

Después, Martin salió del despacho dando un portazo. Bennett suspiró y apoyó la cabeza en el respaldo de la silla.

–Créeme, papá, lo sé muy bien.

Capítulo Cinco

Al tercer día, tenían ya un buen ritmo de trabajo. Hannah todavía estaba preocupada, pero tenía más confianza en que iban a poder cumplir el plazo de cuatro semanas. No habían encontrado tantas complicaciones como en otras obras, como podredumbre bajo el suelo de madera, o humedades bajo una bañera que tenían que sustituir… En una casa o un local podían salir mal muchas cosas, y su trabajo era arreglarlas todas. Y eran muy buenos en ello.

–¿Qué tal va el trabajo?

Hannah salió de su ensimismamiento y se giró hacia el rey Carey, que acababa de entrar por la puerta. Su presencia debería ser molesta para ella, pero, por el contrario, lo esperaba con impaciencia cada día.

Y aquello no era nada bueno. Una cosa era sentirse atraída por aquel hombre, pero otra muy distinta era disfrutar de aquella atracción. Llevaba repitiéndose aquello desde que lo había conocido, pero no le había servido de nada. Cada vez que lo veía, sentía algo como una descarga eléctrica.

–Muy bien –dijo ella–. ¿Y por qué no está usted haciendo el suyo?

–Porque primero tenía que pasar por aquí –respondió él, mirando su reloj. Ella se preguntó, distraídamente, cuántas veces al día hacía algo así.

–Bueno, ya que está aquí, le enseñaré la obra.

Él enarcó las cejas.

–No me lo esperaba, pero está bien. Vayamos.

Ella se giró y le hizo un gesto para que la siguiera. Entraron a la cocina. Habían quitado todos los armarios de las paredes y habían desmontado las encimeras. Los electrodomésticos estaban colocados en la zona de almacenaje. Habían cubierto el suelo con lona para protegerlos. En el techo había un agujero enorme, y las paredes de yeso estaban manchadas de humo.

–¿Estás segura de que todo va bien?

–A mí me lo parece. Estamos avanzando mucho –dijo, alzando la voz para hacerse oír por encima del ruido de la obra–. Mike ya ha revisado el tejado y las vigas. No han sufrido daños y la estructura está intacta. El que construyera esta casa hace tantos años era todo un maestro.

–Me alegro de saberlo.

–Bueno, salvo por la instalación eléctrica, y eso no es culpa suya. Hace sesenta años sí cumplía la normativa –dijo ella, encogiéndose de hombros–. Por otro lado, Mike ha encontrado tejas iguales que las que hay ahora para sustituir las que estaban dañadas, así que no tendremos que rehacer todo el tejado.

–Eso es una buena noticia, porque lo arreglamos hace menos de dos años –dijo él.

Ella se giró y lo miró.

–Tiny y Carol están trabajando en el ático. Se están cerciorando de que no hay ninguna viga quemada ni dañada que aún no hayamos visto.

Él asintió y observó la actividad de la cocina.

–Devin Colier es nuestro encargado de pavimentos –le dijo, y apartó un poco la lona del suelo con la punta del pie–. Aquí hay roble blanco, y es macizo. Tiene arañazos de tantos años de uso y desperfectos que han causado los bomberos con las herramientas y el calzado.

–No tiene buena pinta –dijo él, mientras ella volvía a colocar la lona protectora.

–Pero la va a tener –respondió Hannah.

Después, alzó la cabeza y miró sus ojos azules como un lago.

¿Cómo era posible que una mirada severa de aquel hombre le cortara el aliento? Con esfuerzo, inspiró profundamente e inhaló el olor suave de su colonia. Tenía un toque a madera, a bosque. Bennett Carey le estaba nublando la mente de verdad.

–Cuando estén instalados los armarios nuevos, Devin se encargará de acuchillar el suelo de la cocina y del comedor.

–¿No debería hacerse el suelo antes que los armarios?

–No, no se hace así. Debajo de los armarios solo está la base del parqué, y ya lo hemos sustituido porque el agua de los bomberos le había causado muchos daños. El suelo de verdad es lo que se ve, y queremos que el de la cocina y el comedor sea continuo, así que es mejor que lo acuchillemos y lo tiñamos todo a la vez.

–Tiene sentido.

–¿Quiere un tinte oscuro, como antes? ¿O sería mejor utilizar un tono más claro para que se aprecie la veta de la madera?

Él enarcó una ceja.

–Por tu forma de decirlo, Hannah, está claro qué opción prefieres tú. El tinte más claro. ¿Es tu opinión profesional?

Ella se encogió de hombros.

–Supongo que sí. Creo que quedaría mejor. Suelo claro, paredes oscuras. Le quita algo de aspecto de caverna al restaurante.

–¿Aspecto de caverna?

Se sentía insultado. Ella estuvo a punto de sonreír porque, de repente, habían vuelto a la normalidad.

Hannah alzó ambas manos para calmarlo.

–No quería criticar The Carey, pero este local se construyó hace sesenta años, cuando la gente prefería los sitios más oscuros. Seguramente, les parecía misterioso. Clandestino, incluso.

–¿De dónde te has sacado eso, Hannah? –le preguntó él, con desconcierto.

¿Por qué disfrutaba tanto desconcertándolo? Seguramente, porque le daba la impresión de que eso no sucedía muy a menudo. Él tenía el control de la situación, era siempre tan correcto y tan comedido…

–No importa. Pero hágame caso. Hace sesenta años esto funcionaba.

–Y ahora, también.

–Puede ser, pero podría funcionar mejor. Los gustos han cambiado. Creo que aclarar el local crearía un nuevo ambiente. Incluso podría atraer a clientela más joven.

Al oír aquello, él frunció de nuevo el ceño. Miró a su alrededor, tanto la cocina como el comedor, y Hannah lo observó. Casi podía notar cómo tomaba medidas, cómo sopesaba las opciones y se imaginaba cómo quedaría el restaurante terminado. Hannah apreciaba su forma de hacer las cosas. No solo era un hombre de negocios muy inteligente, sino que era abierto de mente y tenía la capacidad de considerar algo nuevo que no se había imaginado.

Bennett se giró hacia ella y asintió.

—Sí, el tinte más claro. Es cierto que el local era un poco oscuro.

Ella sonrió.

—Señor Carey, creo que hay esperanza para usted.

—Eso depende de lo que esperes.

La miró con interés, y ella notó un cosquilleo por dentro. Intentó ignorarlo, puesto que, si no lo hacía, tendría que admitir lo que esperaba. Y, en aquel momento, era saborear sus labios.

Así que se echó a reír para disimular lo que estaba pensando y dijo:

—Nunca decepciona. Y me gustaría señalar que acabamos de tener una conversación de verdad, sin discusiones ni pullas.

—El día es joven —replicó él.

Después, asintió, se dio la vuelta y salió del restaurante.

Hannah detestaba que él tuviera la última palabra.

Bennett no podía dejar de pensar en Hannah Yates, y eso le molestaba en varios sentidos. No era el tipo de mujer por el que se sintiera atraído, pero no conseguía quitársela de la cabeza.

—¡Bennett!

Pestañeó y volvió a concentrarse en el hombre

que estaba sentado frente a él, al otro lado de su escritorio.

Era Jack Colton, el prometido de su hermana Serena, y uno de sus amigos más antiguos. También era el dueño del Grupo Colton, una de las cadenas de hoteles más grande del mundo.

Jack tenía los ojos muy azules y, en aquel momento, una mirada de diversión clavada en él.

–¿Qué?

–Buena pregunta –dijo Jack, sonriendo–. En mitad de la conversación sobre el castillo que tengo que construir para Alli en el jardín, tú te distraes. ¿Dónde se te ha ido la mente?

–Estoy aquí mismo –replicó Bennett.

–Claro, claro. Dime, ¿quién es ella?

–No sé de qué estás hablando.

–No, claro que no –replicó Jack. Se irguió en la silla y miró el respaldo de metal y cuero–. Estas cosas son muy incómodas, ¿lo sabías?

–¿Cómo voy a saberlo? Yo no me siento ahí.

–Pues deberías probarlas –dijo Jack, poniéndose en pie–. Pero no mucho tiempo.

Bennett frunció el ceño.

–No tienen por qué ser cómodas. No quiero que la gente esté sentada ahí durante horas.

–Pues, entonces, buen trabajo, porque te aseguro que no lo harán.

Él era el primero, con sus hermanas, que se quejaba del mobiliario de su despacho. En realidad, Jack tenía razón. Con un suspiro, le preguntó a su amigo:

–¿Cuál es el motivo de tu visita de hoy?

Jack se echó a reír.

—Yo también me alegro de verte.

—Bueno, está bien. Si quieres hablar, hablemos —dijo Bennett—. ¿Qué ocurre? ¿Serena te está volviendo loco con los planes para la boda? Porque Amanda y ella nos están volviendo locos a todos. Me parece que es justo que tengas que pagar por ello, ya que tú fuiste el que le pidió que se casara contigo.

Jack se puso una mano en el pecho y sonrió.

—Vaya, Bennett, eso que me has dicho es conmovedor.

—¿Qué quieres, Jack?

—Quiero nombres.

—¿Nombres? ¿Para quién? ¿Es que Serena está embarazada?

—No, todavía, no, y no me refiero a eso. Ya sabes que le prometí a Alli que le haría un castillo en el jardín de mi casa.

—Sí. Y, según Serena, también le prometiste un perrito.

—Sí, es cierto. Pero, primero, el castillo y, después, el perro —dijo Jack. Se acercó a las ventanas y se quedó mirando los edificios de alrededor, bañados por el sol. Cuando se giró de nuevo hacia Bennett, explicó—: Yo he estado siete años viviendo en Europa, y no tengo ni idea de a quién puedo llamar para esto. Pensé que tú conocerías a un par de constructores.

Bennett entrecerró los ojos.

—Es una encerrona, ¿no? Serena te ha hablado de Hannah Yates.

—Por supuesto —dijo Jack, riéndose—. Pero, de todos modos, necesito un constructor. ¿Es buena esa empresa? ¿Crees que ella podría hacer el castillo?

–Probablemente. Pero no va a hacer nada más durante las próximas tres semanas y media.

–Entendido. Pero podría echarle un vistazo al jardín y darme unas cuantas ideas.

–Sí, supongo que sí.

–Demonios, Bennett, ¿es que la tienes contratada hasta el último minuto del día?

–No quiero que se distraiga del trabajo.

–Demonios, Bennett, ¿es que solo piensas en el trabajo?

–¿Qué quieres decir?

–Está claro. Cuando te miro, me veo a mí mismo no hace mucho tiempo, y eso no es bueno. Estás tan concentrado en la empresa, que no tienes vida. Es lo mismo que me ocurría a mí hasta que me reencontré con Serena.

–Y eso lo dice un hombre que se ha pasado los últimos siete años levantando la empresa de su familia.

–Es cierto. Me he pasado muchas horas trabajando o pensando en la empresa. Entonces, me di cuenta de que lo único que tenía era el trabajo. Y puede que hayas notado que eso ha cambiado mucho desde que volví a California.

–Me he dado cuenta de que tienes tiempo para venir a mi despacho a molestarle.

–¿Lo ves? Eso es. Tienes que encontrar tiempo para lo verdaderamente importante.

A Bennett se le escapó una carcajada.

–Así que molestarme es importante. Gracias por decírmelo.

–De nada –dijo Jack, y sonrió–. Bennett, pasas demasiado tiempo en este despacho. Estás intentando que tu padre se desvincule de la empresa, pero tú no eres mucho mejor que él.

–Este es mi trabajo.

–No, es toda tu vida. Y, si no tienes cuidado, va a ser lo único que tengas.

–Yo no tengo ningún problema. Tengo una empresa que me necesita. Y estoy intentando que mi padre se desvincule porque se ha jubilado. Y me gusta mi vida.

–¿De verdad?

–Sí, de verdad. Es la vida que me he construido. La que quiero llevar. Tú no tienes por qué vivir de la misma manera, así que… ¿por qué te importan tanto?

–Eres mi amigo. Y pronto vas a ser mi cuñado.

–¿Y?

–Y me gustaría verte alguna vez sin tener que venir al despacho. Serena y yo te invitamos a cenar la otra noche, y tú estabas aquí, intentando resolver no sé qué problema de marketing.

–Serena no sabe cocinar.

Jack se echó a reír.

–Yo iba a hacer la cena. Te perdiste una buena comida con nosotros y con Alli.

Bennett detestaba estar equivocado. Por suerte, eso no ocurría demasiado. Sin embargo, aquella era una de esas raras ocasiones. Debería haber ido a cenar a casa de Jack. Últimamente no había visto demasiado a su sobrina, Alli, y la echaba de menos.

–Yo era como tú –le dijo Jack–. Hasta que volví. Hasta que Serena y yo recuperamos la relación. Y ahora me doy cuenta lo poco que importaba mi vida antes.

–Entiendo lo que estás intentando, Jack –dijo Bennett, con impaciencia–. Y te lo agradezco. Pero yo no estoy interesado en casarme. Yo no…

–¿No tienes tiempo?

–Qué gracioso.

Bennett miró su reloj. Todavía le quedaban dos horas para la siguiente reunión. Se puso de pie y se abotonó la chaqueta del traje.

–Mira, vamos a The Carey. Allí te presentaré a Hannah Yates y podrás comprobar si es la contratista que te interesa.

Jack sonrió.

–Entonces, estás dispuesto a dejar el trabajo a mediodía para ir al restaurante y presentarme a tu contratista.

Bennett lo fulminó con la mirada.

–¿Tienes algún problema con eso?

–No, solo me resulta… interesante.

Interesante. Él podía vivir con eso. Solo esperaba que su amigo no se diera cuenta de que estaba deseando volver a ver a Hannah. Algo en lo que tampoco quería pensar demasiado.

Hannah notó la alteración en el ambiente en cuanto Bennett Carey entró al restaurante.

Ya debería estar acostumbrada, pero no lo estaba. Sus visitas espontáneas la tenían nerviosa constantemente. Esperaba a que él entrara por la puerta y, en cuanto aparecía, ella se ponía en alerta.

En aquella ocasión llegó acompañado por un desconocido. Ella se concentró en el hombre en quien no podía dejar de pensar.

–Llega tarde –le dijo.

–¿Cómo?

–Si mira su reloj, se dará cuenta de que llega una hora más tarde de lo normal a su misión de vigilancia.

Él frunció el ceño, y ella sonrió. Se acercó al otro hombre y le tendió una mano.

–Hannah Yates.

–Jack Colton –dijo él. Cuando le estrechó la mano y la soltó, miró a su alrededor–. Sé que están trabajando en ello, pero, por el momento, es…

–Un desastre. Pero eso no durará mucho –respondió ella. Después, miró a Bennett–. Ha llamado John Henry, y me ha dicho que donáramos la encimeras de la cocina y el menaje. Dice que espera menaje nuevo a juego con la cocina nueva.

–Era de esperar –murmuró Bennett.

–Bueno. Nosotros hemos donado las encimeras a Habitat for Humanity y las sartenes, ollas y demás a Goodwill. Hemos desmontado las mesas dañadas y estamos haciendo unas nuevas. No sé si querría un par de ellas grandes, más largas, rodeadas de bancos, en esa zona –dijo ella, y señaló un área del comedor–. Como la mayoría de las mesas son redondas, para seis, tal vez estaría bien añadir algunas más largas para las reuniones más grandes. Ya sabe, cumpleaños, celebraciones familiares, eventos de empresa… Si le parece bien la idea, mi padre y otro de los trabajadores pueden hacer las mesas y los bancos. Y estoy pensando en poner cuero color crema en los reservados y las sillas. ¿Qué le parece?

–Vaya –dijo Jack, y asintió con una sonrisa–. Creo que gana usted incluso a Amanda, la hermana de Bennett, con respecto al número de palabras que puede pronunciar sin tomar aire.

Ella sonrió.

—He aprendido que, si quieres algo, lo mejor es decirlo de una vez.

—¿Te refieres a decírmelo a mí? —inquirió Bennett.

—Sí. De ese modo, solo tiene que enfadarse una vez, y se ha terminado la discusión.

Jack volvió a reírse, pero ella casi no lo oyó. Solo tenía ojos para Bennett. Él la estaba mirando fijamente, y a ella le pareció que echaba llamas por los ojos. O, quizá, se trataba del fuego que ella tenía dentro, que se reflejaba en sus pupilas…

—Sí —dijo Jack, mirándolos alternativamente—. Si no os importa, voy a entrar en la cocina para ver cómo van…

Ella no se percató de cuándo se iba. Siguió mirando a Bennett.

—¿Ha traído a un amigo para que le ayude a vigilar?

Él sonrió ligeramente.

—No necesito ayuda.

—Es cierto. Se le da muy bien.

—Tengo mucha práctica.

Entonces, fue ella quien sonrió. ¿Qué tenía aquel hombre? Era fastidioso, daba consejos que nadie le había pedido, daba órdenes como si fuera de la realeza y, sin embargo… Allí estaba ella, preguntándose cómo sería el sabor de sus labios. Cómo serían sus caricias. Cómo…

—Ahí también hay mucho lío —dijo Jack, cuando volvió al comedor—. Pero parece que saben muy bien lo que hacen.

–Eso es lo que estaba intentando decirle al señor Carey.

–Yo se lo digo en su nombre.

Ella asintió.

–Se lo agradezco.

–Sabe lo mismo que yo de construcción –dijo Bennett–. Es decir, nada.

–Pues eso no le ha impedido decirnos lo que tenemos que hacer, y cómo debemos hacerlo.

–Sé cómo motivar a la gente.

–Bueno –dijo Jack, interrumpiéndolos–. Por muy fascinante que sea la conversación, yo he venido a conocerla y preguntarle si podría construir un castillo.

Aquello sí que captó su atención.

–¿Un castillo? Supongo que sí. Si tenemos diez años de plazo y mucha piedra.

Él sonrió, miró a Bennett y dijo:

–Me cae muy bien.

Después, le explicó a Hannah:

–Es un castillo de tamaño infantil. Sería en mi jardín. Es para la que dentro de poco será mi hijastra.

–Ah –dijo ella, y su sonrisa se volvió resplandeciente–. Me encanta. Qué idea más buena. Me encantaría hablar de ello…

–Dentro de tres semanas y media –dijo Bennett.

Ella volvió a mirarlo.

–Puedo hablar de un trabajo mientras estoy haciendo otro.

–Multitarea –dijo Jack–. Serena siempre me está diciendo que las mujeres siempre son multitarea.

–Yo no te pago para que seas multitarea –le dijo Bennett a Hannah.

—Tendrá lo que ha pagado, señor Carey —respondió ella, y miró a Jack—. Y, cuando esté terminado, nos encantaría construir un castillo para usted, señor Colton.

—Jack, por favor.

Ella sonrió y asintió. Después, al mirar nuevamente a Bennett, la sonrisa se le borró de los labios.

—Bueno, si me disculpan, voy a volver al trabajo antes de que mire su reloj y decida si estoy perdiendo el tiempo o no.

Hannah oyó la risa de Jack cuando entraba a la cocina, pero notó que Bennett Carey estaba echando chispas.

Bueno. Ella, también.

Capítulo Seis

Hannah llevaba tres días sin ver a Bennett Carey. No había vuelto por el restaurante desde su visita con Jack Colton.

Había buscado información sobre el señor Colton en Google. Era el dueño del Grupo Colton, una cadena de hoteles. Tal y como ella esperaba, aquel trabajo para los Carey iba a proporcionarle otros encargos para Construcciones Yates. Si Jack Colton quedaba contento con el castillo, tal vez la contratara para sus hoteles, o para su casa. O, tal vez, le presentara a otras personas. Aquello podía ser el primero de una larga lista de trabajos.

Salió con su primera taza de café del día al porche de su casa. Eran las seis de la mañana y la calle estaba silenciosa y vacía. Se sentó en el columpio y miró el cielo. Estaba empezando a salir el sol, y su luz lo teñía todo de rosado.

Hannah disfrutó de aquel momento, algo que hacía todos los días. Aprovechaba para pensar en la jornada que tenía por delante y a recordar las tareas más importantes.

Aquella casa, construida en los años cincuenta, con su amplio porche delantero, la había conquistado desde el primer momento. Era pequeña, estaba olvidada y habían permitido que se deteriorara. Ella la estaba remodelando poco a poco. En los dos años que llevaba allí, había reformado el baño y ampliado la habitación principal, y tenía que empezar a renovar la cocina… Pero ya habría tiempo, y dinero extra, cuando terminara la obra de The Carey.

Mientras estaba pensando en todo aquello, apareció un BMW de color negro, muy brillante, que aparcó enfrente de su casa.

—¿Por qué ha venido el rey Carey a estropearme la mañana? —murmuró ella.

Él salió del coche y cerró la puerta. Observó su casa un momento, como si se estuviera preguntando por qué quería alguien vivir allí.

—Magnífico —musitó. Como no quería levantarse del columpio, le dijo, en voz alta—: ¿No es un poco temprano para usted?

Él la miró. Llevaba un traje negro, una camisa negra y una corbata granate. Si se dirigía a una reunión, iba a asustar mucho a su adversario. A ella, sin embargo, no la asustaba. Lo que conseguía hacerle era mejor no identificarlo.

—¿Qué está haciendo aquí? —le preguntó—. ¿Cómo ha averiguado dónde vivo?

Él apoyó un hombro en uno de los pilares del porche, pero, después, debió de pensar que no era buena idea, y se alejó. Se pasó una mano por la manga de la chaqueta para quitarse el polvo y la miró.

—Averiguar dónde vives es muy difícil. He tenido que contar con los servicios de un detective llamado Google.

Ella sonrió. Aquellas muestras de sentido del humor, inesperadas, la descolocaban.

–Vaya… ¿Eso ha sido una broma?

–¿Tan sorprendente es?

–Pues sí, la verdad –dijo ella, e hizo un sitio en el columpio–. Venga a sentarse.

Él miró el asiento con cara de pocos amigos, y su primera reacción fue sentirse ofendida, pero lo superó al instante. No podía culparlo; él estaba tan fuera de lugar allí como estaría ella en una de sus reuniones de la junta directiva de su empresa. Seguramente, no acostumbraba a sentarse en el porche. Y, tal vez, necesitaba hacerlo.

–No muerde –le dijo.

Él se sentó cuidadosamente y frunció el ceño al notar que el columpio se movía.

–Nunca le he visto la gracia a los columpios del porche. ¿Por qué quiere la gente que un asiento se mueva?

–Una pregunta trascendental –murmuró ella–. Y, volviendo a la pregunta original, ¿qué está haciendo aquí?

–Tengo una reunión muy temprano en Los Ángeles –respondió él–, así que hoy no voy a poder ir al restaurante.

Ella chasqueó la lengua.

–¿Y cómo nos las vamos a arreglar sin usted?

Él estuvo a punto de sonreír. Otra muestra de buen humor, y Hannah se preguntó si estaría al tanto de lo que le hacía aquella ligera sonrisa. Probablemente, no. Si lo supiera, no lo haría.

–Entretenido –dijo él. Después, añadió–: Me imaginé que estarías despierta muy temprano, porque, normalmente, estás en el restaurante a las ocho.

—Su acecho es muy eficiente.

—No te estoy acechando. Solo estoy… vigilando la obra.

—Interesante definición de «acechar».

—No es cierto. Yo soy el que está pagando este trabajo. Soy quien necesita que se haga bien.

—Entonces, a lo mejor también es la persona que debería darnos espacio para hacerlo.

Él se levantó bruscamente del columpio y se metió las manos en los bolsillos. ¿Cómo podía estar tan irritado y ser tan atractivo al mismo tiempo?

—Me he arriesgado al contratar a tu empresa.

Entonces, ella también se levantó. Se acercó a él y lo fulminó con la mirada.

—Mi empresa de construcción es buenísima, y lo sabe. Y no nos dio este trabajo por pura generosidad. No tuvo más remedio que correr ese riesgo, como yo estoy corriendo un riesgo con usted.

A él se le escapó una carcajada seca.

—Vaya riesgo. Va a cobrar una buena cantidad.

—Y usted va a recuperar su restaurante en mejores condiciones que antes del incendio, y en un plazo más que ajustado. Así que, seguramente, los dos debemos estar contentos.

Él cabeceó, como si estuviera admirado o, quizá, exasperado. Ella no estaba segura. Entonces, él dijo algo que acabó con sus dudas.

—Eres la mujer más irritante que he conocido.

—Me siento halagada y molesta a la vez. Lo mismo digo con respecto a usted.

—¿Yo? –preguntó él, con asombro–. ¿Por qué soy yo irritante?

–Por su constante vigilancia, por su forma de cuestionar constantemente la capacidad de mi empresa, por sus visitas a la obra…

–Mi restaurante.

–Mi lugar de trabajo.

Los dos se miraron, y el aire que había entre ellos se cargó de electricidad. Tras unos instantes, él miró la hora.

–Oh, por el amor de Dios. Debería tirar ese reloj.

–No, en absoluto. Tengo que ir a una reunión, y yo nunca llego tarde.

–Pues, por favor, váyase ya. No se retrase por mi culpa.

–Como he dicho, irritante –respondió él, y tomó aire para calmarse–. Mire, he venido a decirle que John Henry va a ir a verla hoy al restaurante. Tiene una lista de cambios para la cocina, y yo quería que supieras que hay que hacerlo todo tal y como él lo pida.

Hannah enarcó las cejas.

–Debe de ser muy importante para usted.

–Es uno de mis mejores amigos. Y, además, es el mejor chef de California, y quiero que siga en su puesto de trabajo.

–Pues seguro que dándole carta blanca en el diseño de la cocina lo va a conseguir. Pero, de todos modos, esto podía habérmelo dicho por teléfono.

–Sí –dijo él. En aquel momento, uno de los hijos de los vecinos, los Morrison, salió de casa rápidamente y se montó en su furgoneta. Arrancó el motor, que necesitaba desesperadamente un silenciador. Bennett se giró a mirarlo. Después, volvió a mirarla a ella, y añadió–: Podía y debía habérselo dicho por teléfono.

Ella le preguntó, con curiosidad:

—¿Y por qué no lo ha hecho?

Él se quedó pensando unos segundos antes de responder.

—Decidí que quería verte fuera del trabajo —dijo, aunque no parecía que estuviera muy contento por ello—. Es evidente que soy un masoquista secreto.

Ella se echó a reír y notó el mismo cosquilleo de siempre. Claramente, se sentía muy atraída por aquel malhumorado alto y moreno.

—Es evidente. Bueno, otra pregunta.

—Claro, ¿por qué no?

—¿Cuántos trajes tiene?

—¿Cómo? ¿Qué tiene eso que ver con todo lo demás?

—Solo es una pregunta, señor Carey.

—Bennett.

Ella asintió y tragó saliva, porque su respuesta la puso nerviosa.

—Bennett —dijo. Se quedó pensándolo un instante, y añadió—: ¿Sabes? Creo que es demasiado estirado. Yo te voy a llamar Ben.

Él frunció el ceño.

—Nadie me llama Ben.

—¿Nadie? ¿Ni siquiera tu familia?

—No.

—Pues mejor aún. Bueno, Ben, ¿y cuántos trajes tienes?

Sin dejar de fruncir el ceño, él respondió:

—No tengo ni idea.

—Vaya, vaya. ¿Y cuántos pantalones vaqueros?

—Dos.

71

Ella sonrió.

–Por eso es mejor que te llame Ben. De verdad, eres demasiado formal.

–Estoy cansado de oír eso –dijo él, y apretó los dientes como si no quisiera seguir hablando. Entonces, soltó, sin poder contenerse–: ¿Esa furgoneta hace ese ruido todas las mañanas?

«Qué curioso», pensó Hannah. Ella había dejado de oír el ruido del motor de la furgoneta hacía un rato. El chico, por fin, se marchó con un estruendo. Cuando todo quedó en silencio otra vez, ella miró a Bennett y respondió:

–Sí.

–Dios mío. Los vecinos deberían hacer una colecta para comprarle otro vehículo. ¿Por qué no lo han hecho?

–Porque es un chaval, y adora esa furgoneta.

–Sobre gustos no hay nada escrito –murmuró él.

–No –dijo ella–. Es cierto. Lo que me lleva a esto –añadió.

Fue algo impulsivo; tal vez, al pensar en él como en Ben, en vez de Bennett, le resultó más accesible, y no pudo resistir la tentación.

Se puso de puntillas, lo agarró de las solapas del traje y tiró de él hacia ella, y lo besó durante tres o cuatro segundos. Todas las terminaciones nerviosas de su cuerpo se pusieron en pie y aplaudieron, y notó un cosquilleo en el estómago. Cuando lo soltó, tuvo que agarrarse a la barandilla del porche para mantener el equilibrio.

Entonces, lo miró a la cara, y vio que sus ojos azules ardían.

–¿Qué ha sido eso? –preguntó.

–Ha sido un beso.

–¿Por qué?

–No estoy segura. Supongo que parecía que necesitabas que te besaran.

–¿Ah, sí? –preguntó él, y se acercó a ella–. ¿Y tú también necesitabas que te besaran?

–«Necesitar» es una palabra muy fuerte…

Dios, ¿en qué estaba pensando? Ya había pasado por aquello con un hombre rico y guapo que no tenía nada que ver con ella y, al final, todo se había ido al infierno. Y, en aquella ocasión, el hombre rico en cuestión podía influir mucho en el futuro de su empresa.

–«Necesitar» es una palabra muy fuerte, sí, y describe lo que está ocurriendo en este momento.

–Sí –respondió ella, y dio un paso atrás. Aunque fuera una muestra de cobardía, no pudo reprimirse.

Mientras, el cielo se había aclarado y los pájaros habían empezado a cantar. El barrio se había despertado, y un poco más debajo de su calle empezó a oírse el ruido de otro motor, que rugía tan rápidamente como su corazón.

–Creo que entre nosotros hay algo –murmuró él.

–¿De qué estás hablando?

–De lo que estabas hablando tú. De necesidad.

–Ya. No, no creo. Creo que lo mejor es que te marches ya, o llegarás tarde a tu reunión.

–Posiblemente, y, como ya he dicho, yo nunca llego tarde. Pero todavía no quiero marcharme.

–¿Por qué no?

–Porque, ahora, parece que eres tú la que necesitas algo.

Oh, Dios. Ella sabía exactamente lo que necesitaba. Lo que quería. ¿Era tan fácil verlo reflejado en su cara? Si lo era, no iba a decir nada al respecto. En vez de eso, dio una respuesta ligera.

–¿Café? ¿Un poco de paz y tranquilidad? ¿Soledad?

–No, ninguna de esas cosas.

–¿De verdad?

–De verdad.

Él le puso las manos en la cintura, la levantó del suelo y le dio un beso que hizo que le ardiera todo el cuerpo. El corazón se le aceleró aún más, y retumbó como si fuera un tambor en sus oídos. Nunca había experimentado tantas sensaciones a la vez, y se aferró a sus hombros para saborear cada segundo.

Y, justo cuando estaba pensando en trepar por su cuerpo como si fuera una montaña, él la soltó y dio un paso atrás.

Ella pestañeó.

–¿Qué ocurre?

Él cabeceó, se pasó una mano por la cara y le clavó una mirada entre ardiente y furiosa, como si ella tuviera la culpa de que la deseara.

–Tengo que irme.

–Claro que sí.

Él miró el reloj.

–Tengo una reunión –repitió él.

–Ya lo has dicho. Y no puedes llegar tarde.

–No.

–Pues bien, vete. Buen viaje.

–De acuerdo. Los dos tenemos que trabajar.

Vaya. Parecía que él no sabía qué decir, porque

74

volvió a adoptar su expresión seria y malhumorada, y su actitud altiva. ¿Cómo era posible que un hombre pasara de ser increíblemente sexy a frío y calmado en tan pocos segundos? ¿Acaso tenía un interruptor interno?

Hannah se alejó y abrió la puerta de su casa. Miró hacia atrás, por encima de su hombro, y añadió:

–Que te lo pases muy bien en la autopista. Espero que haya atasco.

Cerró la puerta mientras él estaba mirándola y, cuando por fin estaba dentro de su casa, a salvo, sintió una punzada de satisfacción. Había estado a punto de estropearle el horario de trabajo al rey Carey. Y sabía que, mientras condujera por la autopista hacia su dichosa reunión, solo podría pensar en ella.

Capítulo Siete

Tal y como había prometido, John Henry Mitchell apareció en la obra a mediodía, y a Hannah le cayó bien a primera vista. Era tan alto que ella se sintió aún más baja de lo que era. Pero el chef tenía una sonrisa enorme y un trato afable que eran muy refrescantes después de haber tratado con Bennett Carey.

—Va tomando forma —comentó él, cuando ella le estaba enseñando la cocina.

Hannah lo miró y sonrió.

—Todavía no tiene muy buen aspecto, pero ya tenemos terminado todo lo que no se ve. Por ejemplo, nuestro electricista ya ha cambiado toda la instalación eléctrica, así que ya no tendrá que preocuparse más por eso.

—Me alegro —dijo John Henry—. No es algo que quiera volver a ver.

—No me extraña —dijo Hannah, y lo llevó a ver la despensa—. Hemos añadido baldas aquí para aumentar la capacidad de almacenaje —dijo, y señaló una de las paredes.

—Estupendo —dijo el chef con una sonrisa—. Era una de las cosas que quería pedir.

—Me alegro de ser de ayuda. Estaba pensando que tal vez quisiera unos cuantos cubos grandes al final de la despensa. Para almacenar.

–Buena idea –dijo él. Salió del habitáculo y miró la vieja cámara–. ¿Y qué pasa con el congelador? ¿Se puede hacer algo con él?

–También vamos a ponerle más baldas, y luces. Ahí dentro está un poco oscuro.

–Tanto, que muchos días tengo que utilizar una linterna.

Ella se echó a reír.

–Podría quitar todo esto e instalar una nueva cámara, pero si quiere mi opinión…

–Sí.

Ella asintió y continuó.

–Es un congelador de alta gama. Cierto, tiene veinte años, pero está muy bien todavía. Puedo pedirle al fontanero que lo revise, que le ponga a punto el motor, y asegurarme de que el suelo está en perfectas condiciones. Después, le añadiremos capacidad de almacenaje y la iluminación, y dejaremos el resto en paz.

–Me parece bien.

El chef se giró hacia el espacio principal de la cocina, ignorando el estruendo del trabajo, los sonidos de los martillos y sierras, y la radio, que estaba sintonizada en una estación de música country.

–Lo que de verdad me preocupa es la altura de las encimeras.

Hannah alzó la cabeza para mirarlo y sonrió.

–Entiendo que eso sea un problema. La altura estándar de una encimera de cocina es noventa y un centímetro. A la mayoría, eso nos llega por las caderas.

–A mí, no.

–No, claro. Para usted, estaba pensando que podríamos hacer las encimeras de un metro de alto, y eso le ayudaría mucho.

–Sería estupendo para mí, pero ninguno de mis cocineros es tan alto como yo. Lo mejor sería hacer una de las encimeras de un metro de altura y, las demás, a la altura estándar. Eso bastaría.

–Perfecto –dijo ella, asintiendo.

–Y hay otra cosa muy importante en mi lista –prosiguió él–. Una cocina de doce fogones que tenga unos cinco centímetros más de altura que el estándar.

–Creo que eso podemos hacerlo –dijo ella. De hecho, aquel hombre le caía tan bien que estaba dispuesta a buscar aquella cocina en donde hiciera falta.

Después, llevó a John Henry al comedor. El sol entraba a raudales por las ventanas, y se veían las motas de polvo de la obra bailando por el aire.

–¿Hay algo que necesite aquí?

Él hizo un gesto negativo.

–No, ahora no se me ocurre nada. Pero, si lo necesito, se lo diré.

–Solo tiene que llamarme –dijo ella, y se sacó una tarjeta de visita del bolsillo trasero del pantalón–. Mi número está ahí.

–Gracias, lo haré –dijo él. Miró de nuevo a su alrededor, y añadió–: En cuanto salga de aquí, le voy a encargar a Bennett todas las sartenes y las ollas nuevas. Y lo que se me ocurra.

Empezó a frotarse las manos con fruición.

–Ben me dijo que usted podía pedir lo que quisiera para la cocina.

John Henry enarcó las cejas.

–Así que Ben, ¿eh?

78

Ella frunció el ceño. Se quedó azorada por la indiscreción.

—Es que es tan… estirado.

—Sí, supongo que lo es, a veces. Pero yo puedo dirigir mi cocina como quiera, y no hay muchos chefs que puedan decir lo mismo. Así que se lo perdono.

—Ojalá me dejara llevar la obra del mismo modo.

—Si sirve de algo —le dijo el chef—, me parece que están haciendo un gran trabajo. Puedo imaginarme cómo va a quedar todo, y estoy impresionado.

Hannah suspiró y sonrió.

—Se lo agradezco. Y, si no le importa, dígaselo también a Bennett Carey, por favor.

John Henry se echó a reír.

—Bennett sabe perfectamente que están haciendo un buen trabajo. Lo único que pasa es que no consigue relajarse. Siempre ha sido así. Tiene que estar siempre encima de todo para asegurarse de que los demás están haciendo un trabajo que él cree que podría hacer mejor.

Entonces, fue ella quien se rio, porque John Henry estaba en lo cierto.

—Acaba de describir a la perfección al rey Carey.

—¿El rey Carey? —preguntó él, y se echó a reír de nuevo.

—No, no quería decirlo. En realidad, solo le llamo así mentalmente.

—Le pega —dijo el chef, asintiendo—. Pero Bennett también es el mejor amigo que he tenido nunca. Es un hombre con el que se puede contar. Y, si le da a uno su palabra, está dispuesto a morir antes que no cumplirla.

—Vaya, sí que tiene usted una buena opinión de él.

–La mejor. Es un buen hombre, Hannah. Pero creo que usted ya lo sabe.

Tal vez, pensó ella. El problema era que, si se permitía pensarlo, tal vez sus sentimientos hacia él se volvieran aún más fuertes. No podía correr ese riesgo.

Porque, dijera lo que dijera John Henry, Bennett Carey vivía en un mundo muy diferente al suyo, y ella sabía que no podía pasar nada bueno cuando dos mundos colisionaban.

Bennett encontró mucho tráfico durante todo el trayecto hacia Los Ángeles, y maldijo a Hannah por haberle echado una maldición a él.

De hecho, la culpaba de haberle estropeado todo el día. Nada salió bien, empezando por el tráfico de la carretera y siguiendo con las reuniones. La primera había sido un desastre; el consejero delegado de la otra empresa no había aceptado las condiciones del trato que se le ofrecía. La segunda, con un agente inmobiliario que estaba intentando negociar el precio de unas tierras en nombre de su clienta, en Irvine, se había acabado cuando Bennett había visto el informe del geólogo.

No podía pensar en otra cosa que en Hannah. Ni siquiera había conseguido olvidarse de ella durante la comida con el prometido de Amanda, Henry.

–Demonios –murmuró cuando tuvo que detener el coche detrás de un camión de reparto.

El tráfico de vuelta a Orange County siempre era una pesadilla, y Bennett sabía que iba a estar allí un buen rato. Incluso se había quedado en Los Ángeles más tiempo del necesario con la esperanza de evitar la hora punta.

–Para lo que me ha servido…

Bennett dejó vagar la mente y, por supuesto, recordó lo que había ocurrido aquella mañana.

Hannah lo estaba volviendo loco. Nunca se había sentido tan atraído por una mujer. Era menuda, pero fuerte, y tenía tanta seguridad en sí misma que parecía que no podían dejar de chocar. Ninguna mujer había discutido con él como lo hacía Hannah. Ni lo había retado. Ni le había llamado la atención por ponerle mala cara.

Nada de aquello debería gustarle tanto, pero le gustaba. Y, una vez que había probado sus labios, quería más.

Los coches avanzaron un par de centímetros y, mientras gruñía por haber ido a Los Ángeles, pensó en la conversación que había mantenido con Henry.

–Amanda me ha contado que estás intentando convencer a tu madre para que se vaya de tu casa.

–Lo estoy intentando, pero no lo consigo. A menos que mi hermana y tú estéis dispuestos a acogerla.

–Yo, sí, pero Mandy dice que no. Está empeñada en que tu madre la volvería loca con los planes de la boda –dijo Henry, y se encogió de hombros–. A mí no me importaría nada. Ya sabes que siempre he apreciado mucho a tus padres.

–Sí, lo sé.

–Pero, Dios mío, Bennett, tu hermana me está volviendo loco a mí con la boda. Si las tuviera a las dos haciendo lo mismo…

A él se le escapó un suspiro, y admitió, de mala gana:

81

–Lo entiendo.

No quería entenderlo, pero... estaba del lado de Henry.

–¿Y si convences a Mandy para que se ponga a arreglar la situación entre mis padres? –le preguntó a su amigo–. Si ella no puede convencer a mi padre de que se jubile de verdad, nadie podrá hacerlo nunca.

–Debería quejarme porque llames pesada a mi prometida, pero te lo permito porque eres su hermano y la conoces desde hace más tiempo.

–Gracias.

–¿Qué tal va la obra del restaurante?

Y, así, tan fácilmente, Bennett volvió a ponerse tenso y se le aceleró el pulso.

–Solo ha pasado una semana, pero parece que avanza.

–¿Eso es todo lo que tienes que contar? Mandy dice que vas todos los días a The Carey a vigilar a la constructora, y tú solo puedes decir «que parece que avanza»?

–Mandy tiene la boca muy grande.

Henry se estremeció.

–Vaya, también debería quejarme por eso. Pero... bueno, es cierto, la tiene. Entonces, ¿por qué vas todos los días a la obra? ¿No te fías de la contratista?

Confianza. Lo cierto era que estaba empezando a creer que Hannah era tan buena en su trabajo como decía constantemente. Sin embargo, no contaba con lo que le estaba haciendo a él. Y no sabía qué hacer al respecto.

–Ah –dijo Henry, pensativamente–. ¿Cómo es ella?

–¿Qué?

—Que cómo es la contratista.

—Fastidiosa.

Henry se echó a reír.

—Vaya, gracias —dijo él—. Me encanta que te diviertas tanto.

—Vamos, Bennett. Es maravilloso ver que una mujer tiene el poder de alterarte.

—Yo no he dicho eso.

—No era necesario. Está bien claro.

—Lo único que está claro es que esta conversación ha terminado.

Henry se echó a reír, dejó la cerveza sobre la mesa y se inclinó hacia delante.

—Vamos, tienes que verlo desde mi perspectiva.

—¿Qué perspectiva?

—Cuando Amanda me estaba volviendo loco a mí, ¿no disfrutabas tú a cada minuto?

No, la situación era muy distinta. Amanda quería a Henry, y lo había atormentado. Entre Hannah y él no había amor, sino atracción. Pensó que, tal vez, una relación sexual con ella aplacaría su deseo y le devolvería la paz. Cuando la hubiera conseguido, podría dejar de pensar en ella.

Se frotó la frente y se contuvo para no soltar un gruñido.

—Sí —dijo Henry, que se apoyó en el respaldo de su asiento y alzó la copa de cerveza para hacer un brindis—. Yo sí que estoy disfrutando de esto.

Cuando el coche de detrás le pitó, Bennett salió de su ensimismamiento y avanzó un metro, lo que le permitía el tráfico.

Si sobrevivía a aquel viaje de vuelta, iría directa-

83

mente al restaurante. Ya era hora de Hannah y él tuvieran una conversación en serio.

A Hannah le encantaba estar sola en las obras.

Y aquel día lo necesitaba más que nunca.

Había dejado que los trabajadores se fueran a las seis, porque llevaban muchos días haciendo horas extra, y no quería que se agotaran cuando todavía les quedaba bastante trabajo por delante. Además, así podría relajarse un poco en la quietud. La cocina estaba al fondo del restaurante, alejada de la carretera, y era como si estuviese a solas en el mundo.

Se puso a revisar el trabajo que habían hecho. La cocina había mejorado mucho y, en aquel momento, ella podía concentrarse en algunos detalles que le darían a aquel espacio un atractivo añadido.

Sonrió mientras aplicaba una capa de cola de carpintero en un listón de pino macizo y se agachó para aplicar otra capa en el extremo de uno de los nuevos armarios. Los listones eran decorativos y, una vez que estuvieran pintados, parecería que eran unas molduras talladas en las puertas de madera.

Cuando hubo pegado el último listón, lo sujetó con una mano e intentó tomar una mordaza de carpintero que había en el suelo para dejarla colocada toda la noche y que la cola hiciera su efecto. Pero no llegó.

—Vaya, demonios…

—¿Qué ocurre?

Ella se sobresaltó y estuvo a punto de dar un grito. Miró hacia atrás y preguntó:

—¿Qué estás haciendo aquí, Ben?

–He pasado por tu casa y no estabas, así que he venido aquí.

–¿Has dado por hecho que no tengo vida?

–No, es que he pensado que estarías haciendo horas extra para ganarte ese bonus.

–De acuerdo –dijo ella, encogiéndose de hombros–. Bien pensado.

–Así que, repito, ¿qué ocurre?

Ella exhaló un suspiro.

–No alcanzo la mordaza de carpintero.

Él se acercó despacio, como si estuviera atravesando un campo de minas. Y tal vez así fuera. Después de cómo habían quedado las cosas aquella mañana, era normal que los dos se sintieran un poco a la defensiva.

–¿Esto? –preguntó Bennett, tomando una herramienta del suelo.

–Sí –dijo ella–. Y, ya que estás aquí, puedes ponerla en su sitio mientras yo sujeto el listón contra la puerta del armario.

–¿Y cómo se hace?

Ella le sonrió. Le había sorprendido que estuviera dispuesto a reconocer que había una cosa que no sabía hacer. ¿Por qué aquel pequeño detalle hacía que le gustara aún más?

–Abre la mordaza y ponla aquí, contra la esquina del armario. Así sujetará el listón en su sitio.

Él frunció el ceño y alineó perfectamente la herramienta. Entonces, ella le dijo:

–Ahora, aprieta. No hace falta que aprietes demasiado, con que sujete la pieza de madera es suficiente.

–¿Así está bien?

–Sí –dijo ella.

Soltó el listón y, cuando Bennett se irguió, ella se cercioró de que la mordaza estaba bien apretada.

–¿Tenías que comprobarlo?

Ella alzó la vista.

–¿Tú no lo habrías hecho?

Él sonrió.

–Sí.

¿Por qué tenía que sonreír? Aquella pequeña expresión lo cambiaba todo en él. Sus ojos mostraban calidez y la tensión desaparecía de sus hombros, y se volvía un hombre mucho más tentador que cuando tenía el ceño fruncido.

–Bueno –dijo, cuando estuvo segura de que no le iba a temblar la voz–. ¿Por qué has venido a verme?

–Me parece que deberíamos hablar de lo que ha pasado esta mañana.

–¿De qué tenemos que hablar? –preguntó ella, aunque sabía que era mucho.

Él se acercó, y fue en ese momento cuando Hannah se dio cuenta de que se había quitado la corbata y se había desabotonado el cuello de la camisa. Dios Santo, para Bennett Carey, eso era ir prácticamente desnudo.

Desnudo.

Movió la cabeza para intentar aclararse la mente, pero solo consiguió marearse un poco más de lo que ya estaba. Seguramente, eso no era nada bueno.

–Dijiste que me habías besado porque yo lo necesitaba.

–¿Y tú me besaste por el mismo motivo?

–Más o menos. Así que, dime, Hannah, ¿qué crees que necesito ahora?

A ella se le secó la boca. Él le estaba diciendo, con la mirada, lo que necesitaba. Y en eso, eran exactamente iguales.

—Mira —dijo, tratando de suavizar la situación—, solo pensé que debíamos besarnos para quitárnoslo de en medio, porque estaba ahí todo el tiempo. Ya sabes, aumentando la tensión sexual y todo eso…

—Um… —murmuró él—. Entonces, no solo era solo necesidad. Era para aligerar el ambiente.

—¡Eso es! —dijo ella, y asintió enfáticamente, sonriendo temblorosamente.

Porque, en realidad, el beso no había aligerado nada, sino que había agravado la situación más que antes.

—Entiendo —dijo él.

Estaba tan cerca que ella podía ver cómo le latía el pulso en el cuello. Iba muy rápido. Como el suyo.

Se dio cuenta de que, al besarlo aquella mañana, había comenzado algo que no podía parar. En el restaurante reinaba un silencio ensordecedor, y los únicos sonidos que podían percibirse eran los de su respiración y la de Ben, ambas, aceleradas.

—Ben —susurró ella, mirándolo a los ojos—. Esto no es buena idea.

—¿No?

Bennett cabeceó, pero no apartó los ojos de ella.

—Te equivocas, Hannah. Es la única idea que importa en este momento.

Ella tragó saliva y esperó. No sabía lo que estaba esperando, pero, al instante, él se lo mostró.

—Seguramente, deberíamos quitarnos otra cosa de en medio.

Entonces, la agarró de los hombros, la acercó a sí y se inclinó para besarle los labios con un deseo que igualaba el suyo.

Hannah se quedó en blanco por un momento. Después, comenzó a darle vueltas la cabeza y sintió todo el fuego que él estaba atizando. Se aferró a sus hombros mientras sus lenguas se entrelazaban con lujuria. Era demasiado tarde para hacer caso de las alarmas que se dispararon en su mente. Había tenido la oportunidad de mantenerse a distancia, pero se había permitido a sí misma sentir demasiadas cosas.

Él le acarició la espalda con ferocidad, con unas manos posesivas, y ella se abandonó a las sensaciones mientras exploraba su boca con la misma intensidad. Era como si todos los momentos que había pasado con él, toda la tensión sexual y el calor, hubieran explotado de repente y exigieran satisfacción.

Cuando él, de repente, interrumpió el beso, ella pestañeó para enfocar la mirada y poder verlo. Con la respiración acelerada, con el corazón a punto de explotar, miró sus ojos azules. Él le preguntó:

–¿Crees que ya lo hemos quitado de en medio?

A ella se le escapó una carcajada áspera.

–¿Sabes? Creo que todavía nos queda trabajo por hacer.

Él sonrió.

–Soy tu hombre.

«Por ahora», pensó ella. Después, él volvió a besarla, y ella dejó de pensar.

El racional y calmado Bennett Carey desapareció, y Ben ocupó su lugar. Era un hombre sin control, sin barreras. Sus manos estaban por todas partes. Su respiración le acariciaba la piel. Recorrió su cuello con los labios y le acarició la cara, la garganta… Metió una mano por debajo de su camisa y la acarició. Incluso a través de la tela del sujetador, el pecho le ardió al notar su contacto.

Hannah inclinó la cabeza hacia atrás mientras él la abrazaba cada vez con más fuerza y le besaba la garganta, lamiendo, saboreando y mordisqueando hasta que ella tuvo la sensación de que se le iba a escapar el corazón del pecho.

—Oh, Ben…

—No hablemos más. No necesitamos palabras en este momento.

Él le bajó la cremallera del pantalón y deslizó una mano dentro de sus bragas para acariciarla. Ella se movió hacia él y gruñó al notar el primer roce de sus dedos.

Hacía mucho tiempo que no la acariciaban. Que no sentía la necesidad de un hombre por ella y correspondía a aquella necesidad. No estaba dispuesta a perder un segundo preguntándose si estaban cometiendo un error o no.

Entonces, él sacó la mano de su ropa y la miró con deseo y pasión.

—Ahora —dijo—. Tiene que ser ahora, así que, si vas a cambiar de opinión, esta es tu oportunidad.

No era una opción. Ella solo quería estar con él. Aceptar lo que le ofrecía. Lo miró a los ojos, tan azules y ardientes, y dijo:

—Estás perdiendo el tiempo.

Capítulo Ocho

Bennett se echó a reír. Se le escapó una carcajada que hizo que hizo sonreír a Hannah.

–Me gusta eso de ti, Hannah. Nunca tengo que adivinar lo que estás pensando.

Ella posó la palma de la mano en su mejilla. Al instante, él perdió la sonrisa, y una expresión de deseo apareció de nuevo en su cara. Aquel era un Ben Carey que ella no reconocía, y le gustaba. Mucho.

Con un movimiento suave, él la levantó del suelo y ella lo envolvió con las piernas, y se apretó contra su cuerpo. Él la abrazó con fuerza y la llevó hasta la pared más cercana, y ella sonrió cuando la apoyó contra el muro. Se retorció entre sus brazos, intentando ayudar lo máximo posible sin que él tuviera que soltarla. Él alargó la mano para quitarle una de las botas y bajarle una de las perneras del pantalón.

–Date prisa –le susurró ella, con una risa ahogada.

–Ya voy –dijo él, y se irguió para besarla de nuevo–. Estos vaqueros te quedan fabulosamente, pero con falda todo habría sido más fácil.

–No puedo trabajar con falda –dijo ella.

Tomó su cara con las manos y lo besó con todas sus fuerzas. Él dio un gruñido y tiró de la banda elástica de sus bragas tipo bikini.

Hannah se echó a reír y, en pocos segundos, consiguió quitarle el pantalón y la ropa interior, y rodeó su miembro con una mano.

Bennett gruñó con más fuerza cuando ella comenzó a acariciarlo. Ella sabía cómo se sentía, porque estaba en la misma situación: tan desesperada por él que pensó que iba a estallar antes de hacer lo que iban a hacer.

—Deberías saber —le dijo— que normalmente no hago cosas como esta.

—Yo, tampoco. No importa.

—Sí , pero quiero que lo sepas.

—Considérame informado —dijo él, y escondió la cara en su cuello.

—Ohh —gimió ella cuando Bennett le pasó la lengua por el lugar donde latía su pulso—. Deberías darte prisa.

—Ese es el plan —dijo él, contra su piel.

Entonces, él se hundió en su calor, y Hannah dejó de pensar. Ya nada tuvo importancia, salvo lo que él le estaba haciendo sentir. Se movió acompasadamente con él para tomarlo más profundamente, y le clavó los talones en la espalda para estrecharlo todavía más, para aferrarse aún más.

—¡Ben! Ben...

Dejó caer la cabeza contra la pared, con la respiración entrecortada, mientras él seguía embistiendo su cuerpo con una decisión que la llevó al borde del clímax.

—Demonios, Hannah —gruñó él—. Vamos, suéltalo. Déjate llevar.

Ella quería hacerlo, pero, al mismo tiempo, quería contener el orgasmo para disfrutar de aquel viaje. Sin embargo, su cuerpo no se lo permitió. La tensión aumentó tanto que no pudo soportarlo.

–Estoy muy cerca –murmuró. Alzó la cabeza y vio que en los ojos de Bennett había tanta desesperación como la que sentía ella misma.

Al instante, su mundo estalló y vio fuegos artificiales tras los párpados cerrados. Aunque hubiera preferido esperar más, Ben era un hombre demasiado habilidoso, incluso contra una pared, así que no pudo hacer otra cosa que temblar, gritar su nombre y agarrarse a sus hombros mientras su cuerpo se estremecía una y otra vez.

Y, un momento después, lo abrazó mientras él luchaba contra la última barrera y reclamaba lo que ya le había dado a ella. Hannah vio que su mundo se ladeaba salvajemente y volvía a enderezarse mientras su corazón latía con fuerza. Notó un calor que no había sentido nunca. Una conexión increíble con un hombre al que solo conocía desde hacía una semana.

Todo aquello era tan inesperado y tan… aterrador. Y, aun así, resultaba maravilloso.

Cuando recuperaron el aliento, él alzó la cabeza y la miró.

–Hola –dijo.

Ella se echó a reír.

–Sí, hola a ti también. Esto ha sido…

–Sorprendente.

–Sí, buena palabra.

Hannah no quería moverse, pero sabía que tenía que hacerlo. Cuando él la dejó en el suelo, tuvo que apoyarse en la pared de nuevo, pero para guardar el equilibrio.

–Vaya momento más estúpido para hacer esto. No estaba pensando –dijo Bennett, mientras se recolocaban la ropa–. Y no llevo condones encima desde los dieciocho años, cuando tenía esperanza de ser afortunado.

Ella lo miró.

–Bueno, no te preocupes. Si estás sano, no tenemos ningún problema en ese sentido.

–Sí, no tengo ninguna enfermedad –dijo él. Por su expresión, se sintió insultado porque ella hubiera pensado en esa posibilidad.

–Yo, también. Además, tomo la píldora, así que no hay problema.

Él se pasó las dos manos por el pelo y se alejó unos cuantos pasos. Después, volvió hacia ella.

–Bueno, para mí sí es un problema.

En un abrir y cerrar de ojos, Ben había desaparecido y había vuelto Bennett, pensó ella, suspirando mentalmente.

–Pues hace un minuto no lo parecía –le dijo.

–Es verdad. Pero yo no trato así a las mujeres. Dándote embestidas contra una pared…

–Es una buena pared. Y, de veras, a mí no me ha importado.

Él se echó a reír mientras se frotaba la nuca.

–No debería haber…

–Tú no has hecho nada solo. Lo hemos hecho los dos. Y, si vas a arrepentirte y a darte golpes en el pecho, debes saber que no quiero oírlo.

–¿Tú no te arrepientes de nada?

–Intento no hacerlo. No siempre funciona, claro.

–Bueno, pues si tú puedes…

93

—Requiere práctica –dijo ella–. Además, para mí también ha sido la primera vez que hago algo así.

—Sí, pero eso no hace que me sienta mejor.

—Pues, si te sirve de algo, yo me siento genial.

Él se echó a reír, y a ella se le cortó la respiración. Bennett era guapísimo cuando tenía cara de mal humor, pero, cuando sonreía, era deslumbrante. No era de extrañar que la hubiera atraído desde el primer momento.

Se puso de puntillas y le dio un suave beso en los labios.

—Creo que a los dos nos vendría bien una copa de vino y algo de comer.

Él la miró a los ojos y asintió.

—Entre otras cosas.

—Te acuerdas de dónde vivo, ¿verdad?

—Sí.

—Pues vamos a mi casa, a ver qué tengo en la nevera.

Ella echó a andar, pero él la tomó del hombro e hizo que se girara de nuevo. La miró a los ojos y le dijo:

—No sé qué está pasando aquí, Hannah. Este no era el plan.

—No todo tiene que suceder de acuerdo con un plan, Ben.

Él sonrió un instante, pero, después, movió la cabeza.

—En mi mundo, sí.

—Pero ahora estás en el mío.

—Cierto. Bueno, supongo que sabrás que todavía no he terminado contigo.

–Yo, tampoco –replicó ella, y le apartó suavemente el pelo de la frente–. Por eso necesitamos comer algo.

En la pequeña cocina de la casa de Hannah, Bennett esperó mientras ella sacaba una pizza congelada y encendía el horno. No podía dejar de mirarla. Su pelo corto y negro era tan suave como la seda, y su cuerpo menudo y atlético se adaptaba al suyo como si fuera una pieza que le faltaba y había encontrado su lugar.

Ella se giró a mirarlo con una sonrisa, y a él se le aceleró el corazón. No quería esperar a que se hiciera la pizza. Se apartó de la pared, atravesó la cocina y la tomó en brazos.

Ella se echó a reír y preguntó:

–¿Qué estás haciendo?

–Buscar un dormitorio –murmuró él–. Cualquiera.

Ella le rodeó el cuello con los brazos y dijo:

–Al final del pasillo, la primera puerta a la izquierda.

No tardó mucho en hacer el trayecto. Lo único que necesitaba era una superficie horizontal y, si ella no tenía una cama allí, el suelo cumpliría su función.

–Gracias a Dios –murmuró–. Hay cama.

–Pues claro que hay una cama –dijo ella, sin dejar de reírse.

Nunca había conocido a una mujer como ella. Ninguna se había reído durante las relaciones sexuales con él. Antes, el sexo siempre había sido algo satisfactorio, silencioso. Civilizado. Sin embargo, Hannah Yates lo había cambiado todo. Lo estaba cambiando a él; con ella, era muy diferente a cuando estaba con los demás. Lo sabía; lo que no sabía era qué sentía al respecto. Por el momento, solo le importaba estar con ella otra vez. Ver cómo se le nublaban los ojos de placer. Sentir sus caricias.

La dejó en la cama y comenzó a desnudarse mientras ella hacía lo mismo. Nunca había sentido tanto deseo. La luz de la luna entraba por la ventana de la habitación, e iluminó su cuerpo desnudo. Y, cuando ella le sonrió, a él se le borraron todos los pensamientos.

Se tendió sobre ella y se detuvo un instante para sentir su piel. Ella suspiró, y él sintió aquel suspiro en lo más profundo de su ser. No quería pensar qué significaba, así que se concentró en acariciarla.

—Llevo días esperando esto —murmuró.

—Yo también —dijo ella.

—Será mejor que contra la pared.

—No lo sé. Eso ha sido muy impresionante.

—Mi mejor trabajo lo hago en horizontal.

—Bueno, creo que vas a tener que demostrármelo.

—Me encantan los desafíos —susurró él, y la besó. Se bebió su respiración y sus suspiros.

Después, empezó a acariciarle los pechos. Disfrutó de la reacción de Hannah; ella inclinó la cabeza hacia atrás y se arqueó hacia él con los ojos cerrados. Era muy expresiva y no se guardaba nada, y eso hacía que él la deseara aún más. Volvió a besarla mientras ella le acariciaba el pelo y sus lenguas se entrelazaron. Entonces, él entró en su cuerpo y perdió el control.

Ella le rodeó las caderas con las piernas y correspondió a sus movimientos, creando una fricción que desató todo su deseo y los dominó. Susurró su nombre mientras sus cuerpos se tensaban más y más. Cuando

Hannah llegó al éxtasis, se echó a temblar y, mientras susurraba su nombre, Bennett la siguió en la caída.

–¿Dónde está Bennett? –preguntó Serena, mirando a su alrededor por el Carey Center, como si su hermano mayor fuera aparecer detrás de una fila de asientos.

–No lo sé –dijo Amanda–. Él nunca llega tarde.

Jack Colton y Henry Porter, que estaban sentados detrás de sus prometidas, se miraron de manera cómplice.

–A lo mejor –dijo Candace Carey, mientras sentaba a Alli en su regazo– Bennett ha decidido que tener una vida es más importante que sacrificarse en el altar de Carey Corporation.

–Candy –dijo Martin, lanzándoles una mirada a sus hijas–. Estoy aquí, ¿no?

Ella lo fulminó con la mirada.

–Estar en las últimas audiciones para el programa de Las del Verano no es tener una vida. Es una parte de nuestro negocio.

–Contigo no puedo ganar –murmuró él.

–Claro que puedes –dijo ella, mientras le daba un abrazo a Alli–. Lo que pasa es que no te gusta lo que tienes que hacer para ganar.

Martin se encogió en su asiento y se quedó en silencio, malhumorado.

Cuando el siguiente concursante salió al escenario, Serena se inclinó hacia Amanda.

–¿No deberíamos llamar a Bennett para cerciorarnos de que está bien?

Henry se echó a reír en voz baja.

–Yo he estado con él hoy mismo y, si tengo razón, Bennett está perfectamente, y no deberíais llamarlo.

–¡Demonios! –exclamó Bennett, y se incorporó en la cama de golpe.

La cabeza de Hannah se deslizó de su pecho y aterrizó en el colchón.

–¡Eh! ¿Qué ocurre?

Él se giró a mirarla.

–Lo siento, lo siento.

–¿Qué haces?

–Se supone que ahora mismo tengo que estar en el Carey Center –dijo él, mirando su reloj para confirmar algo que ya sabía.

Ella se echó a reír.

–¿Miras el reloj incluso desnudo?

–Llego tarde.

–Pero… si tú nunca llegas tarde –dijo ella, mientras le acariciaba los hombros, porque no pudo contener el deseo de tocarlo de nuevo.

Él la miró con cara de pocos amigos, y ella se rio aún más.

–Me alegro de que te diviertas –le dijo él.

¿Qué demonios le estaba ocurriendo? ¿Estaba tan obsesionado con aquella mujer como para incumplir sus responsabilidades? Era la primera vez que experimentaba algo así.

–Sí, mucho –dijo ella–. Bueno, entonces, tienes dos opciones: salir corriendo para llegar tarde al Carey Center, o quedarte aquí y hacer un pícnic de pizza, desnudo, en mi cama, seguido por… un postre.

Él sonrió sin poder contenerse. Era irresistible. No quería marcharse; su cuerpo ya estaba despertándose por ella, otra vez, y se preguntó si alguna vez sería suficiente. Todo estaba cambiando, y no sabía cómo se sentía, pero aquel no era el mejor momento para reflexionar sobre ello.

–¿Y bien? –le preguntó Hannah, mientras se pasaba una mano por el pelo.

–La verdad es que… hace mucho tiempo que no hago un pícnic.

–Ah, a mí me encantan los buenos pícnics.

Entonces, tomó su cara con ambas manos y lo besó hasta que él volvió a tenderse en la cama.

La pizza llegó mucho más tarde.

Al día siguiente, en el Carey Center, Bennett se las arregló para eludir las preguntas de su familia. Era tan extraño que no hubiera aparecido el día anterior, que entendía su curiosidad, pero no estaba dispuesto a satisfacerla. Ni siquiera él mismo lo entendía, pero no podía dejar de pensar en ella, y se alegró cuando alguien llamó a la puerta de su despacho.

–Hola, papá. ¿Qué tal estás?

–Mal. Tu madre ha salido a comer –respondió Martin, mientras se sentaba delante del escritorio–. Con un hombre.

–¿Ah, sí? ¿De verdad? –preguntó Bennett, sorprendido.

–Sí, de verdad. ¿Por qué iba a decirlo si no lo fuera?

–No, no dirías algo así.

–Ha salido con Evan Williams.

Bennett frunció el ceño.

–¿El director del coro de San Diego?

–Sí.

–Pero… ¿no tiene cuarenta años?

–Treinta y ocho –dijo Martin–. ¡Esa rata tiene treinta y ocho años! ¿En qué está pensando tu madre? ¡Un hombre más joven! ¿Por qué está haciendo esto?

Bennett tuvo que contenerse para no sonreír.

–Y ¿por qué lo está haciendo él?

–Mamá es una mujer muy guapa –dijo Bennett.

–Sí, eso ya lo sé –respondió Martin, furioso.

–¿Se lo has dicho últimamente?

–Ella tiene espejos, ¿no?

–Papá…

–Sí, ya lo sé. He dicho una tontería. Pero… demonios, es mi mujer. Se ha ido de casa. Y ha salido con otro hombre, por el amor de Dios. Con un hombre que podría ser su hijo… Además, no me habla.

–Porque no le sirve de nada –dijo Bennett.

Se dio cuenta de que había cambiado en algo más. Había tratado de no intervenir en las guerras de la jubilación, pero había empezado a ver exactamente a qué se refería su madre. Le parecía imposible que, después de una sola noche con Hannah, su perspectiva sobre las obligaciones y el resto de su vida hubiera cambiado tanto. Hannah representaba una especie de libertad que, tal vez, debiera incorporar a su vida.

–¿Me estás escuchando? –le espetó su padre.

–No, creo que no –dijo él–. Papá, las cosas no han cambiado. Mamá está comiendo con un hombre que quiere pasar tiempo con ella. No puedo reprochárselo.

–¿De qué lado estás?

–Del mío –murmuró Bennett–. Si quieres que mamá vuelva contigo, préstale atención. Deja de quejarte y ocúpate de resolverlo.

–Mi propio hijo –dijo Martin. Se levantó despacio del asiento y miró a Bennett con dureza–. Vengo a pedirte ayuda, ¿y esto es lo que consigo? Así que te parece que me estoy quejando. ¿Crees que esto es fácil? Pues no lo es. Espera a que una mujer consiga sacarte de tus casillas. Ya veremos entonces cuánto te quejas tú.

–Por ese motivo –dijo Bennett, cuando su padre salió hecho una furia del despacho– nunca voy a permitir que una mujer me saque de mis casillas.

–Esto es una delicia –dijo Amanda Carey, y le dio un codazo a su hermana, Serena. Las dos se echaron a reír y se inclinaron hacia Hannah–. Ha faltado a una reunión –añadió, con deleite–. Eso no ocurre jamás, Hannah. Y, como tú eres la única persona nueva que ha entrado en el organizadísimo mundo de Bennett, nos hemos imaginado que eres tú la que está detrás de ese milagro. ¡Así que hemos venido a conocerte!

–Exacto –dijo Serena, y le dio una palmadita en la mano a Hannah–. Teníamos que ver a la mujer que ha conseguido alterar el mundo de nuestro hermano.

Hannah todavía estaba un poco asombrada por la visita de las hermanas de Ben, que habían aparecido en la obra y se habían empeñado en que fuera a comer con ellas para charlar. Eso la había dejado boquiabierta, pero las hermanas Carey no habían aceptado un «no» por respuesta. Además, había aparecido Hank Yates y le había dicho a Hannah que fuera.

Así que, allí estaban, en un restaurante mexicano de la autopista de la Costa del Pacífico. Hannah estaba escuchando a las dos mujeres. Amanda tenía el pelo rubio, largo hasta los hombros, y los ojos azules, un poco más claros que los de Ben. Llevaba un anillo con un zafiro rodeado de brillantes en el dedo anular de la mano izquierda.

Serena llevaba el pelo un poco más corto y lo tenía un poco más oscuro. También tenía los ojos azules. Su anillo de compromiso tenía una esmeralda gigante.

–El mundo de Ben sigue siendo el mismo. Yo no he hecho nada –dijo, y le dio un sorbito a su té helado.

–¿Ben? –preguntó Amanda, sonriendo–. Nadie le llama Ben, salvo tú. Interesante…

–No es…

–Creo que le gustas de verdad –dijo Serena, suavemente–. Nunca había faltado a una reunión, y menos, a una reunión de la familia.

–Tiene razón –dijo Amanda–. Tú le gustas de verdad.

–¿De verdad? ¿Lo ha dicho él?

–Oh, no –respondió Amanda, con una carcajada seca–. Él preferiría que le cortaran la lengua antes que reconocer algo así.

–Maravilloso, Mandy. La vas a asustar.

–No me parece de las que se asustan fácilmente –dijo Amanda.

–No, no me asusto –dijo Hannah–. Mirad, sé que sois sus hermanas y os preocupáis por él.

–No, no se trata de eso –dijo Amanda, sonriendo–.

Bennett sabe cuidarse solito. Normalmente. Pero lo de que no apareciera ayer… Eso es inaudito. Significa algo.

Hannah también sonrió.

–Mirad, es estupendo que hayáis venido a conocerme, pero no hay nada entre Ben y yo.

Serena cabeceó.

–Ninguna nos creemos eso. Ni siquiera tú, Hannah.

Ella le dio un pequeño bocado a uno de sus tacos y miró por la ventana. Laguna Beach era un pueblo con un ambiente muy artístico, y la gente iba allí para ver las galerías y el paisaje espectacular. Tenía unas playas maravillosas. En aquel momento, ella lamentó no ser una de las paseantes que andaban por las aceras.

Sería agradable poder creer que Ben sentía algo por ella, pero no podía permitírselo, porque, aunque fuera cierto, no iba a cambiar nada. Ella creía que se había enamorado, pero… ¿el amor era algo suficiente para superar las diferencias que había entre ellos?

–Aunque yo lo creyera, no estaría interesada –dijo por fin.

–¿Y por qué no? –preguntó Amanda–. ¿Qué tiene de malo Bennett?

–Nada. Pero somos de dos mundos diferentes, y yo ya he tenido una experiencia difícil que me enseñó mucho en este sentido. Una vez salí con un hombre rico. Incluso estuve comprometida con él durante una corta temporada.

–Nombres –dijo Amanda, moviendo el tenedor en el aire–. Necesito nombres.

Hannah sonrió y se encogió de hombros. ¿Qué importancia podía tener?

–Davis Buckley.

–¿Eh? –preguntó Serena, y frunció la boca con un gesto de desagrado–. ¿De verdad, Hannah? Pero ¿cómo es posible que tú…? Bueno, no importa –dijo, y alzó una mano como queriendo indicar que no era asunto suyo.

–Por favor, no tengas miedo de decirlo –intervino Amanda–. Ese hombre es un imbécil, Hannah. ¿Qué viste en él?

Aunque tenía el plato de tacos delante, ignoró la comida. Echando la vista atrás, se daba cuenta de cómo la había seducido Davis con sus mentiras. Se había dejado cegar con los lugares tan bonitos a los que la llevaba, con los regalos que le hacía, con las palabras huecas que le decía. Le había prometido que siempre estaría a su lado, que la querría como ella había soñado siempre. Sin embargo, ¿cómo podía explicarle todo aquello a otras personas?

–Supongo que fue una combinación de varias cosas –dijo, y empezó a mover el arroz y las alubias de un lado a otro por el plato. Podía hablar de ello, aunque detestaba acordarse de lo tonta e ingenua que había sido–. Me da vergüenza decirlo, pero Davis me conquistó con flores, atenciones y palabras bonitas. Mi padre estaba enfermo en aquel momento, y yo estaba perdida y muy abrumada con la empresa. Davis se ofreció a ayudarme con todo. Yo creí que podía confiar en él, pero me equivoqué.

–No me sorprende. Davis es un experto en presentarse como una persona que no es. Y no te avergüences. Todas hemos cometido errores con los hombres.

–Oh, claro que sí –murmuró Serena.

Hannah agradeció la solidaridad de las hermanas de Ben. Ella nunca había tenido demasiado tiempo en la vida como para trabar verdaderas amistades con mujeres y, allí sentada con ellas, se dio cuenta de lo mucho que echaba de menos no tener amigas con las que hablar.

–Bueno, cuando él me pidió que nos casáramos, me prometió que me ayudaría con la constructora, porque decía que creía en mí. Pero no me ayudó, sino que intentó que yo renunciara a la gerencia para poder venderla. Al final, descubrí que él había invertido en una empresa que era nuestra competencia directa, y lo que quería en realidad era que yo dejara Construcciones Yates para allanarle el camino a su empresa.

–Qué tipo tan detestable –dijo Serena.

Amanda asintió.

–Es un imbécil, como ya he dicho.

–Sí, lo es –dijo Hannah–. Cuando rompí el compromiso, me envió una lista con el dinero que me debía porque, según él, lo había invertido en mí.

–Vaya, y yo que pensaba que ya había caído lo suficientemente bajo –dijo Amanda.

–Casi he terminado de pagarle, aunque he tardado. Pero, cuando Ben nos ofreció un bonus por hacer la obra del restaurante en cuatro semanas, me pareció un regalo caído del cielo. Puedo terminar de pagar la deuda y sacar a Davis de mi vida para siempre.

Hubo un momento de silencio. Entonces, Serena dijo:

–Te admiro mucho.

–¿De verdad? ¿Por qué? –preguntó Hannah.

–Porque te has abierto camino por ti misma. Has

sabido ocupar tu sitio en la empresa. Cometiste un error, pero también has sabido arreglarlo. Hace falta ser fuerte para eso, y te admiro.

–Yo, también –dijo Amanda–. No permitiste que ese canalla te destruyera. Y vas a terminar la obra del restaurante a tiempo, así que tendrás el dinero necesario para librarte de él para siempre. Estás ocupándote del negocio, y eso es excelente.

–Además, ¡has conseguido interesar a Bennett, y eso te convierte en una superheroína!

Hannah sonrió, pero no creía que Amanda tuviera razón en lo que acababa de decir. Las dos hermanas tenían razón con respecto a Davis: era un canalla. Pero Ben era mucho más rico que Davis Buckley, y eso le causaba nerviosismo. Si Bennett resultaba ser tan canalla como Davis, podía destruir su empresa o, peor aún, causarle nuevas deudas y quedársela. Pero… ¿quién podía reprocharle que pensara todas aquellas cosas después de lo que le había ocurrido con Davis?

Cabeceó y le dio otro bocado a su taco. Hubo más silencio durante un par de minutos. Entonces, Amanda volvió a hablar.

–Me fastidia tener que decir esto sobre mi hermano, porque a veces me dan ganas de tirarle del pelo –dijo–, pero Bennett no se parece en nada a Davis. Como Davis no hay nadie.

–Es verdad –dijo Serena.

–Eso lo sé –dijo Hannah–. Pero no quiero que os hagáis una idea equivocada. Lo que haya entre Ben y yo no va a durar, así que no tiene sentido pensar que será así. Somos demasiado diferentes.

–Los dos sois muy tercos –dijo Serena–. Eso es algo que tenéis en común.

–Cierto –dijo Amanda, y sonrió a su hermana.

–Qué graciosas –dijo Hannah, sonriendo también.

Aquella comida estaba resultando mucho mejor de lo que ella había pensado. Se lo había pasado bien con las hermanas de Bennett, y se preguntó por qué eran tan diferentes a él. ¿Acaso él había hecho un esfuerzo por ser tan disciplinado y tan emocionalmente distante? ¿Por qué? ¿Porque era el consejero delegado de Carey Corporation? ¿O quizá solo había adquirido el hábito de mantenerse a distancia de los demás y solo necesitaba que alguien le ayudara a dejar aquella costumbre tan estricta?

–¿Sabéis una cosa? –dijo, por fin–. Ben es muy afortunado por teneros como hermanas.

Amanda le apretó una mano por encima de la mesa.

–Oh, pues que no se te olvide decírselo, ¿de acuerdo?

Capítulo Nueve

Bennett entró en su casa y, al instante, percibió un olor dulce y fuerte. Y no era de extrañar.

Había mil jarrones de flores. Rosas complemente abiertas; capullos de rosa; rosas diminutas. Eran de todos los colores y estaban por todas partes. Al entrar en el salón, se las encontró en las mesas, sobre la repisa de la chimenea, en el suelo y en los alféizares de las ventanas.

Y, sin embargo, más allá de las rosas, vio la realidad de su casa por primera vez en la vida. Se dio cuenta de que, tal vez, su madre y sus hermanas tenían razón. Su casa era tan beis como siempre le decían. Había poco mobiliario y era de estilo moderno, y parecía tan cómodo como un potro de tortura medieval. De las paredes beis colgaban algunas pinturas al óleo con puntos negros y remolinos, como si alguien le hubiera dado un pincel a su sobrina pequeña y la hubiera dejado hacer.

¿Cómo era posible que no se hubiera fijado nunca en aquello? Porque nunca estaba en casa y, cuando llegaba, iba directamente a su dormitorio. No pasaba tiempo en ninguna de aquellas habitaciones. Había comprado la casa porque era una buena inversión, y porque un hombre debía tener una casa. Porque... Bah. ¿Qué podía importar el motivo?

En su mente apareció la imagen de una cocina pequeña de color amarillo, pero la reprimió. Aquello no tenía nada que ver con Hannah. No todo tenía algo que ver con Hannah.

–¡Ah, Bennett!

Él cerró los ojos por un momento y asintió.

–Hola, mamá. Veo que papá te ha mandado flores.

Ella miró a su alrededor y, después, se atusó el pelo mirándose a un espejo.

–Sí. Otro gesto vacío.

Él enarcó una ceja.

–Varios cientos de rosas. Es un gran gesto.

Su madre lo observó.

–No cambia nada. No significa nada.

–Mamá… Lo está intentando.

Ella siguió mirándolo, y él sintió una avalancha de amor por la mujer que siempre había sido el pilar de su familia. Detestaba ver así a sus padres, pero parecía que no podía hacer nada por remediar la situación.

–Quiero a tu padre, Bennett, pero, hasta que él cumpla su promesa, no está haciendo ningún intento.

Su madre tomó un bolso negro y se lo colgó del hombro.

–¿Vas a salir? –le preguntó él, al darse cuenta de que llevaba un precioso vestido azul y unos zapatos negros de tacón.

–Sí. Voy a cenar con Evan.

–Creía que habías comido con él –dijo Bennett.

–Sí. Y ahora vamos a cenar –respondió ella, mientras se encaminaba hacia la puerta–. Es un hombre encantador, y me lo paso bien en su compañía.

–Mamá, solo tiene unos pocos años más que yo.

–La edad no significa nada, cariño.

–Claro. Y el tamaño no importa.

Ella se echó a reír y cabeceó.

–Vamos, no pongas esa cara de horror. No voy a hacer nada malo.

–Estás casada con mi padre y vas a salir con un hombre –dijo él.

–No seas bobo, Bennett. No tengo tiempo de escucharte ahora –respondió su madre–. Ah, antes de que se me olvide. Amanda y Serena han conocido a tu amiga y les ha caído muy bien. Yo también estoy deseando conocerla.

Él notó una opresión en el pecho.

–¿A mi qué?

–A la mujer con la que estás saliendo. Estoy muy contenta de que siguieras mi consejo acerca de las relaciones sexuales –dijo ella, y estudió atentamente a su hijo–. De verdad, Bennett, cariño… no debes de haber mantenido todavía esas relaciones, porque se te ve muy tenso. Tal vez deberías llamar a esa muchacha tan agradable de la que me han hablado tus hermanas y ver si podéis acostaros esta noche.

Él abrió la boca para decir… algo, pero no pudo articular palabra.

–No. No sigas –le pidió.

¿Qué demonios estaba ocurriendo con su vida? ¿Una amiga? ¿Relaciones sexuales? ¿Sus hermanas?

–Bien, como quieras, Bennett. No diré nada más. Pero deberías traerla a cenar a casa. Bueno, tengo prisa. No me esperes despierto, cariño.

Y se marchó. ¿Que no la esperara despierto? Su madre tenía una cita con un hombre. A sus hermanas les caía bien Hannah. Su madre le había dicho que la llevara a cenar a casa. ¿Qué demonios era todo aquello?

–No –dijo en voz alta–. Esto tiene que terminar ahora mismo.

Se le había ido de las manos. No iba a permitir que su familia lo empujara hacia una relación, por mucho que deseara a Hannah. Ella no era el tipo de mujer que podía encajar en su mundo, y él tampoco encajaría en el de ella. No… Aquello no tenía sentido ni siquiera para él. ¿Mundos diferentes? ¿Acaso estaban en la Inglaterra medieval? No, era algo más que eso.

Solo tenía que mirar a sus padres. Más de cuarenta años juntos, y estaban en guerra. Si ellos no conseguían que su matrimonio funcionara, ¿quién iba a conseguirlo? No, él no quería vivir aquel tipo de situación traumática. Se había construido una vida basada en el trabajo duro y en los hábitos. A Hannah no le gustaba eso. No le gustaba la rutina.

Discutía con él, se reía de sus intentos de controlarlo todo y de su rígida observancia de los horarios. Estaba tan entregada a su negocio como él a su empresa familiar. ¿Cómo iban a conseguir que lo suyo funcionara? Siempre estarían en desacuerdo sobre cuál de los dos trabajos era más importante, si el suyo o el de ella. Y eso parecía algo horrible.

Hannah era divertida, fuerte y segura de sí misma, y lo atraía como ninguna otra mujer. La deseaba, pero no sabía si eso era suficiente para mantener una relación estable. Lo mejor era acabar rápidamente.

***

Había terminado la segunda semana de trabajo en la obra, y cada vez estaban más cerca de llegar a su objetivo. A Hannah le parecía impresionante lo que podía conseguirse sin límite de presupuesto para pagar las horas extra de los trabajadores y con la promesa de un bonus. Ya habían acuchillado el suelo y lo tenían cubierto de nuevo con una lona, hasta que pudieran teñirlo y barnizarlo. Los armarios nuevos ya estaban colocados en su sitio; las encimeras todavía estaban en la carpintería. El tejado estaba terminado, y la buhardilla, casi completa.

Y ella no había vuelto a ver a Ben desde la noche en la que había mantenido las mejores relaciones sexuales de su vida. Desde aquella noche, se había visto obligada a admitir que estaba enamorada de él, pero que él no tenía interés en saber lo que sentía.

–¿Por qué no ha venido a vigilar la obra? ¿Es que de repente confía en mí? –se preguntó en voz alta, y soltó un resoplido al pensarlo–. No. Lo que pasa es que se está escondiendo de mí.

En parte, disfrutaba sabiendo que él estaba asustado, pero, por otra parte, estaba enfadada. Le resultaba difícil imaginarse a un hombre adulto asustado de una mujer porque existía el peligro de que lo apartara de su rígida existencia.

–Hablar sola nunca es buena señal.

Ella sonrió y miró hacia la puerta. Su padre estaba apoyado en el marco, observándola.

–Soy la única que me entiende de verdad –dijo ella.

–No sé, no sé –respondió él, y se acercó. Se sentó a su lado, en el suelo, y añadió–: Yo creo que te entiendo bastante bien.

Hannah suspiró. A Hank Yates no podía ocultarle nada.

—Es cierto. Siempre me has entendido.

Él le dio unos golpecitos en la nariz con el dedo índice.

—Por eso sé que estás enamorada de Bennett Carey.

—No seas tonto –dijo ella, y apartó la mirada, porque no podía mirar a los ojos a su padre sin confesárselo todo.

—Nunca me has mentido. Sería una pena que empezaras ahora.

—Ay, papá –dijo ella, cabeceando–. ¿Cómo voy a querer a un hombre tan rígido? Está tan obsesionado con los horarios, que se lleva su reloj de oro macizo a la cama.

Se estremeció un poco al darse cuenta de que acababa de confesarle a su padre que se había acostado con Bennett Carey. Después, siguió hablando rápidamente, haciendo más preguntas y quejándose más.

—Tiene cientos de trajes y solo dos pantalones vaqueros. ¿Te lo imaginas?

—No, no me lo imagino.

—Yo, tampoco. Viene a vigilar la obra constantemente. O, por lo menos, antes venía. Pero, ahora, de repente… ¡zas! Ha desaparecido. ¿Por qué? ¿Es que de repente me he hecho digna de su confianza?

—Tú no crees eso.

—No, creo que se mantiene alejado a propósito, y no me importa. Bueno… no debería importarme. Y no, no me importa.

—De acuerdo, de acuerdo –dijo su padre, suavemente, para calmarla.

Ella inclinó la cabeza hacia atrás.

—¿Cómo puede uno enamorarse en una semana?

—El tiempo no tiene nada que ver con eso —respondió él, y sonrió—. Yo tardé dos años en enamorarme de tu madre, y mira cómo salieron las cosas.

—Papá…

Hannah le tomó las manos a su padre.

—No, no te preocupes, no era para que me consolaras. Yo no me arrepiento de nada, Hannah. ¿Cómo iba a arrepentirme, si te tuve a ti? Lo que quiero decir es que yo tuve que esforzarme para poder enamorarme. Por eso me da la sensación de que, si te enamoras así, al instante, inesperadamente, tal vez sea algo más real.

Ella lo pensó un minuto, preguntándose si su padre tenía razón. Pero, si tenía razón… ¿qué significaba eso para ella?

—Y, una vez dicho eso —continuó su padre—, no quiero verte metida en un lío como el de Davis.

—Esto es diferente, papá —dijo ella. Pero ¿lo era?

—No lo sé. Davis te utilizó. Y Bennett también lo está haciendo, a su manera.

—¿En qué sentido?

—Te manipuló para que aceptaras hacer esta obra. Te puso mucho dinero delante de la nariz para que accedieras.

—No, eso no fue manipulación, porque yo sabía lo que estaba haciendo. Con el bonus puedo pagarle todo a Davis, invertir en nuestra empresa y darles un extra a nuestros trabajadores.

—Todo eso ya lo sé. Pero te pregunto una cosa: Bennett venía todos los días a ver cómo iba la obra. A vigilarte. Ahora ya no viene. ¿Por qué?

–Ya te he dicho que creo que se está escondiendo de mí.

–No habla muy bien de ese hombre –musitó él.

–No sé. Supongo que podría entender por qué me está evitando si no estuviera tan enfadada.

–¿De verdad?

–En realidad, no importa, papá –dijo ella–. No puedo hacer nada al respecto. Si quiere ignorarme, ¿no debería yo dejar las cosas como están? ¿O debería ir a verlo y obligarle a hablar conmigo?

–No lo sé. No digo que confíe en él, pero, si lo quieres, ¿estás dispuesta a dejarlo marchar sin más? ¿Estás dispuesta a conformarte con menos?

Hannah apoyó la cabeza en el hombro de su padre y encontró el consuelo que siempre encontraba con él.

–Si no confías en Bennett Carey, ¿por qué me estás diciendo todo esto?

–Porque confío en ti –dijo él, y le dio unas palmaditas en la mano–. Porque te quiero y quiero que seas feliz. Estoy de tu lado, hija. Siempre.

–Ya lo sé, papá –susurró ella–. Gracias. Es que no sé lo que tengo que hacer.

–¿Desde cuándo? –preguntó él, riéndose–. Tú siempre has sabido lo que querías, y yo nunca te había visto huir. ¿De verdad vas a empezar ahora?

Tenía razón. Sin embargo, enfrentarse a Bennett era distinto. Ella nunca lo hubiera conocido de no ser por aquel trabajo. Vivían en dos mundos separados y, cuando los mundos chocaban entre sí, las consecuencias podían ser terribles.

Sin embargo… ¿siempre era inevitable que chocaran? ¿No se debía a sí misma el hecho de averiguarlo?

Bennett se estaba preparando para una reunión cuando sonó su teléfono. Miró la pantalla y se sentó en su escritorio para responder.

–Justin, qué sorpresa.

Su hermano pequeño era como una presencia fantasmal en la familia Carey. Estaba allí, pero no estaba presente. Eludía la mayor parte de las reuniones familiares. No formaba parte de la empresa y había dejado claro que no le interesaba lo más mínimo hacerlo.

Bennett quería a su hermano pero, en aquel momento, no tenía paciencia con él.

–Sí, Bennett, necesito hablar contigo.

–Muy bien. Hay una reunión familiar dentro de media hora. ¿Por qué no vienes con nosotros?

–Estoy en La Jolla.

A dos horas de trayecto de allí, que, por la autopista número cinco, podían convertirse en cuatro.

–Ah. Bueno, pues yo tengo que irme a la reunión.

–Tienes media hora –le dijo Justin–, y yo solo necesito unos minutos.

–De acuerdo. ¿De qué se trata?

–Gracias. Sé que hemos tenido nuestros problemas, pero necesito tu ayuda.

Al instante, Bennett prestó toda su atención a su hermano.

–¿Estás bien? –le preguntó, irguiéndose en el asiento.

–Sí, perfectamente. Es que… –Justin exhaló un suspiro–. Bennett, necesito un préstamo.

–¿Dinero? ¿Esta llamada es por dinero? Demonios, Justin...

–Sí, ya lo sé. Si yo fuera parte de la empresa...

–No iba a decir eso.

–Pero lo piensas.

Sí, era cierto. Lo pensaba.

–¿Cuánto necesitas?

Justin se lo dijo, y Bennett se atragantó.

–¿En serio?

–Sé que es mucho, pero lo necesito para cerrar un trato en el que he estado trabajando.

–¿Qué clase de trato?

–Todavía no puedo decírtelo, pero es grande. Mira, Bennett, a finales del mes que viene devolveré el préstamo. Entonces tengo un ingreso del fideicomiso, y será todo tuyo.

Por supuesto, él iba a prestarle el dinero a su hermano. No había duda. Sin embargo, en aquella ocasión iba a haber una exigencia.

–Mira, te presto el dinero con una condición.

–Vaya, Bennett.

–Escúchame –le dijo–. Si vienes a la cena de *Las estrellas del verano* dentro de dos semanas, el dinero es tuyo.

–¿Cómo? Pero... ¿por qué?

–Porque eres un Carey, Justin. Aunque no quieras formar parte de la empresa familiar, sí tienes que seguir siendo de la familia. Quiero que estés allí, para que los Carey demostremos que somos una familia unida. Es una ocasión muy importante para todos nosotros.

Hubo una larga pausa mientras Justin lo pensaba,

aunque Bennett sabía que iba a aceptar. Necesitaba el dinero.

–Significaría mucho para mamá.

–Eso es jugar sucio.

Bennett sonrió. Ojalá su hermano pudiera verle la sonrisa.

–Sí, ya lo sé. Y otra cosa más. Quiero que convenzas a nuestra madre para que se vaya de mi casa a vivir a otro sitio.

Justin se echó a reír, y Bennett miró con desdén el teléfono.

–Te das cuenta de que esto es un chantaje, ¿no?

–Sí. ¿Aceptas o no?

–Sí, acepto –dijo Justin–. Allí estaré. ¿Dónde se celebra la cena?

–En The Carey.

Justin emitió un silbido corto y bajo.

–¿Ya habéis arreglado los daños del incendio?

–No del todo, pero, para entonces, ya estará solucionado.

–Allí estaré, pero no puedo prometerte que consiga lo de mamá. No nos va a hacer caso a ninguno si papá no colabora.

–Tú eres el pequeño de la familia. Usa tu poder con sabiduría.

Justin se echó a reír y respondió:

–De acuerdo. ¿Me vas a transferir hoy el dinero?

–Lo tendrás esta tarde.

–Gracias, Bennett. Estoy en deuda contigo.

–Pues claro que sí. Devuélveme el favor yendo a la cena.

Cuando colgó, su secretario llamó por la línea de

la oficina, y Bennett soltó una maldición en voz baja. Miró el reloj y respondió a la llamada.

–¿Qué ocurre, David?

–Ha venido una señora llamada Hannah Yates a verlo, señor.

A él se le aceleró el corazón. Hacía una semana que no la veía, y había tenido que hacer un gran esfuerzo para mantenerse lejos del restaurante. Había hecho llamadas. Había comprobado que todo iba bien. Había enviado a David en una ocasión para que supervisara los avances. Pero no quería ver a Hannah, porque no podía correr el riesgo de que sus sentimientos se convirtieran en algo más profundo. Sabía que no iba a conformarse solo con verla. Tendría que acariciarla, abrazarla… Y no estaba seguro de si iba a poder separarse de ella otra vez.

Aunque su plan no había funcionado muy bien, porque todavía la veía todas las noches, cada vez que cerraba los ojos. Oía su risa y veía sus ojos verdes. Notaba su esencia en los pulmones y se despertaba dolorido de deseo por ella. ¿Qué demonios era eso? ¿Lujuria? Si solo fuese lujuria, no se habría molestado en alejarse de ella. Habría vuelto a su casa al día siguiente de la espectacular noche que habían pasado juntos. Era algo más, y no quería reconocerlo. Eran demasiado diferentes, y estaban demasiado alejados. Ella no creía en el control del tiempo, en los relojes, y él vivía así. Ella llevaba pantalones vaqueros, y él no podía prescindir de los trajes y la elegancia. Ella tenía una risa alta, feliz, y él nunca encontraba muchas cosas por las que reírse. Por lo menos, no las había encontrado hasta que había conocido a Hannah.

Era un hombre diferente al hombre que era con ella, y ni siquiera estaba seguro de conocer aquella versión de sí mismo. Le resultaba tan inquietante, que la manera más fácil de devolverle la normalidad a la situación era alejarse de la mujer que había trastocado su mundo.

Y, sin embargo, Hannah estaba allí. ¿Por qué? Solo podría averiguarlo hablando con ella, a pesar de que lo hubiera estado evitando toda la semana. Como no podía seguir siendo un cobarde, le pidió a su secretario que la hiciera pasar al despacho.

Se levantó de la butaca, se abotonó la chaqueta del traje y miró hacia la puerta. Al ver entrar a Hannah, se le cortó la respiración. Llevaba unos vaqueros azul oscuro, las botas de trabajo y la camiseta de Construcciones Yates. Por supuesto, había ido allí como siempre. Hannah no era de las que fingían. No se presentaba como alguien que no era. Y eso, a él, le encantaba.

Dios, le encantaba todo lo suyo.

—¿Qué te pasa? —le preguntó ella, sin rodeos.

Tenía los ojos muy verdes, brillantes como si fueran llamas.

Sí. Cuánto le gustaba aquella mujer.

—¿A qué te refieres?

—Oh, por favor.

Ella atravesó el despacho rápidamente y se detuvo justo delante de él.

Bennett percibió su olor y, por un momento, se preguntó si alguna vez se liberaría de él. O si quería liberarse.

—Sabes perfectamente por qué he venido —le dijo ella, y se cruzó de brazos—. Ya no vienes a vigilarme.

Él se echó a reír.

—Creía que lo detestabas.

—Pues resulta que ya, no.

Debió de interpretar correctamente su expresión, porque añadió:

—Sí. A mí también me ha sorprendido.

Dios, cuánto la había echado de menos. La semana anterior no dejaba de pensar en ella, de soñar con ella, y había intentado convencerse a sí mismo de que solo era por el impulso del deseo. Pero había más. Mucho más. Tanto, que él se tambaleó al reconocerlo.

—Tengo más cosas que hacer que ir a vigilar la obra del restaurante.

—Pues antes eso no era un impedimento.

—Hannah, ¿qué es lo que quieres oír?

Ella ladeó la cabeza y le clavó los ojos verdes. Él no habría sido capaz de apartar la mirada ni aunque hubiera querido. Además, no quería.

—Que me echas de menos. Que te asusta lo mucho que me echas de menos. Y quiero que reconozcas que no has sido capaz de dejar de pensar en mí.

—¿Y qué ganaríamos con todo eso?

—Es sinceridad, Ben. Es lo mínimo que nos debemos el uno al otro.

—¿Quieres sinceridad? Muy bien. Te deseo. Te deseo todo el tiempo, y eso me tiene muy cabreado.

Ella sonrió, y a él se le derritió algo en el pecho. ¿Era su corazón, o el hielo que lo que había estado rodeando hasta aquel momento?

—Es un buen comienzo —dijo Hannah.

—No me he acercado al restaurante porque es lo que tenía que hacer para proteger mi propia cordura.

Se acercó a ella y posó las manos en sus hombros.

Le latía el corazón con fuerza, y no pudo negar que el mero hecho de verla había arreglado su mundo otra vez. Y eso también le enfadaba.

—Lo que hay entre nosotros es calor, pero es del tipo de calor que irá apagándose.

—¿Y cómo lo sabes?

—Eso es lo que pasa cuando el fuego arde con demasiada intensidad.

—No, si sigues atizándolo —susurró ella—. ¿Por qué no vemos cuánto dura este fuego?

Era muy tentador. Todo en Hannah le resultaba tentador, y nunca tendría suficiente aunque se repitiera a sí mismo que ya había tomado demasiado.

—¿Y si nos devoran las llamas?

Ella sonrió, y el deseo de Bennett creció exponencialmente. Aquello no le había ocurrido nunca. Parecía que aquel deseo no podía hacer otra cosa que aumentar. Hannah Yates se le había metido en todos los resquicios de la mente. Si la veía, la deseaba y, si no la veía, también. Si el fuego que ardía entre ellos iba a apagarse con el tiempo, lo mejor sería calentarse con sus llamas mientras durase. No podía alejarse de ella sabiendo que el fuego todavía tenía la intensidad necesaria para abrasarlos a los dos.

—No me parece tan malo que nos devoren —respondió ella.

—Esto es un error, Hannah.

—¿Y tú nunca cometes errores, Ben?

Él le acarició los brazos con suavidad.

—Supongo que estoy a punto de cometer uno.

Se inclinó y la besó.

Al instante, ella correspondió a su beso. No fingió que sintiera timidez, ni que tuviera reparos. Lo dio todo y dejó que supiera que estaban juntos en aquello, los llevara donde los llevara. Negocios, reuniones, horario… se le borraron de la mente, porque Hannah lo llenó todo. Una semana, y le parecía que llevaba un año sin tocarla.

El sol iluminaba el despacho y se oía el suave zumbido del aire acondicionado, pero él solo podía pensar en ella. No podían hacer aquello allí, por mucho que quisiera. Pero eso no significaba que no pudiera acariciarla, al menos. Deslizó una mano por su cuerpo y, cuando ella se arqueó, él posó la palma en su sexo y sintió su temblor a través de la tela de los pantalones vaqueros. Ella, entre gemidos, se balanceó hacia él y movió las caderas, mientras seguían besándose. A Bennett le hervía la sangre, y no podía entender por qué había pensado que era buena idea mantenerse alejado de ella. No había nada mejor que aquello. No había nada mejor que estar con ella. Que acariciarla y notar que su cuerpo iba tensándose cada vez más.

Él siguió besándola mientras ella llegaba al clímax, y amortiguó sus sonidos de placer. Cuando, por fin, se desplomó sobre él, él le sonrió y dijo:

–Voy a ir a tu casa esta noche.

–Sí –dijo ella, con un suspiro–. Buena idea. Puedes terminar lo que has empezado.

–Bueno, ya sabes que soy de los que siempre terminan su trabajo.

–Me encantan los hombres que cumplen con su planificación.

Él volvió a sonreír.

–Deberías hacer esto más a menudo –dijo ella, y

tomó su cara con ambas manos–. Me refiero a sonreír. Ya veremos lo que puedo hacer esta noche para conseguirlo.

–Puede que tardes un rato –le advirtió él.

–Yo también termino los trabajos que empiezo –respondió Hannah, y se dirigió hacia la puerta.

Antes de que pudiera salir, él le dijo:

–Hannah, ven conmigo a la cena de los premios del restaurante.

Ella se giró con cara de asombro. Él no sabía si le estaba dando la respuesta que ella quería oír, pero añadió:

–Quiero que estés allí, a mi lado.

Hannah lo miró un instante. Al final, asintió.

–Yo quiero estar allí. Contigo.

En aquel momento, su secretario llamó al interfono.

–Señor Carey, lo están esperando en la sala de juntas.

Él apretó el botón para responder.

–Diles que voy a llegar tarde.

Hannah abrió unos ojos como platos, y él volvió a pensar en que era un duende muy sexy. Se le aceleró el corazón.

–Me gusta que te salgas de tu horario –le dijo ella.

–Tú me lo pones muy fácil.

–No –respondió ella, mientras giraba el pomo de la puerta, lentamente–. No soy solo yo, Ben. Tú también estás disfrutando.

Cuando se fue, él reconoció que tenía razón.

Capítulo Diez

Estuvieron juntos durante las dos semanas siguientes, y Hannah se decía que no iba a terminar. Dormir con él todas las noches, preparar huevos revueltos para cenar, o pedir comida china, comer desnudos en su cama… todo era perfecto. Su padre había acertado al decirle que fuera por lo que quería. Sin embargo, no estaba plenamente segura de lo que hacía.

No había dicho la palabra que podía echar por tierra todo lo que tenían.

Amor.

Ben tampoco había dicho nada al respecto, pero ella tampoco se lo esperaba. Él era un hombre que estudiaba las situaciones desde todos los ángulos posibles e intentaba encontrar la mejor forma de gestionar una situación, por mucho que pudiera tardar. Y ella sabía que el amor no entraba en sus planes ni en su horario. Ella le importaba, eso también lo sabía. Lo sentía. Pero el amor, por parte de Ben, era esquivo.

La obra del restaurante estaba terminada, y el bonus, cobrado. Por fin se había librado de Davis y sus trabajadores tenían una paga extra, tal y como les había prometido. También había comprado herramientas para la empresa, tal y como había soñado.

Ya solo le quedaba enfrentarse a la situación en la que estaba con Bennett Carey.

Ella era impaciente. Quería que él fuera algo más que un amante. Quería su amor. Quería tener un futuro con él y, si eso la convertía en una egoísta, pues tendría que vivir con ello. Las dos semanas anteriores habían sido como un sueño, y no quería pensar que, una vez terminada la obra, también iba a terminar lo que tenía con Ben.

Él rodó por la cama y la abrazó, y ella se acurrucó contra su cuerpo y escuchó los latidos de su corazón. Aquello era lo que quería y lo que necesitaba, pero... ¿tendría el valor suficiente como para decírselo? Recordó que le había considerado un cobarde por esconderse de ella y de lo que sentía por ella. ¿E iba a hacer lo mismo ahora?

No tenía el coraje necesario para decirle que lo quería.

–No sé si alguna vez te lo he dicho, pero me gusta tu casa –murmuró Bennett, mientras le acariciaba el pelo.

Inesperado. Ella sabía que debía de estar acostumbrado a otro tipo de vivienda muy diferente. Inclinó la cabeza hacia atrás y lo miró.

–Gracias.

Él sonrió. Cada vez sonreía más, y ella atesoraba aquellas sonrisas.

–Como tu habitación, por ejemplo.

Hannah se echó a reír.

–Sí, ya sé que te gusta este dormitorio.

Él la abrazó con fuerza.

–Me gusta el color. Este... ¿Cómo sé llama?

–Burdeos.

–Eso. Bueno, es bonito. Le da a la habitación un ambiente de caverna...

—¡Oh, qué agradable!

—Ya sabes a qué me refiero. Es íntimo, acogedor, tranquilo. Deberías oír a mis hermanas y a mi madre hablar de mi casa. «Beis, Bennett. A nadie le gusta el beis».

—Tienen razón.

Hannah alzó la cabeza, se apoyó en su pecho y le preguntó:

—¿Por qué nunca vamos a tu casa?

A la luz de la luna, que entraba por la rendija de las cortinas, ella vio que se ponía tenso.

—Porque mi madre está viviendo allí. Está castigando a mi padre por no jubilarse, tal y como le prometió, y se niega a marcharse.

—Y no quieres que me conozca—dijo ella, con la esperanza de que él no notara, por su tono de voz, que eso le había dolido.

—No, no es eso —dijo él—. Es que me vuelve loco, Hannah.

—Tienes suerte.

—Y tú no conoces a mi madre —respondió él, tratando de que sonara a broma.

Ella sintió una punzada de dolor al pensar en que él nunca dejaba que se acercara a su familia. Era como si aquella faceta suya, aquello que compartían, tuviera que ser secreto. Tuviera que estar oculto de todo el mundo. ¿Por qué?

—Me gustaría —dijo ella.

—Hannah…

—Lo sé. Nadie sabe que mantenemos este tipo de relación. No vemos a mis amigos ni a tu familia. Ocultamos lo que somos el uno para el otro y nos escondemos como si fuéramos adolescentes.

–A mí no me parece que sea esconderse. Es algo privado.

–¿Privado también para tu familia?

–Sobre todo para mi familia –respondió él, riéndose.

–Estupendo.

Aquel dolor se acentuó. Hannah se levantó de la cama y encendió la luz de la mesilla de noche. La luz deslumbró a Bennett, que se tapó los ojos con un brazo. Al momento, bajó el brazo y le tendió la mano para que volviera junto a él. Ella se sentó el aborde de la cama y tomó su mano, pero le preguntó:

–¿Te avergüenzas de mí?

–¿Qué? –preguntó él, con asombro–. ¿De dónde te has sacado eso?

–Del hecho de que nos escondamos.

–No es por ti, Hannah. Es por mi madre. Si te llevo a mi casa, ella asumirá que estamos…

–¿Qué? ¿Juntos? ¿Y no es verdad?

–Sí, pero ella pensaría que es más de lo que es.

–Ah, entiendo –dijo ella con frialdad. Su dolor se había transformado en indignación muy rápidamente–. ¿Por qué no me explicas qué es esto exactamente, Ben?

Él se incorporó y se pasó las manos por el pelo, con un gesto de frustración.

–¿Cómo hemos llegado a esta discusión, de todos modos?

–Yo he conocido a tus hermanas –le recordó ella, ignorando su pregunta.

–Sí, ya lo sé. Todavía siguen hablando de ti y haciendo preguntas.

–¿Y qué les dices tú?

–Nada –respondió él–. No hablo de mi vida privada con ellas, Hannah.

–Para eso está la familia, Ben. Para hablar con ellos de las cosas importantes de tu vida.

–Yo no soy así, Hannah. Lo sabes.

–Lo que sé es que, en vez de impacientarte con tu madre, deberías sentirte agradecido de que esté a tu lado.

Él dio un resoplido.

–Lo digo en serio. Mi madre nos abandonó a mi padre y a mí cuando yo casi no sabía andar.

A él se le borró la sonrisa de los labios y la miró fijamente.

–Decidió que no quería ser madre ni esposa –prosiguió ella–. Y nos dejó para encontrar su propia alegría. No volvimos a verla. ¿Sabes lo que significaría para mí tener una madre que quisiera saber de mi vida?

–Hannah…

–No, no pasa nada. Estoy bien.

Hannah se levantó y lo miró fijamente para grabarse sus rasgos en la mente y, pasara lo que pasara, ser capaz de verlo cuando cerrara los ojos.

–Lo cierto es, Ben, que tú deberías saber que esto, lo que haya entre nosotros, es algo más que una aventura pasajera para mí.

–Hannah, no…

Ya había ido demasiado lejos como para detenerse. Además, no quería hacerlo.

–Es demasiado tarde. Debería haber dicho algo mucho antes, pero tenía miedo de que, si lo hacía, todo terminara. Ahora me doy cuenta de que terminará si no digo nada, porque se morirá algo dentro de mí.

Entonces, tomó aire y dijo:

–Te quiero, Ben. Creo que te quiero casi desde el principio.

–Demonios, Hannah –dijo Bennett. Él también se levantó de la cama, y lo miró desde el otro lado del colchón–. No puedes decirlo en serio.

–Sí, Ben. He dicho que te quiero, y lo he dicho en serio. Aunque, en este momento, no podría decirte por qué te quiero.

–Exacto. No puedes. No tenemos nada en común, Hannah.

–Eso es demasiado fácil, Ben –dijo ella. Tomó una bata de color azul claro que había en una silla cercana y se la puso–. Si tú no quieres sentir nada por mí, ten el valor de decírmelo. ¿Nada en común? ¿Qué significa eso? He pensado mucho en esto. Sé que eres rico, que vives en una casa de color beis en la que no estás nunca. Yo soy la constructora que vive en una casita pequeña de colorines que a ti te gusta.

–Eso es…

–Los dos queremos a nuestra familia. Los dos trabajamos mucho. Los dos tenemos muchos planes. Y lo que tenemos aquí –dijo Hannah, señalando la cama deshecha–. Eso es mágico, Ben, y lo sabes. Así que, si no quieres que sigamos, dilo claramente, pero no me des excusas para retirarte.

–Sí quiero que sigamos. Siempre querré. Pero no sé si soy capaz de sentir lo que tú quieres de mí.

–Nunca lo sabrás si no lo intentas.

–A lo mejor no quiero saberlo.

Ella asintió. Pestañeó para que no se le cayeran las lágrimas y dijo:

130

–Bien. Por lo menos, has sido sincero. Creo que ahora tienes que irte, Ben.

Lo había intentado. Le había dicho lo que sentía, incluso sabiendo que, probablemente, terminaría con su relación, tal y como había sucedido. Pero no iba a arrepentirse. No iba a dudar de sí misma por haberse enamorado de Bennett Carey. Enamorarse no era una decisión personal. Era algo que ocurría sin más.

–No quiero dejarte así, Hannah.

–Pero quieres marcharte, así que deberías hacerlo.

Salió del dormitorio y fue a la cocina. Así, él podría vestirse y marcharse solo. Ciertamente, había pasado allí el tiempo suficiente como para saber dónde estaba la puerta.

–¿Todo preparado para la celebración de *Las estrellas del verano*? –preguntó Amanda, dejándose caer en una de las butacas que estaban enfrente del escritorio del despacho de Bennett.

–Por supuesto –respondió él, casi sin mirar a su hermana–. ¿Cómo no iba a estar preparado?

La dichosa celebración. En el restaurante que había remodelado Hannah. The Carey no solo había recuperado su antiguo encanto, sino que había quedado espléndido, tal y como siempre debería haber sido.

–Por supuesto, por supuesto –dijo Amanda–. Se te nota feliz por tu tono de voz.

Él alzó la mirada y frunció el ceño.

–Oh, por favor. La mirada fulminante no te va a funcionar. Soy tu hermana, Bennett. Llevo viendo esa mirada de «márchate» desde que tenías diez años.

–Y, de todos modos, aquí sigues –dijo él, y bajó la vista hacia los papeles que tenía frente a sí. Intentó enfocar la mirada para no ver solo un montón de borrones sobre un papel blanco.

–¿Cómo está Hannah?

–¿Por qué me lo preguntas a mí?

–Porque he deducido, sagazmente, que has echado a perder las cosas con ella y por eso te has convertido en un alma en pena que recorre estos ilustres pasillos.

–¿Es que te entrenas para ser molesta? –preguntó él. Dejó el bolígrafo en la mesa y se apoyó en el respaldo de la butaca.

–No necesito práctica –replicó Amanda–. Es un don. ¿Puedes decirme qué has hecho?

–Yo no he hecho nada.

–Eso es lo que dicen todos.

–Demonios, Amanda, ocúpate de tus asuntos.

–Eso no va a ocurrir.

–Me dijo que me quiere –soltó él. Y, acto seguido, se arrepintió profundamente.

–Oh, Bennett –dijo su hermana, suspirando–. Eso no era nada nuevo, salvo para ti.

–Pues podías habérmelo dicho –replicó él.

Se levantó y se acercó al ventanal para mirar el mar.

–No habría servido de nada.

No, no habría servido. Podía reconocerlo, al menos, interiormente. Dios… todavía podía verla desnuda, envuelta en la luz de la luna. Anhelaba estar con ella de nuevo. Probablemente, siempre sería así. Pero… solo tenía que pensar en sus padres en aquel momento. Estaban en guerra después de cuarenta años

132

de matrimonio. Vivir con otra persona no era fácil en el mejor de los casos, y él no era un hombre fácil nunca. ¿Cuánto tiempo pasaría antes de que Hannah y él se hicieran daño? ¿Cuánto tiempo pasaría hasta que sus diferencias los apartaran al uno del otro?

Era más fácil terminar ahora que dentro de unos años, cuando, tal vez, ya hubieran tenido hijos. Sus padres habían estado juntos muchísimo tiempo. No siempre había sido un camino de rosas; él recordaba discusiones, palabras duras, silencios y frialdad. Si las cosas habían sido complicadas para ellos, ¿no serían mucho más difíciles para Hannah y para él?

Bennett se giró y miró a su hermana.

—Te agradezco la preocupación, pero todo ha terminado, Mandy. Y tenemos que aceptarlo.

—Te quiero, Bennett, pero, a veces, eres tan obtuso, que me dan ganas de darte un mamporro —le dijo su hermana. Se levantó, se alisó la falda y cabeceó—. Estás cometiendo un error. ¿Eres consciente de ello?

—Qué curioso. Es lo mismo que le dije a Hannah no hace mucho.

—Ella debería haberte hecho caso.

—Sí —dijo Bennett, cuando su hermana ya se había ido—. Debería haberme hecho caso.

Hannah hizo las mediciones y las anotó en su tableta. Después, repitió la medición para cerciorarse de que era correcta.

En el jardín trasero de la casa de Jack Colton hacía mucho sol, y se oía el ruido del mar de fondo, como un ronroneo. Corría un aire que hacía más interesante maniobrar con la cinta métrica. Y mirar el tamaño de aquel jardín hacía que sonriera.

Jack no quería solo que Construcciones Yates hiciera un castillo tamaño infantil, sino que también le había pedido un murete de contención que rodeara toda la parcela para asegurarse de que su hija no se fuera corriendo hacia uno de los acantilados.

—Buena decisión —dijo Hannah en voz baja.

—Siempre me fío de la gente que habla sola.

Hannah se giró y vio a una mujer mayor que llevaba un precioso traje verde claro y que se acercaba a ella por el césped. Tenía el pelo caoba y llevaba una melena corta. Sus ojos eran azules, y sonreía. Y Hannah supo al instante quién era.

—Es usted la madre de Ben.

—Sí —dijo ella, sonriendo aún más—. ¿Cómo lo has sabido?

—Él tiene sus ojos.

—Muchas gracias por decirme eso. Por favor, llámame Candace. Y tú eres Hannah. Tengo que confesar que he venido solo para conocerte.

Ojalá estuviera vestida para la ocasión. Seguramente, no estaba dando muy buena impresión a la madre de Bennett con su camiseta de Construcciones Yates, sus botas y sus pantalones vaqueros. Sin embargo, no importaba. Ella era quien era. Si no era suficiente para los Carey, no lo era. Además, Ben ya no estaba con ella.

Al pensarlo, se le hizo un nudo en el estómago.

Solo habían pasado dos días desde que se había marchado de su casa, pero a ella le habían parecido años. No se imaginaba cómo iba a poder sobrevivir en el futuro con aquella sensación de vacío.

—Me alegro de conocerte, Candace —dijo por fin, cuando se dio cuenta de que llevaba un buen rato callada.

—Oh, no creo que pienses eso en este momento —dijo la madre de Bennett, y le dio una palmadita en el dorso de la mano—. Pero lo vas a pensar. En cuanto a mí, estoy disfrutando.

—Me alegro de poder ayudar.

Candace se echó a reír.

—Oh, sí, estoy disfrutando mucho. Por favor, vamos a sentarnos un momento. Jack me dijo que ibas a venir a tomar las medidas para el castillo de Alli.

—Exacto.

—Alli es tu nieta.

—Sí, y no me des pie, porque tengo el teléfono lleno de fotografías y te aburriría mortalmente.

Hannah se relajó. Era imposible sentirse incómoda con aquella mujer. Ben era tonto por quejarse de ella.

Se sentaron en un banco de piedra, bajo la sombra de un árbol.

—A Alli le va a encantar el castillo —dijo Candace—. ¿Ya tienes el diseño?

—Sí. El arquitecto está preparando los planos. Cuando termine, nosotros empezaremos a construirlo. Nos darán el permiso de obras la semana que viene, y ya podremos empezar.

Candace movió la cabeza.

—Estoy impresionada contigo.

—¿De verdad? —preguntó Hannah. Eso no se lo había esperado.

—Pues claro. ¿Una mujer dirigiendo una empresa de construcción? Es admirable.

–Bueno, gracias.

–Mi hija Mandy me ha dicho que quieres a mi hijo.

–Qué cambio de tema tan repentino.

Candace movió una mano distraídamente.

–Tiene sentido hablar de ello, ¿no crees?

–Supongo –dijo Hannah–. Pero ya no importa. Lo quería, pero lo superaré.

Dentro de veinte o treinta años. Giró la cara para recibir la caricia del viento del mar, que le removió el pelo. Cualquier cosa menos ver la compasión refleja-da en el semblante de Candace.

Ni la necesitaba, ni la quería.

–No creo que tengas que intentarlo.

–No te enfades, Candace, pero tú no puedes decir nada al respecto.

La madre de Bennett se echó a reír y asintió.

–Es verdad. Pero no puedes impedirme que sueñe despierta –le dijo a Hannah, y posó una mano, suave-mente, sobre el brazo de Hannah–. Bennett está muy triste.

–Sí, me lo imagino.

Otra risita.

–Te juro que eres perfecta para él.

–No, no lo soy. Pregúntaselo a él. Te lo dirá.

–Hannah, eres la primera mujer que deja a mi hijo ofuscado.

–¿Ofuscado? Si se lo preguntas a él, creo que Ben te diría que lo enfurezco, le causo frustración y le mo-lesto, pero no creo que diga que se siente ofuscado por mí.

–Por eso, exactamente, eres perfecta para él.

–No lo entiendo.

136

Y se preguntó cómo iba a poder salir de aquella conversación. Miró a su alrededor, pero el jardín estaba vacío. Ni siquiera había un jardinero que pudiera distraer a Candace. De repente, Hannah entendió por qué decía Bennett que aquella madre le volvía loco. Era como un martillo, un martillo envuelto en terciopelo, eso sí.

—No lo entiendes, Hannah. Bennett siempre ha sido muy severo, muy controlado. Era como si hubiera nacido con un traje de Armani, algo que puedo certificar que no fue así.

Hannah sonrió.

—Ser controlador está en su naturaleza —prosiguió Candace—. Es como si tuviera que cuidar de todos y de todo, y nunca hubiera sentido que tenía derecho a tomar algo para sí mismo. Puede que algo de eso sea culpa nuestra —dijo, pensativamente—. Es el mayor, y tan responsable, desde el principio, que siempre estábamos poniéndole a cargo de sus hermanos mientras nosotros trabajábamos en la empresa familiar.

—Pero eso es algo bastante común en las familias —dijo Hannah.

—Puede que sí, pero, cuando seas madre, con el tiempo, empezarás a mirar atrás y a preguntarte si hiciste bien las cosas. Si deberías haberlas hecho de otro modo, y de cómo han podido afectar a tus hijos. Pero, bueno, no estoy aquí para hablar de esto.

—¿Por qué has venido?

—Porque tú quieres a mi hijo —respondió Candace—. Y yo quiero eso para él. Se merece que lo quieran, y querer, también.

—Sí, bueno… Yo también creo eso, pero él, por desgracia, no. Así que te lo agradezco, Candace, pero…

—Preferirías que me marchara.

Hannah abrió la boca, pero ¿qué podía decir? Así pues, volvió a cerrarla.

Candace se rio y se apartó el pelo de la cara.

—Eres una mujer muy agradable, Hannah. Demasiado como para decirme que me meta en mis asuntos. Pero voy a decirte lo que he venido a decir: no te rindas con él. Merece la pena que te tomes la molestia.

—Le encantaría pensar que la madre de Bennett tenía razón. Que lo único que necesitaba él era tiempo para darse cuenta de lo que significaba que estuvieran juntos. Sin embargo, ¿cómo iba a creerlo, si había visto por sí misma que, ante la palabra «amor» él se había cerrado completamente en banda? Además, también estaba la cuestión de «no tener nada en común».

—¿Vas a venir a la celebración de *Las estrellas del verano*, ¿no?

Hannah frunció el ceño e hizo un gesto negativo.

—Iba a ir, pero no creo que…

—Muy bien. Te espero allí —dijo Candace. Se levantó y se sacudió el polvo de la falda—. En realidad, también es tu celebración, ¿no? Una buena oportunidad para mostrar el trabajo que ha hecho tu empresa. He visto el restaurante y estoy impresionada con tu talento, como ya te he dicho.

—Gracias —dijo Hannah, mientras se ponía en pie—. Es muy agradable oír eso, pero…

—Hannah —le dijo Candace con suavidad—. ¿Quieres que Bennett piense que te da miedo verlo cara a cara?

—Oh, eres muy astuta —dijo Hannah después de uno o dos segundos—. Seguro que era imposible que tus hijos hicieran algo a tus espaldas.

Candace sonrió.

–No, imposible, no. Pero no les resultó fácil. Bueno, entonces, ¿nos vemos mañana por la noche?

Por supuesto, no debería aceptar la invitación. Debería alejarse de Bennett Carey. Pero, al mirar a su madre, supo que no iba a hacerlo. Iba a ir a la fiesta, e iba a ponerse tan guapa que Bennett iba a arrepentirse.

–Me gusta el brillo de tus ojos, Hannah –dijo Candace, y le hizo un guiño–. Creo que nosotras dos nos vamos a llevar muy bien.

The Carey tenía mejor aspecto que nunca.

Bennett estaba solo, junto a la barra, observando a la gente que se movía por el restaurante. Todo el mundo estaba hablando de los cambios, de las mejoras.

El pavimento había quedado impresionante. Hannah tenía razón. El tinte más claro que le habían aplicado al roble, además del color rosa claro con el que habían pintado las paredes, iluminaban el ambiente, y las mesas redondas, más ligeras, creaban islas de privacidad. Todas estaban adornadas con flores.

La cocina era una obra de arte. John Henry no había dejado de poner la obra por las nubes desde que había terminado. Hannah había hablado con el chef, le había hecho sugerencias, y habían terminado por mover las encimeras de trabajo para que la circulación del personal fuera más fácil.

Ella lo había hecho todo tal y como había prometido. Había entregado una obra perfecta en el plazo acordado. Tenía razón en todo lo que había dicho. La echaba de menos. Con solo ver el restaurante, pensaba en ella, y eso era terrible, porque estaba allí todo el tiempo. Así que Hannah iba a estar en su mente durante el resto de su vida.

Bennett notó un cosquilleo en la piel, como si, de repente, hubiera electricidad en el aire. Miró por la sala y la vio. Estaba allí, en el restaurante, justo al lado de la puerta. Sí, él la había invitado, pero, después de lo que había ocurrido la última vez en su casa, no esperaba verla en la fiesta.

Al verla, fue como si pudiera respirar otra vez, como si se le hubiera caído un cepo que le oprimía el pecho. Llevaba un vestido de color verde esmeralda que se le ceñía al pecho y caía como un remolino hasta sus rodillas. Sus pendientes de plata, largos, se movían de un lado a otro mientras ella movía la cabeza para observar el gentío. Tenía una pequeña sonrisa en los labios. Estaba deslumbrante.

Bennett se abrió paso entre la gente y rodeó a los periodistas que estaban sacando fotografías a los ganadores del concurso. Al verlo, ella alzó la barbilla, y él lamentó que hiciera aquel gesto de defensa instintivamente.

—Estás maravillosa —le dijo en voz baja.

—Gracias —respondió ella— Tú también estás muy bien.

Él quería acariciarla. Quería abrazarla y estrecharse contra ella. Sin embargo, respiró profundamente y se controló.

—Todo el mundo está hablando de que el restaurante ha quedado fabuloso.

—No, no todo el mundo está hablando de eso —dijo ella, y señaló a la prensa con un asentimiento. Los periodistas estaban arremolinados alrededor de una pareja joven que sonreía para las fotos.

–Ah. Sheila Foley y su hermano, Jacob –dijo él–. Han ganado el concurso por unos cuantos miles de votos. Hacen música de estilo celta, con guitarra y violín. Sheila es la cantante. Son increíbles.

–¿Y van a actuar en el Centro Carey este verano?

–Sí, una noche. Vamos a darle mucha publicidad y, con suerte, podrán aprovechar esta oportunidad para lanzar su carrera por todo lo alto.

–¿Son tan buenos como para eso?

–Sí, son muy buenos. Además, el concurso ha tenido tanto éxito que vamos a hacerlo todos los años. Pero ya no quiero hablar más de *Las estrellas del verano* –dijo él, y la miró fijamente–. Me alegro de que hayas venido.

–¿Por qué?

A él se le escapó una carcajada.

–Solo tú podías preguntar eso. La respuesta es sencilla: porque te he echado de menos.

–Bien. Yo, también a ti.

Bennett sonrió.

–Y te he sacado una sonrisa.

–No mucha gente lo consigue –respondió él, y le ofreció el brazo–. Vamos, voy a presentarte a la gente.

Durante la siguiente media hora, Bennett no se separó de su lado y le presentó a docenas de personas. Charlaron de cosas intrascendentes, que era lo que se hacía en aquel tipo de eventos. En todo aquel tiempo, sin embargo, él notaba que Hannah se alejaba más y más de él, a pesar de que iban tomados del brazo. No entendía qué estaba pasando.

Al final, él le encontró una silla en una de las mesas y se marchó a buscar dos copas de champán con la esperanza de que pudieran hablar y encontrar una forma de volver al punto en el que estaban hacía unos días. Antes de que ella le hablara de amor. Antes de que todo hubiera cambiado.

Aunque primero tenía que averiguar qué era lo que estaba molestando a Hannah y arreglarlo.

Hannah vio alejarse a Bennett y trató de controlar la decepción que sentía. Había tenido la esperanza de que…

Qué boba. Las esperanzas siempre se desvanecían al compararlas con la cruda realidad. Y esa realidad decretaba que Ben no era el hombre apropiado para ella. Ojalá las cosas fueran distintas, pero él acababa de demostrarle que las cosas no iban a cambiar.

—Así que… Bennett Carey, ¿eh?

A ella se le encogió el estómago. Se giró y vio la fría expresión de Davis Buckley. «Vaya, la guinda del pastel para terminar la noche», pensó ella. Por supuesto, él tenía que estar allí. Todos los ricos y famosos de la zona habían asistido al evento. Davis nunca se perdería una oportunidad como aquella.

Al mirarlo, recordó que una vez había pensado que Davis era el hombre de su vida y, sin embargo, lo que había sentido por él no era más que una fracción insignificante de lo que sentía por Bennett. Le asombraba haber creído que estaba enamorada de aquel tipo. Era tan… horrible, tal y como lo habían descrito las hermanas de Bennett.

–¿Qué quieres, Davis? –le preguntó Hannah, poniéndose de pie para enfrentarse a él–. Ya te he pagado lo que dices que me prestaste. Estamos en paz. No te debo nada, ni siquiera un minuto de mi tiempo.

Davis la miró de pies a cabeza con desprecio.

–Ahora entiendo por qué me dejaste plantado. Querías a otro con más dinero. Buen trabajo, has cazado a Bennett Carey. Lo han intentado muchas, pero ninguna lo había conseguido.

Ella, con asombro, le preguntó:

–¿De qué estás hablando?

–He visto cómo se le caía la baba mirándote –respondió él, con un resoplido de disgusto–. ¿Crees que soy tonto?

–Entre otras cosas –dijo Hannah–. Vete y no te acerques a mí.

–Encantado –respondió él, y miró más allá de su cabeza–. Hola, Bennett. Me alegro de verte.

A Hannah se le encogió el estómago. ¿Cuánto tiempo llevaría allí? ¿Había oído que Davis la acusaba de querer cazar a un hombre rico? Se giró lentamente y vio que él la estaba mirando como si no la conociera. La respuesta a sus preguntas estaba escrita en la cara de Ben.

Lo había oído todo.

–Bennett, no es lo que piensas.

Capítulo Once

—Pues estoy deseando escuchar qué es en realidad —dijo Bennett.

Dejó las copas de champán en la mesa, la tomó de la mano y se la llevó hacia la puerta principal. Hannah no se resistió. Quería aclarar aquello tanto como él. Quizá, más.

Cuando salieron, el viento que soplaba desde el mar los asaltó, pero no pareció que el frescor bajara la temperatura de ninguno de los dos.

—¿Davis Buckley? —le preguntó Bennett—. ¿Tuviste algo que ver con ese canalla?

—En realidad, estuvimos comprometidos —dijo ella, aunque las palabras le dejaron un gusto amargo en la boca. Él retrocedió al oírlo y se metió las manos en los bolsillos.

El aparcamiento estaba abarrotado, por supuesto, lleno de coches deportivos y lujosos todoterreno. Los aparcacoches entraban y salían, así que Bennett la llevó hacia el lateral del edificio, donde podrían tener más privacidad.

Lo miró a los ojos y se dio cuenta de que, en aquel momento, tenían un color oscuro, como el de un cielo tormentoso. Ella tenía los mismos sentimientos, pero se lo contó todo. Le explicó lo que había ocurrido con Davis, le habló de su ingenuidad y de que ese era el motivo por el que necesitaba tanto el trabajo en The Carey, porque, con el bonus, había conseguido saldar la deuda que tenía con Davis. Cuando terminó de hablar, esperó a ver cómo reaccionaba él.

–¡Oh, magnífico! –exclamó Bennett, haciendo un gesto de desdén con las manos–. ¿Y también estabas enamorada de él?

Ella se estremeció al oír su tono de voz despreciativo.

–Creía que lo estaba, sí, pero no es nada...

–Deja que lo adivine. No es nada comparado con lo que sientes por mí –él se alejó, moviendo la cabeza. Después, se giró y volvió hacia ella–. ¿Estaba diciendo la verdad? ¿Me has usado a mí como le usaste a él?

–¿Disculpa? –preguntó Hannah.

Ya había aguantado todo lo que tenía que aguantar. Estaba dispuesta a darle explicaciones a Bennett porque entendía que el asunto de Davis tenía que haber sido una sorpresa muy desagradable para él. Pero no iba a quedarse allí cruzada de brazos y permitir que él le echara la culpa de todo.

–Davis fue el que me utilizó a mí. Como tú.

Él dio un resoplido.

–No lo dirás en serio.

–Qué curioso. Tus hermanas han visto la verdad. ¿Por qué no puedes verla tú? –le preguntó ella. Ladeó la cabeza y se puso en jarras–. Tú te has aprovechado de mi saber hacer, de mi capacidad y de la de mis trabajadores para que tu restaurante pudiera estar a punto para esta fiesta de congratulación propia con invitados cuya riqueza, sumada, puede igualar al producto interior bruto de algunos países.

–Yo te contraté, no te utilicé. ¿Y ahora es un delito ser rico?

–Por supuesto que no –dijo ella–. Pero debería ser delito ser tan desconsiderado al respecto.

–Muchas gracias.

¿Acaso él no lo veía? ¿O no quería verlo?

–Ben, acabas de pasarte media hora conmigo por todo el restaurante presentándome a tus amigos ricos pero ni una sola vez has dicho que soy la constructora que ha hecho la obra del restaurante. No querías que supieran que dirijo a un equipo de hombres. Que tengo una empresa de construcción.

Bennett se pasó una mano por la cara y cabeceó.

–Esto no tiene nada que ver.

–Sí, tiene todo que ver. Es exactamente eso –dijo ella, y le clavó el dedo índice en el pecho–. Cuando te dije que estaba enamorada de ti, tú me diste el argumento de que no tenemos nada en común. Pero eso no es lo que te frena, Ben. Es el hecho de que te avergüenzas de cómo me gano la vida.

–Yo nunca he dicho eso.

–No es necesario. Esta noche lo has dejado perfectamente claro. Siento no ser una mujer rica y elegante que no puede ni girar el pomo de una puerta para no estropearse la manicura.

–Eso es absurdo.

–A mí no me lo parece. Esta soy yo –dijo, y dio una vuelta sobre sí misma para que él pudiera verla bien–. Soy mi yo real. O, por lo menos, una parte de mí misma. La otra lleva botas de trabajo. Sé hacer la mayoría de las cosas que se necesitan en una obra. Dirijo una empresa familiar, como tú. Y se me da muy bien lo que hago. Lo que no voy a hacer es perder el tiempo con un tipo que se avergüenza de mí. Adiós, Ben. Que disfrutes de tu fiesta.

—Espera.

Hannah se detuvo y miró hacia atrás.

—¿Por qué has venido esta noche, Hannah?

—Porque quería demostrarme a mí misma que era capaz de volver a verte. Para que te fastidiaras.

—Bien, pues lo has conseguido.

Debería haberse sentido bien sabiéndolo, pero no fue así.

Lo dejó allí plantado, y uno de los aparcacoches llamó a un taxi para ella. Mientras esperaba, miró hacia atrás, al restaurante, y vio que él todavía estaba allí, a oscuras, observándola. A ella le dolía el alma, pero se cuadró de hombros e irguió la espalda.

Cuando llegó el taxi, se montó y se marchó a casa. Sola.

Bennett no durmió aquella noche.

Cada vez que cerraba los ojos, veía a Hannah. Veía el reflejo del dolor y la ira en sus ojos. Oía su voz mientras le hacía reproches. Recordaba su compromiso con Davis Buckley, precisamente, con aquel canalla… ¿Era culpa suya que aquellas noticias le hubieran dejado tan horrorizado como para que su reacción hubiera sido tan mala?

Pues sí.

A las siete de la mañana, estaba nervioso y tenía un fuerte dolor de cabeza, así que, al oír música en vivo fuera de su casa, lo aceptó como si fuera otra forma

147

de tortura. Se levantó, se asomó a la ventana y vio una banda de música, con tambores y amplificador incluidos, que interpretaba «Love Will Keep Us Together».

Se quedó boquiabierto.

Su padre, Martin Carey, estaba delante de la banda, mirando hacia una de las ventanas superiores, con una sonrisa de oreja a oreja a oreja. Obviamente, esperaba que su mujer se asomara y se quedara alucinada con aquel gesto tan romántico. Bennett sabía que aquella era la canción de sus padres. Era muy célebre cuando ellos habían empezado a salir y cuando él era pequeño y, algunas veces, había visto a sus padres bailar con ella cuando pensaban que estaban a solas. A lo mejor, su padre conseguía que su madre lo perdonara y, de ese modo, ella se iría de una vez de su casa.

Un poco después, cuando ella salió de casa para ir a trabajar, con un vestido negro y blanco y unos zapatos de tacón, Bennett contuvo la respiración. ¿Se dejaría engatusar?

No.

La banda dejó de tocar y, en el silencio, él oyó los tacones de su madre contra el pavimento de piedra. Pasó por delante de la banda y de su padre como si no estuvieran allí.

–Parece que no lo entiendes, ¿no, Marty? ¿De verdad piensas que con esto me vas a convencer de que vuelva a casa, cuando no ha habido ningún cambio?

–Candy, esto ya ha durado demasiado –le dijo su padre.

–Sí –dijo Candace, y miró a los músicos–. Estoy ignorando sus esfuerzos –les dijo–. No es agradable que te ignoren, ¿verdad?

Y, con eso, se subió a su BMW y se marchó. Martin y los músicos se quedaron allí plantados. Algún vecino pidió más música, así que ellos empezaron a tocar de nuevo, y los vecinos comenzaron a bailar en sus jardines. Martin se subió al coche y se fue. Bennett cerró la ventana para no oír la música.

Sus padres no conseguían resolver el problema. ¿Qué querían las mujeres?, se preguntó él. Su madre no se había dejado impresionar por aquel gesto romántico. Hannah había ocultado su relación con Davis Buckley… ¿o no? En realidad, ellos no habían hablado de su pasado. Tal vez ella se lo hubiera dicho en algún momento, pero, probablemente, él habría reaccionado de igual manera. Sus hermanas estaban de parte de Hannah. Y lo peor de todo era que Hannah le había acusado de avergonzarse de ella.

Frunció el ceño y se miró al espejo que había al otro lado de la cama. «Es difícil mentirse a uno mismo cuando la verdad lo está mirando de frente».

–Demonios –murmuró–. Hannah tenía razón. Soy un esnob. No le dije a la gente que era ella la que había renovado el restaurante cuando, en realidad, debería haberme sentido orgulloso de presentarles a una mujer increíble que tiene tanto talento y que sabría construir una casa, ella sola, desde los cimientos.

¿Acaso se había hecho tan elitista que no podía ver la valía de nadie más allá de su estatus económico? ¿Le parecía que una carrera profesional o una empresa solo era digna de admiración si se podía dirigir con un traje caro o un vestido elegante? Era una idea deprimente. Y humillante.

En cuanto a Davis Buckley… Demonios. Hannah

había tenido el sentido común necesario como para romper esa relación, por no mencionar que se había dejado la piel para pagarle un préstamo al hombre y poder liberarse completamente. Sin embargo, él no se había tomado el tiempo necesario para pensarlo.

Se pasó una mano por el pelo con un gesto de agobio. ¿Qué demonios le ocurría? Tenía a su lado a una mujer bellísima que le había dicho que lo quería y él la había acusado de utilizarlo.

En vez de aprovechar aquella oportunidad de ser feliz, se había negado a valorar a Hannah como la asombrosa mujer que era. Sus padres llevaban cuarenta años casados y ni siquiera en aquel momento, en medio de las guerras de la jubilación, se les había ocurrido hablar de divorcio. Se querían y estaban intentando que cada uno de ellos viera las cosas como el otro. ¿Cómo podía no creer en el amor, teniendo el ejemplo de sus padres?

Se miró al espejo de nuevo y señaló su reflejo con el dedo índice.

—Eres idiota.

—Eres idiota, eso es lo que eres —dijo Hannah, sombríamente.

Se había permitido a sí misma enamorarse de Ben, y había resultado que tal vez él fuera peor que Davis. Por lo menos, Davis Buckley no disimulaba el tipo de hombre que era. Ben, por el contrario, la había engañado y había conseguido que pensara que era distinto. Que, a pesar de ser distante y malhumorado, era un buen tipo.

Pero, en el fondo, era como cualquier otro cliente rico que ella hubiera conocido.

—Y por eso eres idiota —dijo.

—¿Qué dices, jefa? —le preguntó Tiny, mirándola con los ojos entrecerrados para protegerse de la luz brillante del sol.

—Nada. Solo estaba hablando sola.

—Ah, cuando yo hago eso, mi mujer me dice que estoy loco —comentó él. Ella se giró y lo fulminó con la mirada, y él, rápidamente, añadió—: Yo no lo creo, por supuesto.

—Me alegro.

Ella miró de nuevo hacia la parte trasera de la casa en la que estaban trabajando. Tenían que cortar el alero y parte del tejado para adosar un porche nuevo. A ella le parecía una buena idea aquella reforma. Dentro de uno o dos días echarían el hormigón de la solera para que los dueños tuvieran una terraza en la que pudieran colocar unas sillas y una mesa. El porche los protegería del sol y de la lluvia y le proporcionaría a la casa un rasgo que el constructor original había rechazado.

—Bueno, seguid derribando el antiguo porche mientras yo me subo a trabajar con el alero.

Apoyó la escalera contra la pared y comenzó a subir, mientras sus trabajadores se ocupaban de la demolición en el suelo.

—Eh, jefa…

—Tiny, solo rompe el cemento, ¿de acuerdo?

No quería hablar, ni siquiera consigo misma. Con hablar no se solucionaba nada. Ni tampoco darle vueltas a lo que había ocurrido entre Bennett y ella.

151

–Jefa, hay alguien aquí que ha venido a verte…

Suspiró y se dio la vuelta, a medio camino de subida por la escalera, para ver de quién se trababa. Ben atravesó el jardín y se plantó bajo ella, mirando hacia arriba.

Llevaba uno de sus carísimos trajes y unos zapatos de lujo y, en medio de aquella obra, estaba tan fuera de lugar como se había sentido ella en la fiesta de The Carey.

Y, sin embargo, por muy humillante que fuera, se le aceleró el corazón al verlo. Ojalá las cosas fueran diferentes… Pero no lo eran.

–Vete, Ben. Estoy trabajando.

Bennett respiró hondo y se pasó una mano por la barbilla. Había empezado la mañana hablando con el padre de Hannah, que se había mostrado tan poco cordial con él como sus trabajadores en aquel momento. Entendía su actitud. Él mismo la había provocado al hacerle daño a Hannah. No podía soportar el dolor que se reflejaba en sus ojos cuando lo miraba.

–Me equivoqué –dijo en voz alta, para que todo el mundo pudiera oírlo por encima del sonido de las herramientas eléctricas. Y, en cuanto habló, las herramientas se apagaron. Parecía que los obreros no querían perderse nada de lo que ocurriera después.

–Estoy de acuerdo –dijo ella, y siguió subiendo por la escalera–. Ahora ya puedes irte.

–Baja para que podamos hablar –dijo él.

–No tengo nada que decir –respondió ella. Y clavó el extremo del martillo que tenía la hendidura en uno de los tablones del alero del tejado para desprenderlo.

Cuando lo consiguió, lo lanzó hacia abajo, y él tuvo que dar un salto hacia atrás para que no le cayera en la cabeza.

—No me has dado por poco —le dijo él.

—La próxima vez me esforzaré más —replicó ella.

Y Bennett sonrió. Demonios, cuánto quería a aquella mujer.

—Está bien —murmuró, y empezó a subir por la escalera—. Si tú no bajas, ya subo yo.

—¿Es que quieres matarte? —le preguntó ella, mirando hacia abajo con estupefacción—. Baja antes de que perdamos el equilibrio y nos caigamos los dos.

—El equilibrio ya se ha perdido, Hannah. Me equivoqué. Fui desconsiderado. Y corto de vista.

Algunos de los trabajadores aplaudieron, pero Bennett los ignoró.

—Demonios, Hannah. Te quiero —dijo—. Estoy orgulloso de todo lo que sabes y puedes hacer. Adoro lo que eres. Adoro tu talento y tu orgullo, y tu seguridad en ti misma. Tu risa. Solo quiero que me des otra oportunidad para poder demostrártelo.

Ella lo miró, y él vio en sus ojos algo que le dio esperanzas.

—Lo he hecho muy mal, Hannah —reconoció, haciendo caso omiso de los aplausos y los vítores de los trabajadores.

Sabía que su padre también estaba allí, y que lo estaba oyendo todo, pero no estaba hablando con ninguno de ellos. Solo le importaba una persona.

—Te hice daño, aunque no fuera mi intención. No te valoré, y eso no va a volver a pasar. Te quiero, Hannah, y eso no va a cambiar nunca.

Ella se giró y apoyó una cadera contra uno de los peldaños de la escalera.

–Ben, creo que te creo, pero eso no cambia la realidad. Somos de dos mundos diferentes.

Él sonrió.

–Eso es una tontería, Hannah, y lo sabes. Nosotros somos los que construimos los mundos. Y me gustaría señalar que ahora estoy en tu mundo y el universo no ha explotado.

–Todavía –dijo ella.

Bennett sonrió.

–Hannah, podemos construir un lugar propio para los dos. Podemos quedarnos con lo mejor del mundo de cada uno y no hacer ni caso del que nos diga lo contrario. Ven conmigo, Hannah. Vamos a formar una familia juntos, vamos a querernos. Te echo de menos.

La miró fijamente a los ojos, y sintió que ella tenía los mismos deseos y las mismas necesidades que él. ¿Cómo había podido estar tan ciego?

–No voy a dejar de trabajar, Ben. Quiero que mi empresa crezca hasta convertirse en la constructora número uno de California.

Más vítores de los obreros y ¿quién podía reprochárselo?

–Me parece magnífico. No te mereces menos. Puedes empezar renovando mi casa, ya que toda mi familia dice que es un aburrimiento.

–Seguramente tienen razón –dijo ella.

–Será difícil.

–Tú eres lo más difícil –replicó ella.

–Es cierto. Soy tan terco como tú, así que, algunas veces, tendremos dificultades. Pero, Hannah, yo quiero recorrer ese camino contigo. Solo contigo. Entre los dos podemos construir una gran vida.

–Quiero tener hijos –le advirtió ella.

–Todos los que queramos.

–Y les voy a enseñar a utilizar herramientas –añadió ella.

–También puedes enseñarme a mí.

Hannah sonrió y miró a su padre. Ben siguió su mirada y vio que el hombre le hacía un gesto de aprobación elevando los dos pulgares. Cuando ella volvió a mirarlo, y cuando se inclinó para darle un beso, él la detuvo.

–¿No podríamos bajar de la escalera para besarnos?

Ella se echó a reír, y aquel sonido fue como un bálsamo para su alma. Cuando estuvieron en el suelo, Bennett la abrazó y la besó hasta que a los dos les faltó el aliento. Y, entre las risas y los gritos de los trabajadores, él se metió la mano en el bolsillo para sacar el anillo que había comprado aquella mañana.

–Una banda de brillantes –susurró ella, mirando a Bennett.

Él se encogió de hombros y se lo puso en el dedo.

–Es una montura en carril para que no se te enganche nada en las herramientas.

Hannah suspiró, le puso la palma de la mano en una mejilla y susurró:

–No puedo creer que hayas pensado en eso.

Bennett la abrazó con fuerza y susurró:

–Siempre pensaré primero en ti. Siempre te voy a querer. Para siempre.

Hannah sonrió y dijo:

–Te quiero, Ben. Ahora y siempre. Y, para demostrártelo, te prometo que voy a ir a todas las fiestas lujosas que tú quieras.

–Y yo te prometo que no voy a usar maquinaria eléctrica sin supervisión.

–Gracias –susurró él–. Gracias por quererme lo suficiente como para haber cambiado mi mundo para siempre.

Ella lo miró a los ojos y le prometió:

–Para siempre, rey Carey.

DESEO

MAUREEN CHILD

MÁS QUE UN NEGOCIO

Capítulo Uno

Justin Carey recorrió con la vista la sala de juntas y recordó por qué solía evitar aquellas reuniones familiares.

Llevaba ya media hora en las oficinas de la Corporación Carey y apenas habían avanzado. Para gestionar el legado Carey era necesaria una reunión familiar al menos una vez al mes y Justin las evitaba siempre que podía. No era que no quisiera pasar tiempo con su familia, pero no le interesaba lo más mínimo convertirse en un eslabón más de aquella cadena familiar.

El Centro Carey, básicamente un palacio de las artes escénicas, era la gran joya de sus posesiones. También tenían restaurantes, un exclusivo centro comercial llamado FireWood y docenas de propiedades inmobiliarias. Pero nada de eso interesaba a Justin.

Quería forjarse su propio destino, aportar sus propias ideas al legado Carey y no acabar inmerso en la nave nodriza.

Aun así, tenía que admitir que se habían producido cambios en los últimos meses. Sus hermanas Amanda y Serena eran incapaces de hablar de otra cosa que no fuera sus bodas. Y el mayor de los hermanos, Bennett, parecía casi… relajado, lo que resultaba desquiciante.

Bennett siempre había sido el más impulsivo de todos. Se pasaba la vida organizando horarios y listas, y desde que había llegado a la reunión aquella mañana, no había borrado de su cara una sonrisa de satisfacción. Recostado en la butaca de cuero negra, Bennett observaba a su familia con gesto benevolente. Era increíble lo que había cambiado Bennett desde que había descubierto el amor con Hannah Yates, propietaria de una empresa de construcción.

Mientras esperaba a que se retomara la reunión después de un breve receso, observó a sus hermanas Amanda y Serena, que hojeaban una revista de novias con avidez.

Lo único que no había cambiado había sido la relación entre sus padres. Lo que sus hermanos y él llamaban «la guerra de la jubilación» seguía en pleno auge. Su padre, Martin, le había prometido a su esposa que cuando Bennett se hiciera cargo de la Corporación Carey se retiraría y juntos harían todas aquellas cosas que siempre habían planeado. Pero ese momento había llegado y Martin seguía sin dar el paso. Así que la madre de Justin, Candace, se había ido de casa y estaba viviendo con Bennett.

Justin sonrió para sus adentros al recordar los esfuerzos de Bennett por sacar a su madre de su casa sin ningún éxito. Desde que Hannah se había ido a vivir con él, a Bennett no parecía importarle tanto. No era más que otro de aquellos cambios desconcertantes. Tal vez debería asistir a más reuniones de aquellas, sería la única manera de mantenerse al tanto.

–Candy, es hora de acabar con esto –dijo Martin Carey–. Tenemos dos hijas a punto de casarse y Hannah se ha ido a vivir con Bennett. Seguramente querrán tener intimidad.

–No me metas en esto –terció Bennett.

Justin permaneció callado, atento a la conversación.

—Candy, vuelve a casa y hablemos de nuestros planes de jubilación.

—No, Marty, no voy a volver a casa de momento. Estoy muy cómoda en casa de Bennett. De hecho, Hannah y yo estamos disfrutando mucho convirtiendo ese palacio en un hogar.

—¡Eh! —intervino Bennett de nuevo, y esta vez las hermanas de Justin levantaron la cabeza.

—Lo siento, cariño —dijo Candace agitando la mano en el aire—, pero sabes que es verdad. Además, Hannah tiene muy buen gusto. Ahora mismo están reformando la cocina, y el salón ya está pintado de un precioso color verde.

—No me importa lo que estéis haciendo en casa de Bennett —refunfuñó Martin.

—Pues debería. Está quedando precioso.

—Candy, te echo de menos —dijo Martin apretando los dientes—. Vuelve a casa, hablemos.

—Ya hemos hablado todo lo que teníamos que hablar —dijo Candace—. Sabes lo que tiene que pasar para que esto termine.

Justin hizo una mueca. Sabía lo mucho que sus padres se querían, pero también sabía que su madre era muy testaruda.

—No estás siendo razonable —dijo Martin.

—Has faltado a tu palabra.

—Claro que no —protestó.

—¿Acaso estamos en un crucero y no me he dado cuenta? —dijo Candace mirando a su alrededor.

Martin apretó la mandíbula y Justin quiso decirle a su padre que se diera por vencido. Candace Carey siempre se salía con la suya.

Mientras la familia seguía charlando, Justin se

acomodó en su asiento y se quedó contemplando la escena como si fuera un extraño porque, en la práctica, lo era. En un mundo de trajes hechos a medida y grandes ambiciones, Justin era una oveja negra empeñada en seguir su propio rumbo. No le gustaba seguir órdenes y no tenía el más mínimo interés en el negocio familiar.

Nadie en su familia lo entendía.

Durante toda su vida el legado Carey había sido como un aro por el que se esperaba que pasara. Suponía que para algunas personas habría sido la promesa de un futuro resuelto, una senda que se abría ante él con un trazado perfectamente ordenado.

Pero para Justin, esa senda no conducía adonde él quería. Amaba a su familia, pero la idea de pasar todos los días de su vida detrás de una mesa era una condena. Hacía tiempo que había aprendido que tratar de complacer a la familia era una pérdida de tiempo. Siendo el más pequeño de los hermanos Carey, todos opinaban acerca de lo que debía hacer. La única manera de no guardarles rencor era poner tierra de por medio y hacer su propia aportación al legado Carey. Y ya lo tenía. Casi estaba listo para demostrarle a su familia que era algo más que el benjamín.

—De acuerdo, hablemos de la serie de conciertos de verano —dijo Bennett, y las conversaciones comenzaron a decaer.

La luz del sol llenaba la habitación, pero gracias a los vidrios tintados, la claridad se tamizaba. De las paredes colgaban retratos de la familia, así como fotos del Centro Carey, del restaurante y del centro comercial. Algún día también colgarían fotos de su contribución al negocio familiar. Lo estaba deseando.

—Lo tengo controlado, Bennett —dijo Amanda, sin levantar la vista de la revista.

—Gracias por tu atención, Mandy —replicó Bennett con ironía.

Ella levantó la cabeza para encontrarse con la mirada de su hermano.

—No es la primera vez que organizo nuestra serie de conciertos de verano, Bennett. Todas las noches están completas. Los artistas que repiten están encantados de volver y los nuevos están deseando tocar en el Centro Carey. La venta de entradas va muy bien y tengo que decir que ya tenemos los planos para el pub y el bulevar comercial entre el centro y el nuevo restaurante, y son fantásticos.

—¿Cuándo comienzan a trabajar en el nuevo proyecto? —preguntó Bennett sin dejar de mirarla.

—Ya sabes que Hannah está ocupada con la construcción del nuevo castillo de Alli y el muro de contención de casa de Jack, así que hemos buscado otro contratista para que empiece la obra. La excavación comenzará el mes que viene.

—Es una buena noticia —dijo Bennett—. En un par de semanas, Hannah habrá acabado con el castillo, pero tiene trabajo para los dos próximos meses. Por no mencionar que parte de su equipo está en mi casa construyendo un nuevo comedor de desayuno y pintando paredes.

—Estupendo —dijo Amanda—, no más beis.

—Muy graciosa —replicó Bennett.

—Bueno, sigamos a lo nuestro —continuó Amanda, señalando con la cabeza a su hermana—. Serena tiene algunas ideas nuevas para el programa Summer Stars, pero por mi parte, todo está en marcha —dijo y respiró hondo antes de quedarse mirando fijamente a su hermano–. Quisiera recordarte que me caso en unos meses y necesito tiempo para organizar la boda.

–Cierto –afirmó Bennett y dirigió la mirada a su otra hermana–. Muy bien, Serena. Los campeones del Summer Stars. ¿Ya hemos confirmado que actuarán este verano?

Serena asintió y sus rizos dorados ondularon sobre sus hombros.

–Por supuesto, Bennett. ¿Me tomas por incompetente?

–No, claro que no. Solo estaba intentando…

–¿Controlar? –preguntó Serena poniéndose de pie lentamente–. ¿Qué les hace pensar a los hombres que saben todas las respuestas y que solo nos tienen para su diversión?

–Yo no pienso…

–Sois todos iguales –dijo Serena y Justin se sorprendió al ver a su hermana con los ojos llenos de lágrimas.

–Espera –la interpeló Bennett, poniéndose en pie–. No pretendo controlarte, Serena, pero puedo hacerlo si quieres.

–Sinceramente, Bennett, podrías ser un poco más comprensivo. Cómo os gusta hacer piña.

–¿Qué está pasando? –preguntó Martin.

–No tengo ni idea –respondió Candace y miró con preocupación a su hija.

–Bennett –intervino Justin–, tal vez todos deberíamos tranquilizarnos un momento y…

–Mantente al margen –dijo Serena y se limpió una lágrima de la mejilla–. Tú, que nunca estás aquí, ¿vas a ponerte ahora del lado de Bennett?

–No me estoy poniendo del lado de nadie –protestó y miró a su hermano en busca de ayuda.

Pero Bennett estaba igual de confuso.

–¿De qué lado se supone que estoy? ¿De qué estás hablando?

–Jack –dijo secamente–. Quién si no Jack. Quiere casarse este verano, pero no hay tiempo. Ya es verano, por el amor de Dios. Prefiero esperar a Navidad.

–Claro, porque no tienes nada que hacer en Navidad –farfulló Justin.

–Tú también estás del lado de Jack.

–Cariño, esto no es ninguna tragedia –intervino Candace–. Ya se nos ocurrirá algo.

–Hoy no puedo lidiar con esto.

Serena salió de la sala y Amanda vio cómo se marchaba.

–¿Has visto lo que has conseguido? No puedo creer que seas tan insensible, Bennett. ¿Conoce Hannah esta faceta tuya? –preguntó Amanda recogiendo su revista–. Es muy poco atractiva.

Se marchó detrás de Serena y Bennett miró a Justin.

–¿De qué iba todo eso? ¿Cómo demonios hemos pasado del Summer Stars a hablar de que soy un insensible?

–A mí no me preguntes –contestó Justin y se volvió hacia Candace–. Mamá, ¿tienes idea de lo que está pasando?

Candace se puso de pie lentamente, miró a sus hijos y después a su marido.

–Lo que está pasando es que, una vez más, los hombres os negáis a escucharnos y, lamentablemente, eso incluye a Jack y probablemente a Henry también. Supongo que ninguno podéis evitarlo. Es algo que va con el género.

–Espera un momento –dijo Martin levantándose–. ¿Cómo he acabado metido en esto?

–Eres hombre y no escuchas.

Candace se dio media vuelta y abandonó la sala, seguida de Martin un par de pasos detrás.

–¿Qué demonios es lo que hemos hecho? –preguntó Justin mirando a Bennett.

–Nacer hombres. Me alegro de que esta vez hayas estado aquí para vivir este momento.

–Sí, claro, no sabes cuánto me alegro de haber sacado un hueco para venir a esta reunión familiar.

–Tal vez si vinieras más a menudo –terció Bennett frunciendo el ceño– podrías ayudarme a lidiar con nuestras hermanas.

–No, gracias –replicó Justin y se metió las manos en los bolsillos de la cazadora–. Tú eres el presidente de la compañía, es tu misión ocuparte de los marrones.

–Eso no venía en el contrato –farfulló Bennett.

–¿Papá te ha hecho firmar un contrato?

–No te molestes –dijo Bennett sacudiendo la cabeza y apoyando la cadera en la mesa–. Por cierto, ¿por qué has venido a la reunión de hoy? Por suerte, ha sido la reunión más breve de la historia.

Justin sonrió. Desconocía aquella faceta de su hermano.

–Vaya, Bennett, no sabía que no te gustaran estas reuniones. ¿Qué te ha pasado?

Bennett esbozó una medio sonrisa y su mirada se suavizó.

–Ha sido conocer a Hannah y he descubierto lo que es tener una vida.

Se refería a Hannah Yates, contratista y, al parecer, domadora de hermanos. Solo había coincidido con ella una vez, en una fastuosa cena en The Carey, el restaurante insignia de la familia que Hannah y su equipo habían reformado después del incendio. A pesar de que solo la había visto en aquella ocasión, Justin había advertido el cambio que había provocado en su hermano. Si Bennett Carey podía cambiar, cualquier cosa era posible.

—Solo he venido para agradecerte en persona el préstamo que me hiciste hace unas semanas. Hoy le he pedido al contable que te extienda un cheque para devolvértelo —dijo y se lo tendió.

En su interior dio las gracias a su abuelo por haber dejado a cada uno de los hermanos Carey un sustancioso legado. Aun así, había algunas trabas que superar cuando necesitaban disponer de ese dinero. No había podido esperar y Bennett había salido en su ayuda cuando más lo había necesitado, algo que Justin jamás olvidaría.

Bennett dejó el cheque sobre la mesa y se cruzó de brazos.

—¿Puedo saber para qué lo necesitabas?

Justin sonrió. Llevaba tres meses trabajando en aquel acuerdo, incluso más, teniendo en cuenta que había intentado cerrarlo año y medio antes. Había hecho el pago hacía dos semanas y no había vuelta atrás. Ya tenía marcado un rumbo y solo le quedaba demostrar a todos que sabía lo que estaba haciendo, que crear una nueva rama de la Corporación Carey era lo mejor para él.

—Aquí la Tierra llamando a Justin.

—¿Qué? —preguntó saliendo de su ensimismamiento.

—Te he preguntado para qué necesitabas el dinero. ¿Vas a contarme qué has estado haciendo estos últimos meses?

Todavía no estaba preparado para contárselo a su familia.

–Ya veo que no –dijo Bennett y suspiró–. Lo estoy viendo en tu cara.

–Pronto lo sabrás.

–Es lo que siempre dices, pero nada cambia.

–Ya verás como sí. Pronto, muy pronto.

Ese era el problema de ser el menor de los hermanos. Todos se sentían con derecho a opinar sobre su vida. Lo que él quería era forjar su propio camino, demostrar a su familia que, a pesar de no seguir las normas de la compañía, seguía siendo un Carey. Hasta la médula.

Un par de horas más tarde, Justin estaba justo donde quería.

En medio de un patio de pizarra, dirigió la vista hasta donde se perdía en la vasta extensión del Pacífico. Las pesadas nubes grises del horizonte amenazaban con acercarse. A su espalda tenía el hotel que sería su eslabón a la cadena de la familia Carey.

Todo dependía de aquello. Hacía años que había decidido no dejarse arrastrar por el negocio familiar. Aquella era su oportunidad de demostrarles a todos que había merecido la pena.

Allí en La Jolla, a pocos kilómetros de San Diego, estaba a dos horas del condado de Orange, en California, centro del universo Carey. Allí no era el más pequeño de los Carey, sino que podía ser quien quisiera.

Nunca sería feliz sentado detrás de una mesa y asistiendo a una reunión tras otra. Para Justin, ese tipo de vida le haría sentirse encorsetado. Quería a su familia, pero siempre había sentido que no acababa de encajar. Con el tiempo había dejado de intentarlo y había tomado la decisión de buscar su propio camino.

Su familia no lo entendía. Seguían viéndolo como la oveja negra, el rebelde. Pero en cuanto les dijera lo que estaba haciendo, tal vez eso cambiaría.

Envuelto en la fría brisa marina, Justin rememoró el final de la conversación de esa mañana con su hermano.

—Llevas meses evitando a la familia, Justin. Es hora de que nos digas qué estás tramando.

—Lo haré pronto.

—Eso es lo que dijiste el mes pasado.

—Créeme, Bennett, pronto lo sabréis todos —le había dicho.

—Muy bien. Me alegro de que hayas venido hoy. Espero que vengas a más reuniones familiares.

—No formo parte de la Corporación Carey.

—Eres parte de la familia Carey, Justin, y es hora de que empieces a comportarte como tal.

Al recordar la conversación, Justin sacudió los hombros. Le había molestado el último comentario de Bennett porque era verdad. Echaba de menos a la familia y no era su intención alejarse de ellos. Pero hasta que no hubiera puesto en marcha su negocio, se mantendría al margen.

Justin se quedó contemplando el océano embravecido y el romper de las olas en la arena. ¿Por qué demonios iba a preferir estar en una reunión en la sede de la Corporación Carey pudiendo estar allí, entre el mar y aquel hotel que sería su contribución al legado Carey?

Admiraba lo que había conseguido su familia, básicamente un templo de las artes, pero no era suyo. Nunca le había atraído de la misma manera que a sus hermanos. Incluso su hermana Selena había acabado formando parte de la compañía y, por lo que tenía entendido, se le daba muy bien. Pero Justin quería y necesitaba dejar su propia huella. En ese sentido, era igual que su padre y su hermano mayor. Tal vez ellos no se dieran cuenta, pero él sí.

–Hola –dijo una voz a sus espaldas–. Llevo media hora buscándote.

Justin se volvió y sonrió al ver a Sam Jonas acercándose. Alto, desgarbado, con el pelo rubio y largo, vestido con vaqueros y camiseta desgastados, Sam tenía el aspecto de lo que era: un surfista. También era copropietario de la empresa Construcciones Jonas e hijo a la que se había encargado la reforma del hotel.

–Hola, Sam.

–Debería haber imaginado que te encontraría aquí.

–Es difícil resistirse –admitió Justin.

En el agua había varios surfistas y un par de veleros, con sus velas hinchadas al viento.

–Es una vista espectacular.

–Desde luego.

Había conocido a Sam cinco años atrás, en la puerta de un pub en Irlanda, cuando ambos estaban recorriendo Europa con sus mochilas. Enseguida habían congeniado y habían pasado los siguientes meses viajando juntos.

Su amistad se había mantenido después del viaje. Sam se había ido a trabajar con su padre y desde entonces, Construcciones Jonas e hijo operaba en San Diego. Por su parte, aunque Justin no tenía ningún interés en el negocio familiar, a veces envidiaba a Sam por tener la posibilidad de hacer lo que le gustaba a la vez que complacía a su familia.

–¿Por qué me estabas buscando?

–Quería avisarte de que los decoradores están trabajando en las habitaciones del hotel.

–Buena noticia.

Con la fachada principal terminada, la que miraba hacia el océano, y la rápida reforma de las habitaciones, el hotel estaría listo para abrir al público antes de finales de mes.

–Y una cosa más. Las cabinas de tratamiento están terminadas también a excepción de algunos detalles de la iluminación que se completarán esta tarde.

–¿En serio? Vaya, ya veo que no has perdido el tiempo –dijo Justin sonriendo.

Apoyó los brazos en la barandilla de forja y se quedó mirando en dirección al viento.

–No me pagas por perder el tiempo, colega –observó Sam–. Solo nos falta por terminar las saunas y la piscina, todo lo demás está listo.

–Voy a tener que regalarte una buena botella de whisky.

–Desde luego –replicó Sam dándole un golpe en el hombro–. Que sea un escocés de quince años.

–Cuenta con ello –dijo Justin sonriendo–. ¿Algo más?

–Lo cierto es que sí. Una vez inaugures el hotel, quiero una de las mejores habitaciones para pasar un fin de semana.

–¿En serio quieres una habitación? –preguntó Justin sin borrar la sonrisa de sus labios.

–No para mí, sino para Kate.

Kate O´Hara, la prometida de Sam, era enfermera.

–Por supuesto, amigo. Cuenta con la mejor habitación del hotel. Todavía no comprendo cómo te eligió.

–Es una mujer con un gusto exquisito –afirmó Sam y se llevó una mano al pecho–. No puedo creer que la boda sea en tres semanas.

–¿No estás nervioso, verdad?

–Nervioso no es la palabra –respondió Sam encogiéndose de hombros–. Aterrorizado. ¿Qué hay de malo en fugarse para casarse? ¿Por qué tengo que casarme delante de doscientas personas?

–Porque es lo que quiere Kate y estás loco por ella.

Un par de segundos más tarde, Sam asintió.

–Es cierto, lo estoy. Bueno, como padrino de boda, ¿has preparado ya la despedida de soltero?

–Por supuesto. Va a ser épica.

En cuanto la organizara, porque se había olvidado completamente. Pero no iba a ser complicado.

–Que no sea la víspera de la boda o Kate se molestará. No quiere que me case resacoso.

–Mujeres… –dijo Justin dándole una palmada en la espalda a su amigo–. No te preocupes. Llegarás sobrio a la boda.

–Puede que esa no sea tampoco una buena idea.

Sin dejar de sonreír, Justin se volvió al percibir un movimiento, acompañado de un sonido y un olor. Todo su cuerpo se tensó en el instante en que la vio. Sam se volvió hacia donde Justin estaba mirando.

–Bueno, creo que será mejor que vuelva al trabajo.

–¿Qué? Ah, sí, de acuerdo. Ya hablaremos luego.

Con solo mirarla, Justin se había olvidado del amigo que tenía a su lado.

Al echar a andar, Sam pasó junto a la mujer que avanzaba hacia Justin.

–Buenos días, Sadie.

Ella sonrió, pero en cuanto se cruzó con Sam, borró

la sonrisa de sus labios y en su rostro apareció la misma expresión gélida a la que lo tenía acostumbrado.

Sadie Harris, la única mujer que no había conseguido quitarse de la cabeza. La única que seguía apareciendo en sus sueños. La única que lo miraba con un desprecio que Justin disfrutaba.

Capítulo Dos

–Hola, Justin.

Su voz era grave y le hizo recordar todas las noches que habían pasado juntos. Hacía año y medio que habían compartido aquellas noches largas en las que ella le susurraba su nombre al oído mientras lo abrazaba con sus largas piernas.

Sadie se acercó a la barandilla, manteniendo medio metro de distancia con él. Justin no pudo evitar preguntarse por qué su indiferencia le resultaba tan atractiva. Medía casi metro ochenta y juraría que la mayor parte de aquellos centímetros se lo llevaban las piernas. Largas, torneadas y bronceadas, habían sido en lo primero en lo que se había fijado.

Pero eran sus ojos los que le habían atrapado. Grandes y marrones, con diminutas vetas doradas en el centro, miraban con desconfianza y cautela, despertando su intriga cada vez que se encontraban con los suyos. Tenía una abundante melena del color del whisky, castaña con mechones ámbar, que le caía en ondas hasta media espalda.

Había cambiado desde la primera vez que se habían visto. Sus pechos eran más generosos y sus caderas más redondeadas. Hacía unos meses que había vuelto a verla y, desde entonces, vivía atormentado. Solo con mirarla, un fuego se desencadenaba en su interior. Aquella mujer siempre lo había alterado, haciéndole ansiar las llamas que prendían cuando estaban juntos.

Pero estaba más quisquillosa que cuando se habían conocido. Llevaba unos pantalones cortos claros, una camiseta ajustada verde y unas sandalias, un sencillo atuendo con el que estaba muy guapa. Esperó hasta que se volvió y cuando sus ojos se encontraron, sintió un golpe de calor.

Ella se aferró a la húmeda y gélida barandilla, y desvió la vista al mar, como si no pudiera soportar mirarlo. No siempre había sido así. Cuando se habían conocido, no habían sido capaces de quitarse las manos de encima.

Por entonces, no había habido frialdad en su mirada. Más bien lo contrario. La clase de sensación ardiente que hacía que un hombre creyera en el cielo. Al parecer, las cosas habían cambiado.

–Llevamos dos meses trabajando juntos –dijo Justin–. ¿Quieres explicarme por qué sigues tratándome como si fuera un enemigo? Todo este proyecto es por ti. Y por tu padre –añadió–. Fuiste tú la que acudió a mí, ¿te acuerdas?

Volvió el rostro hacia el océano y la brisa revolvió su melena. Era la tentación personificada.

–Me acuerdo –respondió por fin–. Eso no significa que me alegre.

Un hombre con dos hermanas sabía lo complicadas que podían ser las mujeres. Después de año y medio sin verse, lo había llamado hacía tres meses para hacerle una oferta que no había podido rechazar. Parecía el argumento de una película, pero era realidad. Desde aquella inesperada llamada había sido tan fríamente cortés que Justin estaba desconcertado.

No tenía ni idea de por qué estaba furiosa. No le había dado más importancia, suponiendo que en algún momento le diría por qué estaba tan enfadada. Pero no lo había hecho y ya estaba cansado. Lo peor era que seguía deseándola.

–¿Estás enfadada porque necesitas ayuda –preguntó curioso–, o porque necesitas mi ayuda?

–Buena pregunta –respondió ella y entonces lo miró–. Creo que es por ti.

–Estupendo, vamos progresando –repicó y apoyó los brazos en la barandilla–. ¿Y a qué se debe? ¿Sigues enfadada porque me marché?

–Por favor –dijo sonriendo con amargura–, no te tengas en tan alta estima.

–De acuerdo, entonces ¿por qué?

–¿De verdad lo preguntas, Justin? ¿No puedes imaginar lo que siento? A ver, déjame pensar. Tal vez sea porque no quería venderte el hotel de mi familia, pero no tuve otra opción.

–Nadie te obligó a llamarme, ¿no? No fue idea mía volver, ¿recuerdas?

–Créeme, Justin, no volviste nunca.

–Allá vamos.

–No –lo interrumpió–. Eres tú el que vino aquí a hacer todos estos cambios…

–Querías reformarlo.

–Por supuesto, pero también quería mantener su historia. Este lugar es de mi familia, el legado de mi bisabuelo, y demasiadas cosas están cambiando.

Él suspiró y se pasó una mano por la cara, tratando de dar con las palabras adecuadas.

Un año y medio antes, Justin había tratado de comprar aquel antiguo hotel, pero después de un par de semanas de conversaciones, ella y su padre habían roto las negociaciones. Justin había estado desde entonces buscando un sitio que pudiera competir con el Cliffside, pero no había encontrado nada parecido. Entonces, inesperadamente, Sadie lo había llamado hacía tres meses para retomar las negociaciones. No había sabido por qué había cambiado de opinión, pero tampoco le había importado en aquel momento, ansioso por hacerse con el Cliffside. Sin embargo, había llegado el momento de obtener respuestas.

—Hemos mantenido parte de la esencia, pero el papel descolorido de las paredes había que quitarlo. Además, fuiste tú la que me llamaste para hacerme la oferta.

—Porque no tenía otra opción –replicó y se volvió para mirar al mar.

Justin sabía a qué se refería. Su padre había enfermado y había necesitado dinero para pagar las facturas médicas que habían empezado a llegar. ¿Se había aprovechado Justin de la situación? Estaba seguro de que no. Lo había necesitado y el acuerdo al que habían llegado era más que justo.

Aun así, sabía lo que significaba el hotel para ella y su familia. Era el legado de los Harris. Aquel sitio había pertenecido a su familia durante décadas y sabía lo que una tradición así significaba. No era solo una responsabilidad sino una carga.

—Lo entiendo. Tuvo que ser difícil –dijo y se quedó mirándola–. ¿Cómo está tu padre?

—Está mucho mejor, gracias.

A Justin le caía muy bien aquel hombre y lamentaba que hubiera enfermado, pero no se arrepentía de haberse hecho con el hotel ni tampoco de estar de vuelta allí, con Sadie.

–Ahora somos un equipo, Sadie –dijo por fin–, tanto si te gusta como si no.

–Un equipo…

Sus labios se fruncieron en una sonrisa irónica que lo desgarró. Dio un paso hacia ella y se detuvo cuando lo miró como si fuera a salir corriendo.

–Vas a tener que acostumbrarte a tenerme cerca.

–Créeme, lo sé –murmuró y volvió la vista al océano.

Hacía más de un año la había tenido en su cama y parecía haber disfrutado a su lado. Solo con recordar las noches con Sadie se excitaba a pesar de la fresca brisa marina que soplaba. Mientras la observaba de perfil, Justin tuvo que reconocer que no debía de tener tan buenos recuerdos como él. O tal vez se estaba engañando a sí misma.

Con el ceño fruncido por todas aquellas ideas que daban vueltas en su cabeza, Justin volvió la cabeza, pensando en la razón por la que estaba dispuesto a soportar el mal humor de Sadie y los recuerdos que no le abandonaban.

El hotel Cliffside era toda una institución en La Jolla, California. A unos veinte kilómetros de San Diego, La Jolla tenía el paisaje de costa más hermoso del estado. El famoso campo de golf Torrey Pines, con sus impresionantes vistas sobre el Pacífico, estaba cerca. Justo detrás del hotel, el pueblo de La Jolla estaba lleno de galerías de arte, restaurantes de cinco tenedores y tiendas exclusivas. Aquella pequeña población atraía a turistas de todo el mundo y, en breve, el hotel y spa Cliffside competiría con los mejores *resorts* de la zona.

A lo largo de la costa había piscinas naturales, además de una pequeña cala en la que los buceadores exploraban las cuevas submarinas.

El Cliffside se ubicaba justo en la playa. El entorno necesitaba mantenimiento y el restaurante tenía una pared de vidrio que daba al mar. Tres pisos de habitaciones se levantaban encima del restaurante formando una herradura, de tal manera que cada habitación tenía vistas al océano o al pueblo y al extenso y colorido jardín que rodeaba el edificio en su parte trasera.

Hacía sesenta años que se había construido el Cliffside y, aunque seguía siendo espectacular, se había quedado deteriorado. La brisa del mar y el ambiente salino habían hecho mella en la pintura, y el porche necesitaba cambiar la madera para que resistiera la humedad.

Hacía falta renovar y rediseñar las habitaciones para hacerlas más modernas respetando el carácter del hotel. Por eso había visitado el hotel por primera vez hacía más de un año y por lo que Sadie le había devuelto la llamada.

–Maldita sea, Sadie, sabemos que es un buen acuerdo para ambos –dijo dando un paso hacia ella–. Podemos trabajar juntos o puedes seguir manteniendo esa actitud de mujer de hielo.

Ella rio, pero sus ojos no reflejaron humor, y eso lo decepcionó. Recordaba su risa y cómo sus ojos brillaban con ella.

–Mujer de hielo –repitió–. Eso me gusta.

–Estupendo, pero si esta es la forma en que quieres jugar, no va a ser una colaboración fácil.

–¿Colaboración?

–Somos los propietarios del hotel, así que somos socios.

Se quedó mirándolo en silencio unos segundos y sacudió la cabeza antes de hablar.

–Teniendo en cuenta que tú posees el setenta y cinco por ciento y yo el veinticinco, no parece que estemos en situación de igualdad.

—No he dicho que fuéramos iguales —señaló y le dedicó una sonrisa que no obtuvo ninguna respuesta—. Escucha, el papeleo ya está hecho y recibiste el pago hace dos semanas. ¿Por qué estás enfadada?

Sadie golpeó la barandilla y se volvió para mirarlo.

—Porque no quería ese acuerdo.

—Sí, me lo dejaste muy claro cuando vine hace año y medio —replicó Justin con una medio sonrisa.

—Quince meses —lo corrigió.

—¡Qué precisión! ¿También llevas la cuenta en días y horas?

—Te sorprenderías.

Su expresión era indescifrable, y aun así, se quedó mirándola fijamente. Aquellos ojos lo atraían desde que se habían conocido e incluso en momentos como aquel en el que estaba tan enfadada, no podía negar el deseo que despertaba en él. Se preguntó qué pasaría si la besara y la estrechara contra él. ¿Lo apartaría o le devolvería el beso?

No quería saberlo.

—Las habitaciones que dan al mar ya están acabadas —dijo cambiando de tema.

—Lo sé. He recorrido algunas antes de venir aquí.

—Hemos usado tus ideas en esas habitaciones. Pensaba que te agradaría el resultado.

—Por supuesto que me agrada. Hacía tiempo que quería reformar las habitaciones. Mi padre y yo llevábamos años hablando del tema, pero no pudimos hacerlo antes. Y respecto a usar mis ideas, sabes que eran buenas, así que no hagas como si me estuvieras haciendo un favor.

–No estaba...

–Hace quince meses –lo interrumpió–, viniste aquí e hiciste una oferta por nuestro hotel.

–Y dijisteis que no. Las cosas cambian.

–Sí –replicó apartándose el pelo de la cara–. Esta vez lo vendimos. Pero no fue por gusto, no nos quedó otra opción.

–Tal vez no, estabas bastante contenta cuando recibiste el dinero –le recordó–. También te gusta la piscina interior y el spa que me convenciste que hiciéramos.

–Era una gran idea y lo sabes. A los clientes les encantará.

–Lo que quiero decir es que tu opinión cuenta en lo que estamos haciendo. Me vendiste el hotel y todavía eres dueña del veinticinco por ciento. Eso debería alegrarte.

No le habían gustado sus condiciones. No se había planteado tener socios, pero había insistido tanto que había aceptado porque aquel hotel iba a ser el comienzo de algo para él. Una vez el Cliffside estuviera operativo, buscaría otro hotel para reformar. Estaba empeñado en demostrar que había hecho lo correcto al apartarse de la Corporación Carey y labrarse su propio destino.

–Sí, claro –dijo con ironía–. El veinticinco por ciento de un hotel que hasta hace un mes pertenecía exclusivamente a mi familia. Espera, voy a por los globos para celebrarlo.

Justin se quedó mirándola. Dejando a un lado el hecho de que podía prenderle fuego con la mirada, era todo un misterio para él. Eso le había gustado de ella nada más conocerla porque no buscaba una relación seria. Si quería guardar secretos, estupendo, mejor para los dos. No había nada de malo en disfrutar del sexo.

Después de todo, ninguno de los dos buscaba nada serio.

Pero iban a trabajar juntos. Estaban unidos por un contrato e iban a tener que relacionarse, así que los misterios se habían acabado.

Se metió las manos en los bolsillos de la cazadora, separó las piernas y ladeó la cabeza para mirarla.

—Antes nos gustábamos, Sadie.

—¿Gustarnos? ¿Es eso lo que piensas, que nos gustábamos?

—¿Ah, no? Me gustabas y, si mal no recuerdo, tú también parecías apreciarme.

—Era algo más que aprecio y lo sabes —replicó y suspiró—. Al menos hasta que desapareciste.

—Me fui. Hay una diferencia.

—Sí, claro, te fuiste de mi cama para ducharte, eso dijiste. Pero no volví a verte más.

Justin se pasó una mano por la cara. Tenía razón, pero él no lo había visto así en aquel momento. Había tenido que irse porque si se quedaba más tiempo tal vez no habría sido capaz de marcharse nunca. Había sido muy importante para él y no había sido capaz de soportarlo porque buscaba abrirse camino. Quería encontrar su propio destino antes de iniciar una relación.

—Maldita sea, Sadie. No quería hacerte daño, no podía quedarme. Tuvimos una aventura ardiente, sensual y… pasajera —dijo defendiéndose contra las acusaciones que veía en sus ojos—. No nos hicimos promesas.

Era completamente cierto, reconoció Sadie. No hubo promesas, solo la magia de estar con él. Había disfrutado de sus caricias y del deseo que despertaba en ella como ningún otro hombre lo había hecho, y entonces todo se había ido al infierno.

–No, no nos prometimos nada.

Sadie Harris suspiró y se dio cuenta de que hablar de aquello no le hacía ningún bien. No iba a sentirse mejor. Solo con mirarlo sentía que le ardía la sangre y que el corazón le latía más rápido. Recordaba cada segundo que había pasado con él aunque parecía haber transcurrido una eternidad. La sensación de sus manos recorriendo su cuerpo, su cálido aliento junto a sus pechos… Sadie tembló e hizo fuerza en las rodillas para evitar derrumbarse.

El pelo castaño de Justin rozaba el cuello de su camisa y deseó acariciarlo, enredar sus dedos entre sus mechones. Sus claros ojos azules brillaban como dos pedazos de hielo, pero sabía muy bien cómo reflejaban la pasión que había entre ellos. Llevaba barba de dos días, lo que le añadía un gran atractivo a todo el conjunto.

Se había puesto aquella cazadora de cuero negro que tanto le gustaba, por supuesto que de Armani, con una camiseta blanca, unos vaqueros negros y sus botas desgastadas. Era alto, casi uno noventa, lo que la obligaba a mirar hacia arriba a pesar de su altura.

Cuánto lo echaba de menos.

Aquel era un pensamiento peligroso.

Quince meses atrás había pasado dos semanas con Justin Carey. Habían sido las mejores de su vida. Era divertido e inteligente, y tenía una bondad innata que la había atraído desde el principio. Por no mencionar el hecho de que con solo un beso prendía fuego en su interior.

Pero cuando se había marchado aquella mañana sin

ni siquiera despedirse, se había quedado destrozada. No, no se habían hecho ninguna promesa, pero habían estado tan bien juntos que se había hecho esperanzas con la ilusión de que podía haber entre ellos algo más que aquella atracción.

Se había equivocado.

–Te propongo un trato –estaba diciendo, y lo miró a aquellos ojos azules que jamás olvidaría–. No tenemos que ser amigos, Sadie, pero no quiero tener una socia a la que me tenga que enfrentar cada día. Así que, ¿por qué no me dices qué es lo que te molesta?

¿Por dónde empezar, por una mentira o por la verdad?

Respiró hondo y se preparó para lo que venía.

–¿Quieres que sacie tu curiosidad?

–¿Por qué no? –respondió él encogiéndose de hombros.

–Porque no te debo nada, Justin.

Era lo que llevaba quince meses repitiéndose para convencerse de que había hecho lo correcto.

–No he dicho que me debas nada, aunque tal vez quieras reconsiderarlo ahora que somos socios.

–Solo en lo que al hotel se refiere.

–Sí, claro, ¿de qué otra cosa íbamos a estar hablando?

Sadie rio.

–Quince meses y no has cambiado nada.

–¿Qué se supone que significa eso? Es como si debiera sentirse insultado.

–El hotel es lo único en lo que pensabas entonces y ya veo que ahora también.

–Por eso estoy aquí –señaló–. Me llamaste por el hotel. ¿En qué otra cosa iba a pensar?

–No te preocupes, Justin –dijo e hizo ademán de marcharse, pero él la agarró del brazo.

Sintió el calor de su roce hasta los huesos y rápidamente se extendió por todo su cuerpo.

–Espera.

Alzó la vista y se encontró con aquellos ojos azules, deseando que las cosas fueran diferentes.

–¿Qué está pasando, Sadie? Según recuerdo, hace año y medio nos llevamos muy bien.

–Quince meses.

–De acuerdo, quince meses. Me refiero a que lo pasamos muy bien juntos.

–Y entonces te marchaste –replicó.

–Bueno, sí –dijo soltándola, y se pasó la mano por el pelo–. Quería comprar el hotel de tu familia y no estabas dispuesta a vendérmelo. ¿Para qué iba a quedarme?

Sadie ladeó la cabeza y se quedó mirándolo. Estaba más guapo que hacía quince meses.

–Cierto, no tenías motivo para quedarte. Pasamos juntos cada noche de aquellos quince días.

–¿De eso va todo esto? –preguntó él con una medio sonrisa en los labios–. Maldita sea, Sadie. Ambos sabíamos lo que estábamos haciendo. Fue una aventura y nada más. Nadie dijo que fuera a quedarme para siempre.

–¿Quién pidió que fuera para siempre?

Por entonces, había sabido que aquellas dos semanas con Justin Carey no durarían. Al fin y al cabo, no había ido a La Jolla a construir su vida, sino a comprar la suya. Aun así, no había dejado de soñar con lo que habría podido ser.

–Podías haberte despedido –dijo apartándose el

pelo de la cara–. De pronto una mañana habías desaparecido.

–¿Es eso lo que te molesta? –preguntó metiéndose las manos en los bolsillos de la cazadora–. Tenía que irme, tenía algunos asuntos familiares de los que ocuparme.

–¿Y no podías habérmelo dicho?

–Sí. Tal vez debería haberlo hecho, no sé –dijo atravesándola con la mirada–. Pero no tenía ningún motivo para quedarme, Sadie. Lo sabes. Tú y tu padre os negasteis a vender el hotel y ya no había motivo para que me quedara.

–Hubo algo entre nosotros, Justin, y al menos merecía una despedida.

–Lo pasamos bien juntos.

Extendió el brazo para tocarla, pero Sadie se apartó.

Quince meses sin él y había vuelto. Le había vendido el hotel así que no lo perdería de vista. Con su padre enfermo, necesitaba el dinero que Justin le había pagado. Tal vez podía haber conseguido más, pero no le había dado tiempo a buscar otro comprador. Había llamado al hombre que sabía que quería el hotel. Había llegado la hora de que Justin supiera lo que había pasado durante su ausencia.

–Así es. Y ahora has vuelto.

–No voy a marcharme.

–Bien, así que…

Sadie respiró hondo y miró hacia el océano antes de volver la vista al hombre que nunca olvidaría. El hombre que la visitaba en sueños y que había cambiado su vida.

–¿Así que…?

–Tenemos que hablar, Justin.

—Pensaba que era lo que estábamos haciendo.

Ella ignoró aquel comentario.

—No me has preguntado cómo estoy, si tengo alguna novedad.

Él frunció el ceño, confundido.

—De acuerdo. ¿Cómo estás, Sadie? ¿Alguna novedad?

Había llegado el momento. Suspiró antes de contestar.

—Estoy bien, gracias por preguntar. Respecto a las novedades, bueno, ya tiene seis meses.

Justin se quedó inmóvil.

—¿Quién tiene seis meses? —preguntó con voz nerviosa.

—Tu hijo —contestó mirándolo a sus ojos azules—. Nuestro hijo.

Capítulo Tres

–Perdona, ¿cómo dices?

–Nuestro hijo Ethan.

Solo con pronunciar su nombre, una sonrisa asomó a los labios de Sadie, pero enseguida la borró.

–Nuestro hijo Ethan –repitió él.

Sadie respiró hondo.

–Vamos a estar así una eternidad si no dejas de repetir lo que digo.

–¿Tiene seis meses?

–Sí.

–Has tenido un bebé, mi bebé –dijo y se pasó las manos por la cara.

Viendo el parecido, era imposible negarlo ni aunque quisiera.

–Sí, bueno, también es mío.

Justin se pasó las manos por el pelo y se quedó sujetándose la cabeza como si fuera a explotar.

–¿Qué demonios, Sadie? ¿Y no te molestaste en decirme que era su padre?

–No. Tú tampoco te molestaste en despedirte cuando te fuiste.

–¿En serio? ¿Estás comparando ambas cosas? ¿Acaso te parece justo?

Dudó si contestarle. Se había sentido muy sola durante aquellos largos meses de embarazo. Sus padres la habían ayudado. Su padre incluso se había mostrado dispuesto a hablar con Justin, pero se lo había impedido. Había conocido las alegrías y los miedos durante aquellos nueve meses de espera. Tal vez debería habérselo dicho, pero mientras habían estado juntos, le había dejado muy claro que no buscaba una relación estable.

Y siendo justos, ella tampoco. Al menos al principio.

Pero después de la primera semana con Justin, Sadie había empezado a querer más.

Después de que se fuera, había descubierto que era justamente lo que había conseguido.

No había sido su intención contarle la verdad de aquella manera. Su plan era que descubriera poco a poco a Ethan, pero la verdad llevaba dos meses carcomiéndola. Por no mencionar lo complicado que sería ocultar a Ethan.

En su defensa, tenía que reconocer que se había sentido muy mal no contándole lo del bebé. Pero ¿debía haberle buscado para contarle que estaba embarazada después de que se fuera dejándole claro que no era importante para él? Porque si no era importante para él, ¿cómo iba a serlo su hijo?

No, había hecho lo correcto.

La familia de Justin Carey tenía más dinero del que podía imaginar. Si hubiera querido, se podría haber llevado a Ethan. Nunca conseguiría ganar una batalla legal contra él. Habría perdido a su hijo por un hombre que se había apartado de su lado sin pensárselo dos veces. Todavía cabía la posibilidad de que lo hiciera, aunque lucharía contra él con todas sus fuerzas.

Así que a pesar de aquel sentimiento de culpa, estaba convencida de que había hecho lo correcto.

–¿Dónde está? –preguntó Justin, sacándola de sus pensamientos.

–Está seguro.

–¿En serio? ¿Es eso todo lo que vas a contarme? Vives en el hotel. He estado en tu suite y no lo he visto.

–No quería que lo vieras, no hasta que hubiéramos hablado.

–Has tardado dos meses en decírmelo. Desde que comenzamos las obras, hemos estado juntos a diario.

No le había resultado fácil no hablarle de Ethan. Varias veces había estado a punto de hacerlo. Con el hotel cerrado para hacer la reforma, Justin había pagado a los empleados para que se tomaran unas vacaciones y por eso nadie había descubierto su secreto.

–Tenía que encontrar el momento adecuado.

–Quiero conocerlo.

Justin se acercó. Sadie se quedó donde estaba y lo miró fijamente a los ojos.

–Lo conocerás –replicó y alzó ligeramente la barbilla–, pero no hasta que te hayas calmado.

Él rio sin humor.

–¿Acabo de descubrir que tengo un hijo del que no sabía nada y quieres que me calme?

–Justin –comenzó, tratando de mantener la calma–, ¿recuerdas cómo te marchaste la última vez que estuviste aquí?

–¿Qué tiene que ver eso?

Ella apretó los dientes y respiró hondo.

–Durante dos semanas, pasamos juntos cada noche.

Se quedó mirándola sin decir nada, así que Sadie siguió hablando. Todavía no se podía creer cómo había reaccionado al verlo. Echando la vista atrás, al momento preciso en que se habían conocido, había surgido una fuerza invisible que los había atraído. Nunca había experimentado algo así ni antes ni después.

No era mujer de aventuras pasajeras, pero con Justin no había podido evitarlo. Había disfrutado de la pasión y del mejor sexo de su vida y, como una tonta, se había enamorado. Por suerte, lo había superado.

—Lo recuerdo.

—Y supongo que también recordarás que cuando mi padre dijo que no a la venta, desapareciste.

—Me marché, hay una diferencia.

—No del todo —protestó ella, considerando decirle lo que había sentido durante el último año.

Lo había amado y se había ilusionado con estar con él para siempre. Aquellas caricias y susurros de cada noche le habían hecho creer que también la amaba. Se había equivocado.

—Saliste de mi habitación en mitad de la noche y por la mañana me encontré con que no estabas. Fue como si jamás hubieras estado allí. Ni una llamada, ni una nota, ni una despedida... Te fuiste sin volver la vista atrás.

—Nunca dije que fuera a quedarme, Sadie —dijo Justin pasándose una mano por el pelo.

—No, no lo dijiste. Tampoco digo que fuera lo que quería.

Estaba mintiendo, pero no tenía por qué saberlo.

—¿Qué estás diciendo entonces?

—Que si no te molestaste en despedirte de mí, ¿por qué iba a pensar que querrías saber de un embarazo sorpresa?

—De acuerdo, ahí puede que tengas razón —afirmó pasándose la mano por la cara—. Pero si usamos preservativos, ¿cómo demonios te quedaste embarazada?

–No son infalibles.

–Vaya, eso es fantástico. Ni siquiera sirven para su función –dijo y se apartó unos segundos para mirar al océano antes de volverse hacia ella–. Has tenido mucho tiempo. No deberías habérmelo ocultado. No tenías derecho.

–Tenía todo el derecho del mundo –protestó Sadie–. Es mi hijo y no quiero que sufra cuando su padre decida abandonarlo.

–Nunca lo haría.

–¿De verdad? –preguntó ella y lo miró ladeando la cabeza–. Ya lo has hecho.

–Maldita sea, Sadie, deberías habérmelo dicho.

–No lo sé, Justin, tal vez. Pero si pudiera echar marcha atrás en el tiempo, no sé si volvería a actuar de forma diferente. Tengo que proteger a Ethan.

–También es hijo mío, Sadie, y quiero conocerlo –dijo y se quedó mirándola fijamente–. Por eso insististe en quedarte con el veinticinco por ciento del hotel, por el bebé.

–Básicamente sí. Mientras tu idea de transformar el hotel en un lujoso *resort* y spa funcione, el futuro de Ethan está asegurado.

En un par de pasos acortó la distancia que los separaba. Sadie siempre había admirado el aplomo y la confianza con los que se desenvolvía.

–¿Crees que no me ocuparía de mi hijo? –preguntó sujetándola por los brazos.

–No estamos hablando de lo que harías, Justin. Yo me estoy ocupando de Ethan –afirmó soltándose–. Esto es justo lo que me preocupa.

–¿El qué?

–Que hagas valer tu apellido y tu dinero para tomar el control. No necesito que cuides de Ethan –dijo señalándole el pecho con el dedo índice–. Nos va muy bien sin ti.

–Sí, bueno, no importa lo que quieras. Ahora sé la verdad y no lo alejarás de mí.

La miró entornando los ojos y Sadie vio la furia y la rabia en sus ojos azules.

Aquellas palabras habían sonado como una amenaza, aunque no lo fuera. Con todo el dinero que tenía la familia de Justin, estaba en desventaja.

–¿Dónde está?

–En mi suite.

–Vamos.

La tomó del brazo y la dirigió hacia el hotel.

Sintió el calor de su roce, pero no fue suficiente para contener el escalofrío del miedo. Tenía miedo por su hijo, por ella y por la vida que había construido para ambos. Sadie sabía a qué se arriesgaba cuando le había pedido a Justin que volviera al hotel. Podía volver a enredarla y complicar sus emociones. Aunque lo sabía, no lo hacía más fácil.

Con aquellas ideas en la cabeza, contempló el hotel mientras se acercaban y advirtió todos los cambios que el dinero de los Carey había traído: nuevas sombrillas a rayas blancas y rojas, mesas redondas y sillas de hierro forjado con cojines de color crema. Los adoquines del patio habían sido pulidos y brillaban bajo la luz del sol. Se habían instalado nuevas puertas plegables en el comedor que daban acceso al patio. El edificio iba a ser pintado en unos días y las tejas habían sido sustituidas por otras iguales en color aguamarina que se mimetizaban con el océano.

Se habían hecho tantos cambios que el hotel estaba

quedando impresionante. Su bisabuelo lo había construido y, durante años, había dejado grandes beneficios gracias sobre todo a su ubicación en la misma playa de La Jolla. Pero en los tiempos actuales la gente buscaba algo más que cercanía a la playa. Querían vivir experiencias en su hotel y, aprovechando la situación del Cliffside, era fundamental hacerle un cambio de imagen.

Su padre había rechazado la oferta de Justin quince meses antes. Había soñado con poder hacer todos aquellos cambios él mismo. Pero de repente había enfermado. Necesitaba que lo operaran del corazón y era conveniente que se mudara a vivir a un sitio cálido y seco.

Lo cual había dejado a Sadie pocas opciones. Había llamado a Justin y había retomado las negociaciones. Esta vez, su oferta había sido más interesante, incluyendo el pago al contado que le había exigido para ayudar a su padre. Además, había mantenido un porcentaje de la titularidad del hotel para asegurar el futuro de Ethan y el suyo propio. También por poder opinar en la reforma del hotel familiar.

Seguía sujetándola del brazo caminando a su lado mientras su cabeza no paraba de dar vueltas a aquellas ideas. Tal vez para evitar imaginárselo con Ethan y confiarle el corazón de su hijo.

Tenía que reconocer que Justin no había perdido el tiempo una vez se había hecho con el hotel. En los tres últimos meses no había parado de ir y venir de San Diego, metiendo dinero en el Cliffside y trabajando con decoradores y con Sadie, mejorando el gimnasio y reformando las cabinas de tratamiento del spa.

Cuando Justin Carey quería algo, nada se interponía en su camino. De esa manera la había deseado en una

ocasión y, con tan solo recordar su empeño en llevárse-
la a la cama, se estremeció. Otro motivo más para re-
celar. Si decidía que quería quedarse con su hijo, ¿qué
le detendría?

Sin soltarla, Justin se dirigió a los ascensores. Sadie
por fin se zafó de él y lo miró.

—Conozco el camino. No tienes por qué tirar de mí.

—Estupendo, vamos.

Llamó al ascensor y cuando las puertas del ascensor
se abrieron, le indicó con un gesto que lo precediera.
Sadie apretó el botón de la planta superior y luego se
fue al fondo del habitáculo para mantenerse alejada de
él.

Justin la observó y, a pesar de las circunstancias,
una cálida sensación familiar se apoderó de su cuerpo.
Parte del acaloramiento que sentía se debía a la rabia,
pero no podía negar la atracción sexual que sentía hacia
ella. La había sentido desde el momento en que la había
mirado a los ojos y había estrechado su mano quince
meses atrás. Siempre que estaba cerca de Sadie sentía
que el deseo se apoderaba de él. La deseaba incluso en
aquel momento, incluso sabiendo que le había estado
ocultando la verdad durante casi año y medio.

Observándola, por fin entendía por qué sus curvas
se habían redondeado. Había tenido un hijo, su hijo.
Esa idea invadió su mente y, por unos instantes, aquel
deseo pasó a un segundo plano.

Era padre. Ese pensamiento fue suficiente para que
el miedo se apoderara de él. La mayoría de los hombres tenían nueve meses para hacerse a la idea de que
un pequeño ser humano iba a depender de ellos. Él

apenas había tenido cinco minutos y seguía sin creérselo.

Las puertas se abrieron y esperó a que saliera antes que él. Conocía muy bien su suite. Hacía esquina y tenía vistas al océano desde los dos dormitorios que tenía. Eran tan impresionantes que nunca echaba las cortinas.

De camino a la habitación no dijo nada, y ella tampoco. No tenía ni idea de qué decir. Era padre. La idea le resultaba aterradora a la vez que intrigante.

Siempre había pensado que en el futuro tendría hijos, una esposa, un hogar… Pero no estaba entre sus prioridades en aquel momento. Todavía estaba buscando su sitio en su familia y se preguntó si sería capaz de ser padre. ¿Y si lo echaba todo a perder? ¿Y si era un desastre y su hijo se convertía en un malcriado? Eso sin contar con el hecho de que estaría vinculado a Sadie de por vida. Aquella atracción sexual que sentía por ella iba a ser algo permanente en su vida.

Su hermana Serena siempre había querido ser madre y tenía una hija, Alli. Acababa de comprometerse con Jack Colton. Amanda Carey también estaba prometida a Henry Porter, así que no tardaría mucho en tener hijos. Incluso Bennett, su hermano mayor, se había enamorado e iba a casarse con Hannah, que no ocultaba su deseo de tener familia numerosa.

Resultaba curioso que Justin fuera a ser el que les diera un segundo nieto a los Carey. Curioso y aterrador.

Sadie abrió la puerta con su llave magnética.

–Mike, ya estoy aquí.

–¿Mike? –repitió Justin mirándola.

¿Había un hombre en su habitación? ¿Le había encargado a un hombre que velara por su hijo? ¿Acaso tenía una relación con Sadie? No le gustaba la idea.

–¿Hay algo más que quieras contarme?

Antes de que Sadie pudiera contestar, una joven salió de uno de los dormitorios con un bebé en brazos. Tenía el pelo corto rubio, los ojos marrones y una expresión desconfiada cuando miró a Justin. Él solo tenía ojos para el pequeño que sonreía y balbuceaba.

–Mike, te presento a Justin Carey, el padre de Ethan. Justin, ella es Michelle Franks. Mike trabaja aquí en el hotel y me ayuda con el bebé.

Apenas prestó atención mientras Sadie y Mike hablaban entre ellas. Se acercó y se quedó mirando aquel rostro en miniatura tan parecido al suyo. No supo qué decir. No cabía ninguna duda de que aquel era su hijo. Era imposible negarlo. El pequeño incluso tenía sus mismos ojos azules y aquel hoyuelo en la mejilla izquierda. La pregunta era qué iba a hacer. Le incomodaba no tener un plan.

–No sé qué demonios decir.

Nada más pronunciar aquellas palabras, quiso retirarlas. Rara vez se quedaba sin habla y, en las pocas ocasiones en que le había ocurrido, no lo había admitido. Mucho menos ante un adversario y, en aquel momento, era lo que pensaba de Sadie Harris.

–Justin, sé que estás sorprendido y que es difícil de asimilar. Pero no quiero nada de ti. Solo quería que lo supieras.

–¿Porque te costaba mantenerlo oculto teniéndome aquí?

–Sí –admitió–, pero no solo por eso.

Justin ladeó la cabeza para observarla. Pensaba que conocía a Sadie Harris. Aquellas dos semanas que había pasado con ella habían sido una fantasía. Era sexy, divertida, inteligente y, en definitiva, la mujer perfecta. Otra razón por la que se había marchado tan deprisa. No había estado preparado para aquel *Te quiero* que Sadie la había susurrado la última noche que habían pasado juntos.

¿Amor eterno? Tenía demasiadas cosas que demostrar, así que se había marchado.

—Pensaste que caería en la cuenta cuando me dijiste que habían pasado quince meses.

Justin trató de contener la furia que se acumulaba en su interior. Desvió la vista al hijo que compartían y luchó por ordenar las emociones que lo invadían. ¿Cómo era posible que no supiera que era padre? ¿No debería haber sentido alguna emoción extrasensorial?

Había habido momentos durante el último año y medio en los que había pensado llamarla. Como cuando se había arrepentido de haberse marchado o cuando se había despertado en mitad de la noche deseándola. Pero no había hecho la llamada porque... Bueno, las razones ya no importaban, especialmente teniendo delante a un niño con sus ojos, su sonrisa y aquel hoyuelo.

—Maldita sea, Sadie —murmuró sin apartar la vista del bebé que tenía delante—, no tenías derecho a ocultarme una cosa así.

—Mike, será mejor que bajes a ver si necesitan ayuda.

—¿Estás segura? —preguntó la otra mujer, entregándole el bebé.

—Estamos bien, gracias.

Justin esperó a que la joven se marchara y entonces miró a Sadie.

—Justin, te fuiste —dijo alzando la barbilla en un

gesto desafiante–. Nunca me llamaste ni te pusiste en contacto conmigo. ¿Por qué iba a suponer que te interesaría mi hijo cuando dejaste bien claro que no te interesaba yo?

–No es hijo tuyo solo, Sadie.

–Tú lo creaste, Justin, pero no lo estás criando.

–¿De quién es la culpa? No sabía que existía hasta ahora.

–¿Qué quiere decir eso? –preguntó entornando los ojos mientras estrechaba al pequeño.

–Creo que lo sabes muy bien –murmuró y extendió los brazos para tomar al bebé.

Sadie vaciló, pero finalmente se lo entregó.

Justin contuvo el aliento mientras colocaba al niño en su brazo. Pensaba que protestaría por verse con un extraño, pero no fue así. Ethan se quedó mirándolo fijamente. Padre e hijo se observaron atentamente, como si Sadie no estuviera allí. La sensación era indescriptible.

El bebé olía a jabón. Llevaba una camiseta roja y un pantalón azul. Sus rodillas eran regordetas y sacudía entusiasmado los pies en el aire, como si tratara de salir corriendo. Ethan miró a su madre y luego se volvió hacia Justin y le palmeó las mejillas.

De repente, ocurrió algo.

Mirando a su hijo a los ojos, Justin sintió que el corazón se le encogía. Los latidos se le aceleraron. Tenía la boca y la garganta secas. El bebé le dedicó una amplia sonrisa que le robó el alma. ¿Cómo podía un hombre resistirse a un sentimiento así? No sabía qué hacer. Nunca había sido dado a mostrar sus sentimientos, pero aquel pequeño estaba cambiando eso en un abrir y cerrar de ojos.

La habitación se sumió en el silencio y supo que no

estaba preparado todavía para tratar con Sadie y con lo que acababa de revelarle. Tenía que pensar, hablar con alguien y trazar un plan.

–Es un niño muy guapo –dijo por fin.

–¿Porque se parece a ti? –preguntó Sadie riendo–. Es cierto. Cada vez que lo miro, te veo a ti.

–Deberías haberme hablado de él.

–Ya no puedo hacer nada para cambiar eso, Justin. Lo único que puedo decir es que lo siento.

La miró y se preguntó si lo decía de verdad o si se arrepentía de haber alejado a Ethan de él. Fuera como fuese, tenía razón. Nada podía cambiar el pasado. Nunca tendría recuerdos del nacimiento de su hijo ni de sus primeros meses. Lo único que podía hacer era trazar una ruta desde ese punto.

Justin no había sostenido a un bebé en brazos desde que Alli, la hija de su hermana Serena, era pequeña. Tenía mucho en qué pensar antes de hablar con Sadie acerca del futuro. De lo único que estaba seguro era de que tenía un hijo y una razón más para sacar adelante sus planes.

Lo primero que necesitaba era tiempo para pensar. Necesitaba ordenar sus pensamientos y buscar consejo en alguien en quien confiara para decidir qué hacer en adelante. Le entregó el bebé a su madre y se quedó observándolos. Era evidente el amor que se profesaban.

De repente era a la vez un padre y un desconocido, y no sabía cómo debía sentirse.

–Tengo que irme.

–¿Irte? –repitió Sadie mirándolo sorprendida–. ¿Hablas en serio, vas a marcharte ahora?

–Acabas de darme la noticia, Sadie –dijo mirando unos instantes a Ethan antes de volver la vista a ella–. Voy a necesitar más de diez minutos para averiguar…

–¿El qué? ¿Qué necesitas averiguar? Tenemos un bebé.

Un hijo que dependería de ambos padres. Tenían que llevarse bien por él. En aquel momento estaba tan enfadado con Sadie que apenas podía hablar. Era más que ira. Lo que había sentido por ella había ido filtrándose en él desde su regreso a San Diego. Era como si un muro invisible en su interior se hubiera desmoronado, permitiendo que los sentimientos de los que había estado huyendo durante tanto tiempo regresaran.

–Necesito averiguar qué voy a hacer.

Capítulo Cuatro

Después de que Justin se marchara, Sadie tomó el teléfono e hizo una llamada.

—Hola, mamá —dijo echándose el pelo hacia atrás y sonriendo a su hijo—. Ya se lo he dicho. Le he hablado a Justin del bebé.

—Vaya, cariño, ¿y qué tal ha ido?

—Justo como me dijiste. Primero se enfadó, luego se quedó confuso sin poder salir de su asombro y, cuando vio a Ethan, volvió a enfadarse.

—Es lógico que se enfade, cariño. Le ocultaste a su hijo.

—Ocultar es una palabra muy fuerte.

—¿Se te ocurre una mejor?

—No.

Con Ethan en brazos, Sadie salió al balcón. Al sentir el frescor del viento, el pequeño rio.

—¿Qué se supone que debía hacer, mamá? ¿Salir corriendo tras el hombre que me había dejado y decirle que estaba embarazada y que él era el padre?

—Bueno…

—No, no podía hacer eso.

Había sido humillante que la abandonara. ¿Y si también abandonaba a Ethan? Bueno, pronto averiguaría cuáles eran sus intenciones. Sin embargo, no era solo eso lo que le preocupaba.

—Mamá, es un Carey. Tienen mucho dinero. Si quiere a Ethan, encontrará la manera de hacerse con él.

La luz del sol, el olor del mar y el viento gélido eran la combinación perfecta para tranquilizarla. Pero volvió a la suite para proteger a Ethan del frío y lo llevó a su habitación mientras su madre seguía hablando.

–Es tu hijo, cariño. Ningún juez te va a quitar a Ethan.

–Si el juez es amigo de los Carey, tal vez.

Ese miedo era la verdadera razón por la que no le había dicho nada del bebé. Puso la llamada en el altavoz para poder acostar a Ethan y envolverle en su manta.

–Es hora de tu siesta –dijo, y su hijo agitó piernas y brazos.

Volvió a tomar el teléfono, cerró la puerta del dormitorio y volvió al balcón.

–Tenía que decírselo, aunque sigo preocupada por lo que pasará. Los últimos dos meses han sido una pesadilla, tratando de evitar que Justin descubriera al bebé. Sinceramente, ha sido agotador.

–Ya me imagino –dijo su madre.

–Vamos a trabajar juntos y los dos viviremos en el hotel, así que antes o después Justin iba a descubrir la verdad –protestó Sadie.

Habría sido imposible ocultar a Ethan para siempre. Lo sabía desde que había llamado a Justin para ofrecerle el hotel.

–Y nada más decírselo –continuó–, se ha marchado otra vez. Seguramente se habrá ido a hablar con algún abogado. Dios mío, mamá, ¿qué voy a hacer si me quita a Ethan?

–No se lo permitiremos. Cariño, te preocupas por cosas que todavía no han pasado. Anda, ¿por qué no cambiamos de tema y me cuentas cómo está quedando el hotel?

Sadie volvió al interior de la suite y se sentó en un sillón.

—Está quedando precioso —dijo aunque le costaba admitirlo—. Estamos haciendo todas las cosas que papá, tú y yo siempre habíamos pensado.

—Cuánto me gustaría verlo.

—Te encantaría. Este fin de semana van a pintar el edificio.

No era la primera vez que deseaba que sus padres no estuvieran en Arizona, pero era lo mejor para su padre y tenía que conformarse.

—Espero que no sea del mismo color teja.

—No.

Justin tenía muy buen olfato. Independientemente de los problemas que tuviera con él, tenía que admitir que estaba al tanto de todo. Lo que quería, lo conseguía. Eso le hizo recordar que la había abandonado y se preguntó qué querría hacer con su hijo.

Al instante, Sadie apartó aquella preocupación y volvió al tema del que estaban hablando.

—Justin se ha decantado por colores en consonancia con los tonos que predominan en la costa. Va a ser un blanco brillante, con los encuentros en azul oscuro y un tono de azul más claro para acentuar los postes del porche y las puertas correderas.

Su madre suspiró y Sadie supuso que se lo estaría imaginando.

—Todavía no han acabado las cabinas de tratamiento y la nueva piscina interior es espectacular.

—¿Por qué una piscina interior? El hotel está al pie de la playa.

Sadie rio porque esa había sido también su primera reacción.

–Justin dice que muchas de las mujeres que vendrán al spa no querrán mojarse el pelo con el agua salada.

–¿Y el cloro les parece bien?

–Supongo. Quería poner un par de jacuzzis, pero lo convencí para poner en su lugar una zona termal.

–¿Y le pareció bien?

–Sí.

Sadie recordó cuánto le había sorprendido lo abierto que estaba a sus ideas.

–Parece que va a quedar muy bien.

–Así es, mamá. Habría preferido que no fuera Justin el que estuviera haciendo todo esto.

–Cariño, sé que no quieres oírlo, pero esto está pasando porque es un Carey. Tiene dinero suficiente como para comprar el hotel al contado y asumir su reforma.

Sadie sabía que era cierto y lo detestaba. Odiaba necesitar a Justin tanto como lo deseaba. Necesitaba el dinero para mandárselo a sus padres.

–¿Cómo está papá?

–Está mucho mejor –respondió su madre con voz animada–. Ayer discutió con el médico, lo cual es buena señal.

–Por supuesto que es buena señal. Entonces, ¿está mejor?

–Eso parece. Está tomando medicación y como su única preocupación es conducir un carrito de golf, está más relajado.

–Me alegro –dijo aliviada.

Sus padres se habían marchado a vivir lejos, a Arizona, y si eso significaba que su padre iba a estar mejor, podría soportarlo. Arizona no estaba tan lejos de San Diego, así que podía ir a verlos siempre que quisiera.

No podía olvidar que aquella asociación con Justin era por el bien de su padre.

Cuando Max Harris había sufrido el ataque al corazón, había sido una señal para Sadie. Su padre llevaba toda la vida trabajando por y para el hotel, y había llegado la hora de tomarse las cosas con calma.

No había sido fácil, pero finalmente, Sadie y su madre habían convencido a Max de que retirarse a Arizona era lo mejor. Su hermano vivía allí y Bullhead City, a orillas del río Colorado, no era una zona desértica. Al principio se había negado rotundamente, pero tras unos meses, había empezado a hacer amigos y jugaba al golf varias veces a la semana. Estaba empezando a disfrutar y, por consiguiente, su madre también. Todo lo que había tenido que hacer para llamar a Justin había sido tragarse su orgullo y cerrar el acuerdo.

—Bueno, ya está bien de hablar de nosotras. Cuéntame qué tal está mi nieto.

Sadie sonrió y empezó a hablar de su tema favorito.

Justin condujo a toda prisa por la autopista. Necesitaba hablar con la familia, con Bennett.

Era padre y no tenía ni idea de cómo comportarse. Recordó la sensación de tener a su hijo en brazos y se le hizo un nudo en la garganta. Sus sentimientos eran confusos. Hacía una hora que sabía que era padre y todo su mundo se había venido abajo.

—Maldita sea —murmuró—, este no era el plan.

Siempre había tenido en mente casarse y ser padre, pero en el futuro. No había buscado una relación, mucho menos una familia. Había muchas cosas que tenía que hacer antes, mucho por demostrar tanto a él mismo como al resto de los Carey.

Pero ya no tenía opción. Estuviera preparado o no, tenía un hijo.

—¿Por qué no me lo dijo? —se preguntó en voz alta—. El bebé tiene seis meses y no sabía nada de él.

¿Qué habría hecho si lo hubiera sabido? Nunca sabría la respuesta. No le había dado la oportunidad de averiguarlo.

Marcó la memoria con el número de Bennett y esperó impaciente mientras el teléfono daba señal.

—¿Justin? ¿Dos veces en un día? ¿Qué está pasando?

—Tengo que hablar contigo —dijo casi gritando para hacerse oír por encima del rugido de su BMW descapotable—. ¿Estás en la oficina?

—No, me he ido pronto a casa.

—Muy bien. Estaré ahí en media hora.

Su hermano mayor se había ido de la oficina temprano. No había ninguna duda de que el mundo estaba al revés.

—¿Pasa algo?

—No te lo vas a creer —dijo y colgó antes de que se le escapara la noticia.

Quería contarle en persona aquello que lo consumía por dentro.

Cuando llegó a casa de Bennett en Dana Point, Justin se llevó una sorpresa por segunda vez en el día. Nunca se había fijado demasiado en aquella casa. La recordaba como una caja de cemento, pero era evidente que había habido muchos cambios. Se habían instalado contraventanas verdes, jardineras con plantas y un tejado a dos aguas sobre un amplio porche con mesas y sillas, además de macetas con flores. En definitiva, la casa tenía mucho mejor aspecto. Desde que Hannah había llegado a la vida de su hermano, algo más que el carácter de Bennett había cambiado.

Se bajó del coche, respiró hondo y enfiló el camino de entrada. Según se acercaba, la puerta se abrió y apareció Bennett vestido en vaqueros, camisa roja y botas negras.

–¿Llevas vaqueros? –dijo Justin pasando junto a su hermano al entrar en la casa–. No sé si podré soportar una sorpresa más hoy.

–Ni que fuera la primera vez que me pongo unos vaqueros –protestó Bennett y cerró la puerta–. ¿Qué te pasa? –preguntó y siguió a Justin hasta el salón.

–Esto también ha cambiado –murmuró Justin mirando a su alrededor.

–Sí, Hannah y mamá están haciendo muchos cambios.

–Me gusta más que cuando todo era beis –comentó Justin acercándose a la chimenea y apoyó el brazo en la repisa de roble.

–¿Pero qué hay de malo en el beis? –murmuró Bennett antes de acercarse a su hermano–. ¿Vas a contarme lo que te pasa? ¿Estás bien?

Justin respiró hondo.

–No, no lo estoy.

–Vamos, cuéntame. ¿En qué clase de lío te has metido?

–Gracias por el voto de confianza. Aunque tienes razón y tal vez sea un lío, no lo sé.

–Suéltalo de una vez, Justin. A este paso, me haré viejo antes de que me lo cuentes.

–Resulta que soy padre –anunció volviéndose hacia su hermano.

–¿Que qué?

–Anda, invítame a una cerveza –dijo y se sentó en uno de los sillones de cuero.

Bennett se quedó mirándolo unos segundos.

–Sí, creo que a los dos nos vendrá bien tomar una.

Sadie no esperaba que Justin saliera corriendo en cuanto se enterara de la existencia de Ethan. No debería haberse sorprendido. Ya en otra ocasión había desaparecido. ¿Por qué no esta vez?

Seguía deseándolo tanto como antes. Aquellas dos semanas que había pasado con él habían sido las mejores de su vida. Se había enamorado, algo que no esperaba, y se había quedado destrozada cuando se había marchado. Hasta que había descubierto que estaba embarazada. Había sido un milagro, un regalo.

Sadie sonrió al recordarlo mientras recorría una de las cabinas de tratamientos del hotel. Justin había convertido unas cuantas habitaciones del hotel en salas de tratamientos para el nuevo spa. Aromaterapia, masajes, manicuras, pedicuras y mucho más. Iba a ser un lujo. Todo se veía perfecto y odiaba tener que admitirlo.

Justin estaba haciendo en el hotel todo lo que siempre había soñado. Se sentía satisfecha a la vez que molesta. Era una incómoda mezcla de emociones.

–Hola, Sadie.

Se volvió hacia el hombre que estaba detrás de ella.

–Hola, Sam –lo saludó sonriente–. Estaba echando un vistazo a las cabinas de tratamientos.

–¿Están quedando bien, verdad?

–Desde luego –dijo volviendo a recorrer la habitación con la mirada–. Me gusta que cada cabina sea diferente.

–Esa era tu idea, ¿no?

–Sí –respondió–. Justin quería que fueran iguales para dar sensación de continuidad. Pero pensé que si cada una tenía su estilo, los clientes querrían ir probando todas.

Había discutido con Justin por eso y no había sido la única discusión que habían tenido. Al fin y al cabo, Justin era hombre y la mayoría de los clientes serían mujeres. Además, Sadie había estudiado diseño interior en la universidad. Llevaba años soñando y planeando lo que haría en el hotel si alguna vez tenía la oportunidad y el dinero.

El poco dinero del que habían dispuesto ella y sus padres había ido destinado a reparaciones: hornos en el restaurante, nuevo ascensor, cambio de tuberías... Ahora que se le había presentado la oportunidad de hacer lo que siempre había deseado, estaba ansiosa por llevarlo a cabo, aunque eso supusiera aceptar a Justin Carey como socio.

–Tu idea es muy buena –dijo Sam–. Mi favorita es la verde. Da la sensación de estar en un bosque.

–Yo prefiero la azul porque me recuerda al océano –le confesó y volvió a sonreír–. Y eso demuestra mi punto de vista, ¿no?

–Supongo que sí. ¿Has visto a Justin? –preguntó él.

–No, se marchó hace un par de horas –respondió poniéndose tensa.

Unos minutos después de conocer a su hijo, Justin se había marchado. ¿Significaba eso que no iba a volver? No. Había visto la expresión de sus ojos mientras sostenía a Ethan en brazos y había sido suficiente para darse cuenta de que a pesar de lo que tuviera en la cabeza, Justin no iba a dejar a su hijo. Lo cual le preocupaba.

Por supuesto que quería que Ethan conociera a su padre. En su mente consideró todas las posibilidades que podían darse y las descartó.

No quería compartir a Ethan, no con un hombre que podía marcharse sin más con tanta facilidad. ¿Cómo podía confiar en que Justin no abandonaría a Ethan, que no le haría el mismo daño que la había dejado devastada quince meses atrás? No tenía otra opción. Debido al hijo que compartían, Justin y ella tendrían un vínculo de por vida, y lo que sentía por él lo complicaría todo.

Pero eso no era todo. También le preocupaba que, con el dinero y la influencia de la familia Carey, Justin pudiera encontrar la manera de quitarle a Ethan. No podía correr el riesgo. Sentía la cabeza a punto de explotar.

—Vaya. ¿Sabes cuándo volverá? —preguntó Sam.

—No, ¿por qué? ¿Hay algún problema?

—No es realmente un problema, es que necesito consultarle algo.

—Pregúntame a mí.

Sam se recogió su largo cabello rubio y se lo ató en la nuca con una tira de cuero.

—Ya sabes que llevamos un par de semanas trabajando en la piscina interior.

—Sí.

Justin y ella habían dado muchas vueltas a la ubicación de la piscina. Al final, Justin se había salido con la suya.

–Vamos a poner un jacuzzi separado de la piscina y ya tenemos acabada la piscina de hidromasaje que querías.

–¿Ya? Estupendo.

Sadie estaba convencida de que sería un éxito entre sus clientes. Tenía capacidad para veinte personas y más de sesenta potentes chorros, lo que daba la posibilidad de nadar a contracorriente.

–Nos queda la plataforma de madera y los escalones. Se me ha ocurrido que podíamos hacer un par de armarios para guardar toallas o lo que se te ocurra.

–Es una idea estupenda, Sam. Gracias.

Sadie sonrió. Era más fácil hablar con Sam. De hecho, parecían gustarle sus ideas.

–También quería preguntaros a ti y a Justin si hay algún cambio de última hora que queráis en la plataforma.

–Creo que no. Me gustó el diseño que nos enseñaste.

–¿Crees que Justin estará de acuerdo?

–Si hubiera querido dar su opinión, estaría por aquí.

–¿Lucha de poderes? –preguntó Sam conteniendo la risa.

–Algo así –respondió ella encogiéndose de hombros–. ¿Por qué no me enseñas el spa?

La condujo a través de un patio hasta el recinto donde antes se celebraban las convenciones. Teniendo en cuenta que el Cliffside iba a ser un *resort* y spa, el uso de aquel espacio había cambiado. Una vez en el interior, sus pasos resonaron en aquella enorme sala rodeada de grandes ventanales. Una gran claraboya inundaba el espacio de luz natural.

–Como puedes ver, la piscina está terminada y casi

llena –estaba diciendo Sam–. La de hidromasaje está allí –añadió señalando hacia el extremo contrario de la sala.

–Queda muy bien, Sam. ¿Cuándo vais a construir la plataforma y la escalera?

–Hoy llega la madera y mañana mismo empezaremos. Tardaremos unas cuantas horas.

–Perfecto.

Sadie tenía muchas cosas en la cabeza. Todo estaba ocurriendo muy rápido y le costaba seguir el ritmo. Hacía años que quería hacer una gran reforma en el hotel y por fin estaba ocurriendo. Estaba tan emocionada como molesta de que fuera gracias a Justin.

El Cliffside iba a renacer y eso era algo muy bueno. Pero a la vez sentía que su mundo se tambaleaba al borde de algo y no sabía de qué. No lo sabría hasta que Justin volviera. Entonces, iban a tener que hablar. Ambos vivían en el hotel, así que tendrían que comunicarse. No había motivo para no trabajar codo con codo una vez superaran la novedad de volver a estar juntos.

Se había prometido firmemente que no habría sexo. Bajo ninguna circunstancia. De ninguna manera se irían a la cama. Eso no arreglaría nada, más bien todo lo contrario.

Ya había pasado por aquello y no estaba dispuesta a repetir, por muy apetecible que pudiera resultarle.

Capítulo Cinco

De vuelta a La Jolla, Justin apenas tardó cinco minutos en localizarla.

Ya había atardecido, pero la luna no había salido todavía, por lo que el crespúsculo hacía que todo se viera difuso. Las farolas estaban encendidas y había una guirnalda de luces blancas en la barandilla que rodeaba el patio del restaurante.

Pero no era el ambiente lo que le interesaba. Le daban igual las personas que paseaban por la orilla y la música del grupo de niños reunidos alrededor de una fogata. Lo único que le preocupaba era Sadie. La encontró sentada en una mesa apartada del paseo marítimo. Aunque estaba en un rincón oscuro, la habría reconocido en cualquier parte. Sola en la pequeña mesa redonda, bajo el resplandor de la tenue luz, se la veía… vulnerable. Seguramente no le agradaría que pensara así.

Respiró hondo y soltó el aire, confiando en aliviar la tensión que lo había acompañado desde que se había marchado unas horas antes. Le había venido bien hablar con Bennett, aunque no había solucionado nada. Lo que de verdad necesitaba era hablar con la familia.

Bennett, después de la sorpresa de enterarse de que tenía un sobrino, le había hecho prometer que se haría una prueba de ADN y le había asegurado que no se lo contaría al resto de la familia. Justin no quería que todo el clan Carey fuera a La Jolla a conocer a su hijo y menos sin tenerlo todo arreglado con la madre del niño. ¿Y quién diablos sabía cuándo sería eso?

–¿Vas a quedarte ahí mirándome?

–Siempre me ha gustado observarte, Sadie.

–Y tú siempre tienes algo bonito que decir.

Aquel tono de voz despertó en él un sentimiento de culpabilidad. No necesitaba ver su rostro para saber que no estaba contenta y detestaba ser el motivo de su pesar. Deseaba verla sonreír, sentir sus caricias y saborear su boca tentadora.

–Nunca te mentí, Sadie.

–Lo sé –dijo y bajó la cabeza–. Creo que deberíamos hablar, Justin.

–Estoy de acuerdo.

Se acercó y vio que estaba tomando una copa de vino.

–¿Puedo acompañarte?

Había una segunda copa en la mesa y, al acercarse, Sadie sirvió vino en ella.

–Sí. Te estaba esperando.

–¿Dónde está el bebé? –preguntó sentándose en el asiento de al lado.

–Ethan está durmiendo. Mike está con él –respondió después de tomar un sorbo de vino.

–Parece que confías mucho en ella.

–Si no confiara en ella, no la dejaría con mi hijo –replicó y dio otro sorbo–. No tienes de qué preocuparte, Justin. Mike es una buena persona y quiere a Ethan. Está seguro con ella.

–Está bien, te tomo la palabra –dijo levantando una mano en señal de rendición–. Quería decirte que siento haberme marchado.

–¿Cuál de las veces?

–Muy graciosa. ¿De veras quieres que empecemos así?

–No –respondió y esta vez fue ella la que alzó la mano y sacudió la cabeza–. Ha sido una respuesta impulsiva.

–Sí, eso se nos da muy bien a los dos.

–Seguramente –convino antes de continuar–. No estaba segura de que volverías.

–No puedes decirlo en serio –replicó, y enderezándose en el asiento, apoyó los antebrazos en la mesa–. Estamos reformando este hotel y… acabo de conocer a mi hijo. ¿Por qué no iba a volver?

Sadie bebió de su vino, se apartó el pelo de la cara y suspiró.

–No lo sé, Justin. Lo único que sé es que conocer a Ethan te ha llevado al límite y reculaste.

–No es del todo así –murmuró–. Solo necesitaba despejar la cabeza.

–¿Adónde has ido?

Justin se recostó en el respaldo, estiró las piernas y tomó su copa para dar un trago.

–A hablar con mi hermano.

–¿Le has hablado a tu familia de Ethan? –preguntó con voz tensa.

Todo su cuerpo se puso rígido y Justin quiso saber por qué.

–Se lo he contado a mi hermano. ¿Acaso te supone un problema? Se trata de mi familia. ¿A quién si no iba a hablarle de Ethan? ¿Por qué te molesta tanto?

–No me molesta –respondió en un tono que evidenciaba todo lo contrario–. ¿Por qué iba a molestarme que le hablaras de mi hijo a la inmensamente rica familia Carey?

—¿Pensarías lo mismo si mi familia no tuviera dinero? —preguntó Justin conteniendo un arrebato de ira.

—No lo sé, no conozco a nadie de tu familia. Seguro que son gente encantadora. Es solo que no confío en ellos porque son ricos —explicó y bebió vino.

—Vaya, al menos eres sincera.

—Vamos, Justin, cuando estuvimos juntos la otra vez no me dio la impresión de que formarais la familia ideal. Solo hablabas de que tu familia te volvía loco.

—A todo el mundo le vuelve loco su familia, Sadie, no solo a los ricos. De hecho, el dinero no tiene nada que ver con esto.

—¿Sabes quién dice eso? Los ricos —dijo Sadie poniendo los ojos en blanco—. Eso y aquello de que el dinero no compra la felicidad. Jamás oirás a alguien que vive de su sueldo decir eso.

—Supongo que no —reconoció—, pero eso no significa que todo el que tiene dinero sea un imbécil.

—No me refería a que todos los ricos…

—No hacía falta —dijo Justin con una medio sonrisa—. El problema, Sadie, es que eres una esnob.

—Eso es ridículo. Yo nunca…

—Sadie, simplemente quería hablar con mi hermano, eso es todo. Por si te hace sentir mejor, te diré que le hice prometer que no se lo contaría a la familia hasta que estuviera listo.

—¿Y cuándo será eso?

—No lo sé —dijo sacudiendo la cabeza—. Me has dado una sorpresa que todavía tengo que asumir.

—No soy una esnob.

–De acuerdo. De momento, olvidémonos de mi familia y hablemos del bebé.

–Muy bien –dijo ella sujetando con fuerza su copa–. Empieza tú.

–Quiero pasar tiempo con Ethan. Es innegociable.

–¿Innegociable? –repitió y dio otro sorbo a su vino–. Esto no es un contrato, Justin.

–No, todavía no lo es. Pero no hace falta que provoquemos una guerra por nuestro hijo –añadió Justin suavemente–. Escucha, Sadie, ya me he perdido seis meses de su vida. No voy a perderme ninguno más.

–Tampoco es lo que quiero, por eso te hablé de Ethan –dijo dejando la copa–. ¿Qué dijo tu hermano?

–¿Después de la sorpresa inicial? –preguntó riendo–. Me dijo que me hiciera una prueba de ADN.

–Es hijo tuyo, Justin, no tienes más que mirarlo. Es una versión en miniatura tuya.

–Te creo y sí, se parece a mí. Pero por motivos legales, Bennett quiere que me haga una prueba de ADN.

–¿Qué motivos legales?

–Nada de lo que haya que preocuparse.

–La gente que dice eso nunca se da cuenta de que esas son las palabras mágicas con las que empezar a preocuparse.

Se inclinó hacia él y Justin percibió su olor. Era floral y le recordaba ligeramente a los melocotones. Durante el último año y medio, aquel aroma lo había perseguido en sus sueños.

Justin la miró y bajo el resplandor de las luces blancas, sus ojos brillaron al encontrarse con su mirada. Sadie se echó la melena hacia su lado izquierdo y empezó a hacerse una trenza para evitar que el viento se la revolviera.

Justin alargó el brazo, la tomó de la mano y sintió que los dedos le ardían al contacto con los suyos.

—No te recojas el pelo. Me gusta suelto.

Sadie se deshizo la trenza con los dedos sin apartar los ojos de los suyos. Justin era incapaz de desviar la mirada. La noche parecía aislarlos del resto del mundo según oscurecía.

Ella respiró hondo y alzó la barbilla.

—De acuerdo. ¿Cómo vamos a organizar esto? Me refiero a que Mike cuida de Ethan cuando estoy abajo trabajando contigo o con Sam.

—Y puede seguir siendo así. También puedo llevármelo conmigo cuando tenga que hablar contigo o con Sam.

—¿Estás pensando en llevar a Ethan a la zona de obras?

—Ya está casi todo hecho, Sadie. Lo que quedan son los repasos, la pintura y algunos detalles.

—Cierto. Podemos ver cómo funciona.

Justin dio un trago y le sonrió.

—¿Ves? Tampoco es tan difícil hablar sin discutir.

Ella curvó los labios ligeramente y sintió que su interior reaccionaba. Aquella mujer le hacía hervir la sangre. Nunca había conseguido olvidarla y volvía a tenerla en su vida, con su hijo. No sabía adónde los llevaría aquello ni qué pasaría después de la inauguración de aquel hotel que sería el primero de los muchos que formarían parte de la cadena que Justin pretendía implantar.

De lo único de lo que estaba seguro era de que todavía la deseaba.

El viento alborotó su melena y Justin la observó hipnotizado.

–Supongo que cualquier cosa es posible.

–Eso espero –dijo él y cubrió su mano con la suya.

Sadie se quedó sin respiración a pesar de apartar la mano. Era demasiado tarde para evitar la corriente que se establecía con tan solo un roce. Justin volvió a tomarla de la mano, ansiando tocarla, y la acarició con el pulgar, provocando que la respiración de ambos se acelerara.

–Justin, eso no es una buena idea.

–Echo de menos tocarte, Sadie.

Se echó hacia delante, dejó su copa a un lado y la miró a los ojos.

–Llevamos dos meses trabajando juntos y eres lo único en lo que puedo pensar. ¿Acaso no has pensando en… nosotros?

Sadie se pasó la lengua por los labios y Justin sintió que se derretía.

–Claro que he pensado en eso, pero…

–Nada de peros, ¿de acuerdo?

Se puso de pie y tiró de ella para que también se levantara.

–Estamos aquí, juntos –añadió frotándole los brazos arriba y abajo–. La luna acaba de salir y el ambiente es demasiado romántico para desperdiciarlo.

–¿Romántico? –repitió mirándolo–. ¿De eso quieres hablar ahora?

–¿Quién ha dicho nada de hablar? –dijo él acariciándole el labio inferior y arrancándole un gemido–. ¿Algún problema?

–No, tan solo… bésame.

Justin hizo lo que le pedía y Sadie se echó sobre él como si llevara toda la vida esperando aquel momento. Lo rodeó con los brazos por el cuello y separó los labios para recibir su lengua. En ese primer instante de intimidad, dejó escapar un gemido y, al instante, el corazón de Justin se desbocó. Los dos últimos meses habían sido una tortura cada vez que la tenía cerca y no podía tocarla. Por la noche, los sueños lo atormentaban. Parecían tan reales que se despertaba cada mañana agonizando.

Por fin la estaba acariciando y saboreando, pero no era suficiente. Deseaba y necesitaba más.

Había echado de menos su sabor, sus caricias, su aliento, sus gemidos…

Todo en aquella mujer lo empujaba al borde de la cordura y era la única que podía retenerlo allí y hacerle disfrutar de la locura.

Le acarició el pelo suavemente, demandándole más. La abrazó con más fuerza y deslizó las manos arriba y debajo de su espalda. Luego la tomó por el trasero y la estrechó contra él para que sintiera lo que le estaba provocando.

Unos segundos después, Sadie soltó un gruñido, apartó la cabeza y jadeó en busca de aire.

—Esto es un error, Justin.

—A mí no me lo parece —murmuró él y deslizó los labios por la curva de su cuello.

Ella ladeó la cabeza, suspiró y se aferró a sus hombros como si estuviera al borde de un precipicio.

—Es una sensación increíble, pero…

—Nada de peros, Sadie, ahora no, esta noche no.

Deslizó una mano hasta su pecho y ella gimió. Le acarició el pezón y, aunque lo hizo por encima de la camiseta y del sujetador, fue suficiente para que ambos sintieran una sacudida.

—Eso es hacer trampas —susurró.

–Solo estoy empezando –le dijo Justin, y luego se apartó–. Aunque esté oscuro aquí fuera, creo que estaríamos más a gusto dentro.

–Oh, Dios mío –dijo mirando a su alrededor, más allá del patio en sombras, hacia el paseo marítimo y la playa.

–Tenemos todo un hotel a nuestra disposición. Elijamos una habitación –dijo Justin tomándola de la mano y dirigiéndola hacia el interior.

–¿Y el vino?

–Ya nos ocuparemos por la mañana.

Sadie resopló y aceleró el paso para seguirlo.

–Justin…

–No sigas pensando.

Ella rio.

–Justin, no te estaba esperando fuera para… para esto.

–Lástima –dijo, y tiró de ella hacia los ascensores de la recepción.

–No quiero que sigamos peleando.

–No era lo que tenía pensado.

Justin apretó el botón de llamada y esperó impaciente, apretándole con fuerza la mano. Cuando las puertas se abrieron, la empujó dentro y la acorraló contra la pared mientras las puertas volvían a cerrarse.

–No quiero esperar –susurró.

Deslizó una mano bajo la camiseta y luego bajo la seda del sujetador hasta rodear su pecho. En cuanto la tocó, Sadie dejó escapar un suspiro y él tuvo que contener un gruñido.

–Llevo dos meses pensando en esto –confesó.

Luego hundió el rostro en su cuello e inhaló aquel aroma que era puramente Sadie, y se dejó embriagar.

–Yo también –dijo ella y se arqueó contra él–. No quería desearte tanto, pero no he podido hacer nada para evitarlo.

–Si piensas que voy a sentirme mal oyendo eso, te equivocas.

El ascensor paró y las puertas se abrieron.

–Vamos a mi habitación –anunció Justin, y tomándole el rostro entre las manos, la besó apasionadamente.

Luego la tomó en brazos y salieron del ascensor. Avanzaron por el pasillo hasta la suite de esquina que ocupaba y al llegar a la puerta, Justin buscó la llave magnética en su bolsillo. Una vez dentro, la dejó en el suelo y la miró sonriente.

–Eres el único hombre que ha sido capaz de tomarme en brazos y cargar conmigo –dijo echándose la melena hacia atrás y luego tomó su rostro entre las manos–. No sé si hago bien diciéndote lo mucho que me gusta cuando lo haces.

–Fingiré que no lo he oído.

Tomó el borde de su camiseta y se la sacó por la cabeza antes de dejarla caer al suelo. Sadie hizo lo mismo con la suya y luego le acarició el pecho. Justin aspiró una bocanada de aire y lo dejó escapar con un suspiro mientras la observaba abrir el cierre frontal de su sujetador antes de dejarlo caer junto a la camiseta.

Justin sonrió, la tomó por las caderas y se inclinó para tomar un pezón en su boca, y después el otro. Sadie arqueó la espalda y le sujetó la cabeza con las manos, un gesto innecesario, puesto que Justin no estaba dispuesto a detenerse.

La acorraló contra la pared y deslizó las manos hasta la cinturilla de sus pantalones cortos, le abrió la cremallera y se los bajó junto a las braguitas de seda negra que llevaba debajo. Ella se quitó las sandalias y se sacó los pantalones con una patada. Justin le acarició la entrepierna y gimió al sentir su calidez.

—¡Justin! —exclamó clavándole las uñas en la espalda.

Puso toda su atención en su cara mientras la penetraba con un dedo, luego con dos, acariciándola incesantemente mientras ella se retorcía. Observó cómo aquellos bonitos ojos brillaban con la intensidad de las sensaciones y sentimientos que se agolpaban en ella. Cuando unos segundos más tarde se corrió, su mirada se nubló antes de abrazarlo con fuerza y dejarse llevar por las sacudidas del clímax.

Cuando los temblores cesaron, Sadie se desplomó sobre él.

—Ha estado muy bien —dijo con voz temblorosa.

Justin sonrió y la tomó de la barbilla para mirarla a los ojos.

—Estamos empezando, Sadie.

—Esperaba que dijeras eso —admitió.

Él sonrió, la cargó en sus brazos y se dirigió hacía el dormitorio principal de la suite.

—Puedo caminar, ¿sabes?

—Me gusta llevarte en mis brazos —replicó Justin.

—¿Qué se supone que tengo que decir ante eso? —preguntó ella rodeándolo por los hombros.

—¿Qué tal si dices algo así como que te gustan mis músculos? —dijo divertido.

Ella rio y Justin advirtió humor en sus ojos. La depositó sobre la cama, luego se irguió y se desnudó rápidamente.

—Esta vez —dijo ella mientras le ofrecía sus brazos—,

estoy tomando la píldora, así que si no tienes ninguna enfermedad, estamos seguros.

–¿Y la píldora es cien por cien efectiva?

–Creo que tiene una efectividad del noventa y ocho por ciento.

Justin se pasó la mano por el rostro y admiró su cuerpo de arriba abajo antes de buscar sus ojos.

–Correré el riesgo.

–Yo también –dijo.

Seguía esperando a recibirlo entre sus brazos. Él se acercó, la cubrió con su cuerpo y ella lo abrazó con sus largas piernas.

–Ha pasado mucho tiempo, Justin –dijo acariciándole la pierna con su pie.

–Quince meses –replicó él y sus labios se curvaron.

–Muy gracioso.

Le dio una palmada en el hombro y le sonrió. Luego le acarició la mejilla.

–¿Qué estamos haciendo, Justin?

–Lo que mejor se nos da, Sadie.

Rodó hasta colocarla sobre él y su preciosa melena cayó como una cortina.

–El sexo no resolverá nada –dijo mirándole a los ojos–. Nada cambiará.

–¿Acaso hay algo que deba cambiar? –preguntó él acariciando cada curva de su cuerpo–. ¿Por qué no podemos disfrutar simplemente de lo que tenemos?

Sadie cerró los ojos unos segundos y suspiró.

–¿Y qué es exactamente lo que tenemos, Justin?

–Magia, Sadie, pura magia –respondió sonriendo.

No le contestó y Justin la miró a los ojos para tratar de adivinar lo que estaba pensando. Entonces lo besó y se sintió envuelto por su sabor, su olor, su melena sedosa, la calidez de su cuerpo… Cuando se incorporó para sentarse a horcajadas sobre él, Justin contuvo la respiración. A la luz de la luna que se filtraba por la ventana, parecía una diosa. Su cuerpo se veía más relleno y maduro, más bonito de lo que recordaba.

Extendió los brazos para cubrirle los pechos con las manos, y ella se las tomó entre las suyas. Luego echó la cabeza hacia atrás y la sacudió, y su espléndida melena onduló como una cortina de seda. Al mirarla, Justin oyó el resonar de sus latidos en los oídos. Tenía la boca seca y sentía un nudo tan grande en la garganta que pensó que jamás volvería a respirar con normalidad.

—Magia –repitió ella.

Apoyó las manos en el pecho de Justin y elevó las caderas antes de volver a descender y hundirse en él. Al sentir su cálida humedad, apretó las mandíbulas en un desesperado intento por controlar el deseo que lo invadía. La miró a los ojos y se preguntó cómo había soportado tanto tiempo sin verla, sin estar con ella.

Durante los quince meses que habían estado separados había pensado en ella muy a menudo y había sentido la tentación de volver a San Diego, a su lado. Había evitado rendirse a aquel deseo por seguir adelante con su plan.

—Deja de pensar –dijo Sadie.

Él sonrió, la tomó por las caderas y la sujetó para saborear la sensación de estar dentro de su cuerpo.

—De acuerdo.

Sadie se levantó la melena y la dejó caer sobre sus pechos. Sin dejar de mirarlo fijamente, arqueó las caderas provocando una fricción que lo acercaba más al éxtasis.

—Me vuelves loco, Sadie –murmuró y vio florecer

una sonrisa en sus labios y un destello de placer en sus ojos.

Sadie sacudió las caderas contra las suyas en un intento de liberarse de sus manos, y por fin la soltó. Justin acarició sus muslos y la oyó jadear, recreándose en cada uno de sus movimientos y de las sensaciones que le provocaba. Cuando sintió próximo el clímax, deslizó una mano hasta donde sus cuerpos se unían y le acarició su rincón más sensible.

–Déjate llevar, Sadie. Déjate llevar y vuela.

Ella reaccionó al instante con un gemido y una sacudida de caderas mientras se convulsionaba sobre él, arrastrándolo hacia un orgasmo imposible de controlar.

–¡Justin!

Sus movimientos eran cada vez más rápidos e intensos mientras él igualaba el ritmo que ella marcaba sin dejar de contemplarla.

–No pares –susurró entrecortadamente.

–Jamás –replicó él con un gruñido.

Era una mujer increíble, pensó, mirándola bajo la suave luz que se filtraba por las ventanas abiertas que daban al mar.

Sadie jadeó, gritó su nombre y se estremeció sobre él mientras todo su cuerpo estallaba. Justin la sujetó mientras se liberaba y, unos segundos más tarde, él también saltó al mismo abismo, compartiendo aquel momento triunfante de culminación.

Cuando se echó sobre su pecho, él la rodeó con sus brazos y rodó a un lado quedándose cara a cara sobre las almohadas. Quería observar todas las emociones que asomaban a su rostro.

–Ha sido… increíble.

–Gracias –replicó él sonriendo.

–Te mereces un premio –dijo dándole una palmada en el pecho.

–Muy graciosa –dijo inclinándose de nuevo para saborear su boca–. El sexo nunca ha sido un problema entre nosotros. En la cama, sobre una mesa o contra la pared, siempre ha sido fantástico.

–Pero el sexo no lo es todo, Justin.

–Tal vez no, pero es algo fundamental.

–Justin, me prometí que no volvería a acostarme contigo.

–Bueno, entonces te mentiste a ti misma o eres incapaz de mantener una promesa.

–Eso no tiene gracia.

–Tampoco es el fin del mundo –dijo tomándole el rostro con una mano–. Tal vez hasta te ha venido bien.

–¿Por qué dices eso?

–Ha aliviado la tensión que se ha acumulado entre nosotros los últimos dos meses –respondió rodeándole el pecho con la mano y acariciándole el pezón con el pulgar.

Sadie se estremeció y tragó saliva.

–Justin, esta mañana estábamos gritándonos. Ahora por la noche estamos… haciendo esto.

–Es mejor que discutir, ¿no?

Bajó la cabeza y saboreó el pezón mientras ella jadeaba.

–Sí, pero…

Levantó la cabeza y se quedó mirándola.

–No nos cuestionemos lo de esta noche, ¿de acuerdo? Aceptemos las cosas tal y como vienen.

Sus ojos se encontraron y Justin trató de interpretar el brillo de su mirada. Seguía siendo misteriosa y eso le gustaba.

–De acuerdo –dijo Sadie por fin y luego deslizó un dedo por su pecho bronceado y musculoso–. Esta noche ha sido… maravillosa. Pero tengo que volver con Ethan.

–Quédate –dijo Justin.

Cubrió su boca con la suya y entrelazaron las lenguas hasta quedarse sin respiración. Cuando por fin rompió el beso, la miró a los ojos y sonrió.

–Está bien, me quedaré un rato.

Capítulo Seis

Dos horas más tarde, Sadie estaba temblando. Seguía enamorada de Justin y eso la aterrorizaba.

Hacía casi año y medio le había dicho que lo amaba, y a la mañana siguiente él se había marchado. La humillación y las lágrimas que había derramado le habían enseñado una valiosa lección. Aunque el sexo entre ellos era, según sus palabras, pura magia, eso era lo único que había entre ellos. Al menos para él.

Por su parte, era incapaz de ignorar sus sentimientos. En aquel momento, su corazón estaba desbocado y cada terminación nerviosa de su cuerpo vibraba. Había sido así desde el primer momento con Justin. Lo suyo era magia y no se había equivocado.

Pero eso no cambiaba nada, ¿no? Lo amaba, pero él a ella no.

—Otra vez estás pensando —dijo Justin—. Déjalo ya.

Ella rio, aunque sonó forzado. Luego lo miró.

—¿Qué hacemos ahora, Justin?

—¿A qué te refieres: al hotel, a nuestro hijo, a más sexo?

Sadie se levantó y se puso la camiseta.

—Esta mañana estabas enfadado y ahora no paras de hacer bromas.

—¿Preferirías que estuviéramos gritándonos? —preguntó frunciendo el ceño.

—No, claro que no.

Pero al menos sabría a qué atenerse. Tal como estaban las cosas, el suelo bajo sus pies parecía temblar.

–Nada ha cambiado, Sadie –dijo recostando la cabeza sobre el brazo–. Sigo queriendo pasar tiempo con Ethan, sigo deseándote y sigo queriendo hacer la prueba de ADN. También quiero que el hotel esté abierto dentro de tres semanas.

–¿Y nosotros? –preguntó ella pausadamente–. ¿Qué quieres de nosotros?

–Esa es una buena pregunta –musitó y curvó los labios.

Sadie paseó la mirada por la habitación en un intento por ganar tiempo. Aquella habitación, como la suya, era una de las pocas que todavía no había sido reformada.

Sabía que no podría seguir viviendo en el hotel eternamente. Su hijo necesitaría un jardín y amigos, y espacio para correr. Sabía lo que era criarse en un hotel y, aunque tenía buenos recuerdos, quería más para su hijo. Pero no era momento de pensar en eso. En aquel momento tenía que ocuparse de Justin. ¿Cómo encajaba él en sus planes de futuro? Ni siquiera sabía si querría formar parte de ellos.

–Sí, es una buena pregunta, Justin –repitió y cedió al impulso de darle un beso en los labios–. Ya me lo contarás cuando tengas una respuesta.

Se dirigió hacia la puerta y la abrió antes de que su voz la hiciera detenerse.

–¿Qué es exactamente lo que esperas de mí, Sadie?

–No estoy segura –contestó volviendo la cabeza.

***

Por la mañana, Sadie había desplazado los recuerdos de la noche al fondo de su cabeza. No había podido dormir porque cada vez que cerraba los ojos, veía la sonrisa de Justin, sentía sus besos, sus caricias…

No podía sucumbir a sus deseos. No era solo su corazón lo que tenía que proteger, también el de Ethan. A pesar de que amaba a Justin, eso no implicaba que fuera a tener un futuro con él. Se sentía más vulnerable que nunca y no podía poner en riesgo a su hijo. Si Ethan se encariñaba con su padre y ese padre después lo dejaba, ¿entonces qué? No, era preferible enterrar sus sentimientos en su interior. Tenía que proteger a su hijo y a su corazón.

De momento lo que tenía que hacer era elegir con Sam el color de la sala de billar y después revisar los puestos de manicura y pedicura. Tenía algunas ideas para hacer de aquella estancia un lugar tranquilo y acogedor. Pero antes tenía que ver cómo estaba Ethan. Justin lo había recogido temprano aquella mañana para pasar el día con su hijo. Llevaba nerviosa desde entonces. Por muy buenas intenciones que tuviera Justin, Ethan solo tenía seis meses y necesitaba siestas, biberones y cambios de pañales. Estaba convencida de que Justin no sabría qué hacer tantas horas con un bebé. Tal vez debería darle un horario, aunque seguramente no le prestaría atención. Era el tipo de hombre que hacía las cosas a su manera.

Pero también sabía que Justin nunca admitiría ser incapaz de hacer algo, así que tenía que encontrar a Justin y a su hijo. Recorrió el hotel en su busca y lo encontró fuera, con el bebé en brazos, señalando hacia donde estaban trabajando los pintores. Se apoyó en el marco de la puerta, se cruzó de brazos y se quedó contemplando a su hijo con su padre.

–¿Ves, Ethan? –dijo Justin mirando al niño como si lo entendiera–. Cuando necesites que te hagan un trabajo, busca siempre a los mejores.

El sol brillaba con fuerza y Sadie sonrió al ver que Justin le había puesto a Ethan su gorro para impedir que se quemara la piel.

–Pero hay cosas que puedes aprender a hacer tú mismo –seguía diciendo Justin mientras Ethan daba palmas–. Por ejemplo, a tu padre se le da muy bien pintar. Tampoco es que sea un artista, pero hace unos meses ayudé a Sam a pintar su casa.

Ethan tomó un mechón de pelo de su padre y tiró.

–¡Ay!

Justin puso una mueca y Sadie contuvo la risa al ver cómo trataba de abrir los dedos de su hijo. Pero no se enfadó ni perdió la paciencia. Se le veía contrariado, pero feliz.

Debería alegrarse de verlo contento por el bien de su hijo. Sin embargo, le preocupaba. Si lo pasaba bien con Ethan, querría más. Querría su custodia y ella jamás podría ganarle una batalla judicial. Apenas tenía ahorros, al menos no tantos como para enfrentarse a los Carey en una batalla legal por la custodia.

El sexo de la noche anterior la había ablandado. ¿Lo habría hecho a propósito? Tal vez, pero el caso era que había funcionado. Había reído con él y había compartido intimidades que jamás pensó que le confesaría. Justin estaba tratando de congraciarse con su hijo mientras la mantenía apaciguada con la magia del sexo.

Apoyó la cabeza en la pared de atrás. Era una idiota. Había vuelto a caer en la trampa de amar a Justin y permitir que le pisoteara el corazón. No se lo pondría fácil. No más sexo. No iba a dejarse embaucar por su encanto ni por su sentido del humor. No podía bajar la guardia porque en cuanto lo hiciera, correría el riesgo de perder a su hijo. Después de todo, Justin había vuelto a marcharse. Si lo hacía de nuevo, podía llevarse a Ethan con él.

Durante la siguiente semana trabajaron juntos en los preparativos del hotel, pero era como si Sadie hubiera levantado un muro entre ellos. Había sido incapaz de traspasarlo y se había preguntado muchas veces si de verdad quería hacerlo. La respuesta era que sí.

Aquella primera noche le había abierto el apetito de lo que solo podía encontrar con Sadie. Había estado con otras mujeres en el último año y medio, pero cada vez que había sentido algo, ese interés se había esfumado antes de acabar la noche. Porque no eran Sadie. Siempre las comparaba con ella. La llevaba tan clavada en el alma que había tenido que huir de ella.

La noche que habían pasado juntos la semana anterior solo había servido para despertar todo lo que llevaba año y medio tratando de enterrar. La deseaba, tenía que reconocerlo. Nunca había sentido nada parecido a lo que sentía por Sadie y estaba cansado de fingir. Y además estaba Ethan. Aquel niño era el vínculo que los uniría para siempre, así que tenían que encontrar una manera de que aquello funcionase.

Miró la hora en su reloj y se dio cuenta de que tenía que marcharse si quería llegar a tiempo a la reunión. Había decidido contarle a su familia lo del Cliffside y lo que trataba de construir.

—Hola, Sam, ¿has visto a Sadie?

–Sí, está en la sala de relajación. Dice que quiere hacer algunos cambios.

–¿En serio? –dijo sacudiendo la cabeza–. Gracias.

Se dirigió hacia las cabinas de tratamiento. La sala de relajación, que él prefería llamar sala de reanimación, estaba pensada para que cuando las clientes salieran de los tratamientos se tomaran unos minutos antes de marcharse.

–Ya están acabados, ¿qué es lo que quiere cambiar ahora? –farfulló.

Aquella mujer lo estaba llevando al límite, no solo físicamente sino desafiando cada una de sus decisiones respecto al hotel. Lo peor era que la mayoría de las veces tenía razón.

La encontró en la amplia sala llena de cómodas butacas y tumbonas. Por los altavoces del techo se escuchaba una música suave y había plantas por todas partes. Vio a Sadie en el rincón más alejado, sosteniendo una cinta métrica como si fuera una espada.

–¿Qué estás haciendo? –le preguntó acercándose.

–Midiendo.

Lo miró y escribió unas notas en su teléfono.

–Sadie…

No estaba de humor para otra batalla.

–Está bien.

Lo miró, volvió a sacar la cinta y la puso en el suelo.

–Estoy midiendo el hueco para un refrigerador doble que voy a instalar aquí.

–¿Dos refrigeradores? –repitió asombrado–. Hablamos de añadir uno y decidimos que no encajaría con el ambiente relajado de esta sala.

–No, Justin, fuiste tú el que decidiste eso y yo te dije que estabas equivocado.

Hizo otra anotación y recogió la cinta métrica.

—A ver —dijo Justin y esperó a que se volviera para mirarlo—. Explícame por qué necesitamos una nevera, o dos, aquí.

—Creo que cuando las mujeres se estén relajando aprovechando la última media hora antes de vestirse y subirse al coche, les vendría bien tomarse algo como un zumo, agua mineral… Podríamos tener una barra con un camarero ofreciéndoles a nuestras clientas un último capricho antes de volver al mundo real.

Justin miró a su alrededor y vio que se había volcado en la decoración. Las paredes estaban pintadas de un pálido color lavanda y varias alfombras cubrían los suelos de roble. Había tumbonas y butacas, y todo el conjunto tenía el aire de lo que era: un santuario. Había acertado con los colores, con las alfombras y con muchas otras cosas, pero le costaba admitirlo. Le resultaba difícil aceptar consejos sobre el hotel, pensó frunciendo el ceño. Hacía tiempo que deseaba hacer realidad aquella idea y había planeado tomar todas las decisiones, pero tenía que reconocer que las aportaciones de Sadie habían sido muy valiosas.

Quería que aquel hotel fuera toda una declaración de intenciones. Quería romper con los Carey y construir su propio futuro en el que no dependiera de nadie más que de él. Pero las cosas habían cambiado. Estaba dando forma a lo que había planeado, pero no lo estaba haciendo solo. La mujer de la que se había alejado en una ocasión era una parte importante del legado que estaba formando y ese hecho no era fácil de asumir.

Sobre todo porque, de alguna manera, se estaba convirtiendo en algo… importante y no sabía cómo tomárselo.

–¿Estás bien?

La voz de Sadie lo sacó de sus pensamientos.

–¿Qué quieres decir?

–Te he llamado tres veces –dijo encogiéndose de hombros e hizo otra anotación en su teléfono–. Estabas como abstraído.

–No, es solamente que estaba pensando.

–¿Sobre cómo deshacerte de los refrigeradores?

–No. Es más bien que odio que tengas razón una vez más.

Sonrió, ladeó la cabeza y se quedó estudiándolo.

–Bueno, se agradece la sinceridad.

–¿Has venido para algo o solo querías ver lo que estaba haciendo?

Justin le dedicó una larga mirada antes de detenerse en la curva de sus pechos. Cuando levantó la vista, vio que le estaba mirando con los ojos entornados.

Claro que había ido buscando algo, a ella, pero no podía decírselo, no después del distanciamiento que había habido entre ellos en la última semana.

–Sí –respondió metiendo las manos en los bolsillos–. Quería decirte que me voy a una reunión con mi familia.

Sus cálidos ojos marrones se volvieron fríos y distantes. Aunque apenas los separaba medio metro, era como si estuviera en el otro extremo de la habitación.

–Estupendo, pásalo bien.

–Sí –dijo riendo con ironía–, esas reuniones son siempre muy divertidas.

Se quedó mirándolo y Justin supo que estaba recordando lo que había pasado la última vez que había vuelto del condado de Orange. Aquella noche de sexo tórrido lo había acompañado durante cada minuto de la última semana. Incluso en aquel momento, esa necesidad ardía en él y Justin se contuvo para no estrecharla entre sus brazos.

—Ya nos veremos. Conduce con cuidado.

Cuando se volvió, no hizo nada. Una vez el hotel estuviera en funcionamiento, tendrían que hablar sobre Ethan y sobre lo que había entre ellos.

Sadie trató de no pensar en Justin mientras estuvo fuera. Cada vez que aparecía en su cabeza, lo arrinconaba. No tenía ninguna duda de que esta vez le hablaría a su familia de Ethan. El hotel abriría pronto y todos acudirían en masa para conocer el establecimiento, así que verían a Ethan.

Tenía los nervios disparados. Ethan era uno de los nietos de los Carey y eso era algo que la familia de Justin no iba a ignorar. Tenía que estar preparada para lo que pudiera surgir.

Ethan soltó un grito y se puso a dar palmadas en su trona a la vez que sonreía a su madre.

—Eres lo mejor que me ha pasado nunca, pequeño —le dijo sonriendo.

El bebé echó la cabeza hacia atrás y rio. Sadie tomó una cucharada de puré de verduras y Ethan la engulló. Mientras jugaba y reía, Sadie no dejaba de dar vueltas a toda clase de posibilidades.

Tenían un hijo en común. Habían compartido una cama, pero no compartían una vida y tampoco lo veía posible. Aun así lo amaba. No podía cambiar eso, pero tampoco podía dejar que supiera lo que sentía. Eso solo le daría a Justin más poder en su relación del que ya tenía.

No había futuro con Justin más allá de que fuera el padre de Ethan. Lo sabía. Lo que no sabía era qué iban a hacer él y su familia, así que no podía bajar la guardia. No podía arriesgarse a creer que aquel breve interludio entre ellos duraría más allá de la inauguración del hotel.

–Hola, Sadie –dijo Mike desde el umbral de la puerta–. Tu madre ha llamado al teléfono del hotel. Dice que no contestas el móvil.

Sadie sacó su teléfono y comprobó que se le había olvidado cargarlo.

–¿Puedes seguir dándole de comer a Ethan?

–Claro –contestó Mike–. ¿Va a venir hoy Justin?

–Ha dicho que sí. Ya veremos.

–No confías en él, ¿verdad?

Sadie se frotó los brazos como si tuviera frío. Quería decir que sí, pero le era imposible.

–Que Ethan se coma toda la verdura –fue todo lo que dijo.

Justin avanzaba por los pasillos del edificio de Corporación Carey, ansioso por reunirse con su familia.

Era un moderno edificio de cristal, con vistas al Pacífico, símbolo del éxito de su familia a lo largo de los años. Sabía que nunca se encerraría en aquel edificio. Por fin estaba en disposición de abrirse camino por sí mismo. Durante años sus planes habían ido cambiado, pero ya no podía decir lo mismo. El hotel era una realidad. La reforma estaba casi concluida. El Carey Cliffside iba a ser el primero de una cadena hotelera y ya no tendría que preocuparse por tener que vivir la vida al estilo de su familia. Eso, siempre y cuando el hotel fuera un éxito.

–Justin.

Bennett apareció por detrás de él y lo tomó del brazo para detenerlo.

–¿De dónde sales? Iba de camino a tu despacho.

–Estaba en el despacho de Serena cuando te he visto pasar. Quería ponerte sobreaviso.

–¿Respecto a qué? –preguntó y miró a su hermano mayor entornando los ojos.

–Se han enterado de lo del bebé –respondió Bennett incómodo.

–¿Qué? Me dijiste que no se lo contarías.

Bennett lo tomó por el brazo y le hizo avanzar por el pasillo.

–No se lo he contado –replicó pasándose una mano por el pelo–. Se lo dije a Hannah y ella se lo contó a mamá. Luego mamá se lo contó a Amanda, Mandy a Serena, y ahí tienes el caos.

–Perfecto, simplemente perfecto –dijo Justin sacudiendo las manos en el aire–. ¿Y por qué no te quedaste callado?

–Con las esposas hay que seguir unas reglas –afirmó Bennett disgustado–. Se supone que hay que contarles las cosas.

–Tú todavía no estás casado.

–Bueno, estamos a punto.

–¿Y no hay un código entre hermanos?

–Me temo que no –dijo Bennett–. Y si lo hubiera, estoy convencido de que el de las esposas prevalecería. ¿Pero ahora eso qué más da?

Justin suspiró.

–¿Cómo se lo han tomado?

–¿Lo preguntas en serio? –dijo Bennett y se metió las manos en los bolsillos del pantalón–. Tuve que frenar a mamá para que no saliera corriendo a San Diego a conocer a su nuevo nieto.

–Eso habría sido la bomba –dijo Justin alejándose unos pasos antes de volver–. A Sadie le habría encantado –añadió con ironía–. No nos ponemos de acuerdo en qué hacer en el futuro, en cómo llevar esto de la paternidad compartida. Si mamá hubiera aparecido, habría sido la gota que colma el vaso.

–Eh, la convencí para que no fuera –dijo Bennett buscando su reconocimiento.

–Enhorabuena –farfulló Justin frunciendo el ceño–. Todavía no me han llegado los resultados de la prueba de ADN.

–Pero ¿ya te la has hecho?

–Sí, la semana pasada. Tomé una muestra mía y otra del bebé, y a Sadie no le hizo gracia lo del hisopo.

–Si eso le preocupa, razón de más para hacerse la prueba. ¿Y si te está mintiendo acerca del niño?

Justin se quedó mirándolo. Aquel Bennett volvía a ser el mismo de siempre.

–No, no miente –respondió–. Ese niño es igual que yo, Bennett. No hay ninguna duda de que es mío.

–Muy bien, digamos que es cierto. ¿Qué piensas hacer?

–Ser su padre. ¿Qué otra cosa puedo hacer?

–¿Qué te parece…, no sé, casarte con ella?

Justin frunció el ceño. Nadie había mencionado la palabra matrimonio. Todavía no estaba dentro de sus planes. La principal razón por la que había dejado a Sadie hacía año y medio era porque se había dado cuenta de que podía ser su mujer ideal y no podía comprometerse más que con aquel sueño que lo impulsaba.

Aquel sueño estaba más cerca que nunca, pero hasta

que su aportación a Corporación Carey no fuera estable, no estaba en disposición de hacer promesas a nadie. Ni siquiera a la mujer que ocupaba cada uno de sus pensamientos.

–Si no quieres casarte con ella, te sugiero que llames al abogado. Asegúrate de que tus derechos como padre estén cubiertos.

Justin suspiró y frunció el ceño. No quería meter abogados en aquello, al menos hasta que Sadie y ella acercaran posiciones y encontraran la manera de resolver aquel asunto.

–Desde que sé de Ethan, no me ha impedido pasar tiempo con él.

–Todavía no. Estáis viviendo en el mismo hotel mientras se hace la reforma, ¿verdad?

–Sí.

Al instante, su mente se llenó de imágenes de la noche en que había ido con él a su habitación. Desde entonces no había dejado de desearla. Ni siquiera viviendo en el mismo hotel tenía asegurado pasar otra noche con ella.

–¿Qué pasará cuando dejes el hotel? –preguntó Bennett–. A no ser que pienses quedarte a vivir allí.

–Todavía no lo he decidido –reconoció–. Faltan unas cuantas semanas para inaugurarlo, pero no me suena nada mal eso de tener servicio de habitaciones veinticuatro horas.

–Los niños crecen, Justin –dijo Bennett–. Fíjate en Alli. Jack le está construyendo un castillo en el jardín de atrás y están pensando en adoptar un perro.

Justin frunció el ceño. Su hermano tenía razón. Cuando Ethan creciera un poco, las cosas cambiarían. Sadie y él también tendrían que cambiar.

—Antes o después ese niño va a necesitar una casa. ¿Entonces qué? ¿Sadie y tú viviréis en alas separadas y os intercambiaréis al niño en el vestíbulo cada dos semanas?

Justin sintió que la cabeza le daba vueltas. Vivir con Sadie y compartir con ella una casa no le sonaba nada mal. Todo estaba pasando demasiado deprisa. No había tenido tiempo para considerar todo aquello.

—Solo hace una semana que sé que soy padre. Dame un respiro.

—¿Crees que mamá te lo dará?

Por supuesto que no, pensó Justin.

Capítulo Siete

La inauguración del hotel estaba prevista en tres semanas y quedaba mucho por hacer. Con Justin en el condado de Orange contándole lo que fuera a su familia, Sadie se concentró en el trabajo para evitar volverse loca. Su capacidad de organización era legendaria y a ella recurrió en aquellos momentos.

El patio del Cliffside siempre había sido un lugar precioso, pero desde la reforma, era todavía más maravilloso. Los tres pisos del hotel rodeaban el patio conformando una plaza. Todas las habitaciones tenían un balcón de cuya barandilla de hierro colgaban helechos y parras, lo que le daba al edificio un aire exuberante que calmaba la vista y perfumaba el ambiente.

Lentamente, Sadie giró en círculo estudiando el patio del hotel. Los adoquines habían sido limpiados con agua a presión y, al igual que la fachada del Cliffside, parecían nuevos. En las enormes macetas de terracota crecían árboles frondosos que se mecían bajo la brisa del océano. Al pie de esos árboles había flores y de sus ramas colgaban guirnaldas de luces. Se había pintado la fuente que había al fondo del patio y el fontanero todavía tenía que revisar las conducciones. Se apuntó llamarlo y confirmar la cita del día siguiente.

Las mesas y sillas de hierro forjado estaban recién pintadas de negro, pero los nuevos cojines todavía no se habían colocado. Los maceteros de piedra todavía estaban vacíos y las plantas que Sadie había encargado al vivero no llegarían hasta el día siguiente por la tarde.

Todo iba bien, pero por lo que fuera, no acababa de sentirse a gusto. No era capaz de dejar de pensar en Justin, preguntándose dónde estaría y cuándo volvería.

–No pareces muy contenta –dijo Mike en tono alegre.

–Lo estoy –replicó y se encogió de hombros–. Es solo que todavía queda mucho por hacer. Todavía no me ha dado tiempo a comprobar si los ordenadores de la recepción están conectados a la red y…

–Yo me ocuparé de eso, Sadie –dijo Mike y volvió la vista a Ethan, que estaba concentrado en morder un peluche.

El pequeño estaba a la sombra entretenido en su corralito, lo que permitía a Sadie ocuparse de sus quehaceres.

–Gracias, Mike, me vendría muy bien. No te olvides de anotar todo lo que necesite ser reparado antes de la inauguración.

–Cuenta con ello. ¿Tu madre está bien? Esta mañana cuando hablé con ella, me pareció que estaba un poco… tensa.

Sadie sonrió al recordar la conversación con su madre.

–Resulta que mi padre se siente mejor y quiere comprar un remolque y echarse a la carretera.

–¡Qué divertido! –exclamó Mike–. ¿Y por qué no le gusta a tu madre la idea?

–Por todo. Para mi madre, ir de camping es ir a un hotel de dos estrellas. No le gusta estar al aire libre y se siente presionada.

–¿Por qué?

–Porque se mudó a Arizona con mi padre para que estuviera relajado y se tomara la vida con calma. Ahora él quiere relajarse haciendo un viaje por carretera y a mi madre no le apetece.

–Tal vez deberían comprar una caravana. Sería como ir de acampada en tu propia casa.

–Y bastante más caro –observó Sadie.

–Sí, pero antes podían probar alquilando una y comprobar así si les gusta.

–Tienes razón. Se lo sugeriré.

Cuando Mike volvió dentro, Sadie seguía sonriendo. Al menos sus padres estaban bien. La salud de su padre estaba mejorando y su madre estaba lo suficientemente distraída como para quejarse de la acampada. Eso significaba que a pesar de lo que pasara entre Justin y ella, había hecho lo correcto. No podía olvidarlo.

Aceptar la oferta por el Cliffside y su pago al contado había supuesto una gran diferencia para sus padres. Aunque el acuerdo hubiera complicado la vida de Sadie, seguía mereciendo la pena.

–¿Verdad que sí, Ethan?

Se inclinó sobre el corralito e hizo una carantoña a su hijo. El pequeño rio y Sadie sintió que el corazón se le encogía. Estaba dispuesta a cualquier cosa por Ethan.

–Nos va a ir muy bien, cariño –le prometió–. Ya lo verás. Ahora, sigue jugando con el peluche mientras mamá repasa el pedido del vivero.

El bebé sacudió los brazos, haciendo girar el peluche en círculos. Sadie rio y se dispuso a revisar su lista. Había encargado un montón de plantas floridas para las jardineras de obra. El jardín iba a estar más bonito que nunca, con las fuentes, las macetas, la pérgola cuajada de lavanda. Todas las habitaciones que no tuvieran vistas al océano disfrutarían desde sus balcones del sonido del agua de la fuente y de un arcoíris de colores y aromas.

Iba a ser… mágico. Odiaba usar esa palabra, pero era la que mejor encajaba.

Sadie llamó al vivero y se aseguró de que al día siguiente le llevaran todo. Todavía había que dar los últimos retoques a algunas de las habitaciones y la cocina del restaurante necesitaba el visto bueno del chef. Las cartas con los menús se habían mandado imprimir y tenían carteles preparados para ser colocados en vallas a lo largo de la costa anunciando la reapertura del Cliffside.

–Crucemos los dedos para que venga gente –se dijo en voz alta.

Justin había puesto toda su ambición y sus sueños en el éxito de aquel hotel. Y para Sadie, era aún más personal. Necesitaba que aquella asociación con él triunfara porque el futuro de su hijo dependía de ello.

Sí, la familia Harris había sido propietaria durante décadas del hotel que había sido su sustento. Pero cuando hoteles más grandes y lujosos habían abierto en la zona, el negocio había bajado. Su única esperanza había sido hacer una reforma que su familia no había podido afrontar. Habían empezado a hablar con los bancos para conseguir un crédito, pero de repente su padre había enfermado y habían tenido que actuar rápido.

Entonces había aparecido Justin. Le había ofrecido sus millones y esta vez Sadie había aceptado. Pero más importante que el pago había sido conservar ese veinticinco por ciento de la propiedad. Esa cuota aseguraría el futuro de su hijo, con o sin su padre.

–¿Sadie?

–Hola, Sam –dijo volviéndose–. ¿Qué pasa? –preguntó al reparar en su expresión de contrariedad.

–Acabo de colgar con Kate.

Kate O´Hara era la prometida de Sam y estaban a dos semanas de casarse. Seguramente estaría muy nerviosa.

–¿Está bien?

–Físicamente sí, pero emocionalmente… –dijo y se pasó una mano por el pelo antes de concluir–, está histérica.

Sadie tomó su mano y tiró de él para que se sentara a su lado, en una de las sillas de hierro forjado.

–Cuéntamelo.

En la sala de reuniones, Justin miró a su alrededor. Su familia estaba allí reunida y esperaba comentarios no solo por parte de su madre sino también de sus hermanas. Según Bennett, sabían de Ethan, pero de momento nadie había dicho nada. Se limitaban a observarlo a la espera de que hablara, y le resultaba un tanto aterrador. Sabía que iban a decir algo, así que se dio prisa en contarles lo que había ido a decirles antes de que pasaran al tema de su hijo, del que todavía no quería hablar.

–Quería contaros lo que he estado haciendo en San Diego.

–Ya iba siendo hora –dijo Martin, su padre, y golpeó la mesa con la mano antes de recostarse en su asiento.

–Ya está bien, Marty –intervino Candace–. Oigamos lo que Justin tiene que decir –dijo y mirando con ojos entornados a su hijo, añadió–: Todo lo que tiene que decir.

Él carraspeó y evitó la mirada acusatoria de su madre.

—He comprado un hotel en La Jolla y lo he estado reformando para convertirlo en un hotel spa de lujo.

—¿Que has hecho qué? —preguntó su padre horrorizado.

Justin no esperaba menos. Corporación Carey estaba conformada por el Centro Carey para las artes, el lujoso centro comercial Firewood y propiedades inmobiliarias por todo el estado. A Martin solo le satisfacía que sus hijos trabajaran en los negocios familiares.

—Es un sitio precioso —continuó como si Martin no hubiera hablado.

Sabía que a su padre no le parecería bien de ninguna de las maneras, así que quería convencer a todos los demás de que lo que estaba haciendo era estupendo.

—Está justo en la playa. Lleva funcionando sesenta años y es toda una institución en La Jolla.

—Una institución —farfulló Martin.

Justin lo ignoró.

—Llevamos casi tres meses reformándolo.

Se detuvo al reparar en que había conocido a su hijo con seis meses. Si Sadie le hubiera contado la verdad antes, ya haría tres meses que habría conocido a su hijo. Aquello volvió a enfadarlo.

Incluso estando en el hotel, había ocultado a Ethan, impidiendo que Justin descubriera la verdad. ¿Con qué intención lo había hecho?

Tenía que reconocer que parte de aquel desastre era culpa suya. Era él el que se había marchado sin más. ¿Por qué iba a creer que esta vez sí se quedaría?

—¿Eso es lo que has estado haciendo todo este tiempo?

Se volvió hacia Amanda y agradeció que su hermana lo sacara de sus pensamientos.

—Sí —contestó—. Las habitaciones necesitaban una buena reforma y hemos convertido una docena de ellas en cabinas de tratamientos.

—Tratamientos —murmuró Martin sacudiendo la cabeza.

Justin continuó hablando. Quería impresionar a su familia y que se dieran cuenta de lo mucho que había conseguido en unos pocos meses.

—Hemos construido una piscina con hidromasaje y otra más cubierta que…

—¿Qué demonios es una piscina con hidromasaje? —preguntó Martin.

—Marty, para ya —le reprendió Candace.

Justin tragó saliva.

—Todas las habitaciones dan al océano o al patio, y en ambos casos las vistas son increíbles. Las cuadrillas llevan tres meses trabajando sin parar —explicó mirando a Bennett—. ¿Recuerdas las cuatro semanas que Hannah y su empresa dedicaron a la remodelación del Carey?

—Cómo olvidarlo —musitó Bennett—. Gracias al incendio y a las obras que hubo que hacer después conocí a Hannah.

Justin asintió y vio similitudes entre su hermano mayor y él. El incendio en el restaurante Carey había traído a Hannah Yates a la vida de Bennett. A él, el hotel Cliffside le había dado a Sadie.

—Estoy trabajando con Sam Jonas. Te acuerdas de Sam, ¿verdad, mamá?

—Por supuesto —contestó sin querer profundizar más—. Fuisteis uña y carne durante años. Eso me recuerda que dentro de dos semanas, toda la familia asistirá a su boda.

–Así es –replicó.

De pronto cayó en la cuenta de que los Carey coincidirían en la boda con Sadie y Ethan. Más le valía poner orden en su vida antes.

Sentía algo por Sadie. Año y medio antes se había alejado de ella porque se estaba convirtiendo en algo muy importante para él. Por entonces, tenía una misión que cumplir por su propio bien: dar forma a sus sueños lejos del negocio familiar.

Eso no había cambiado. Había avanzado en su empeño, pero ¿podía dedicarles a Sadie y a Ethan la clase de atención que se merecían mientras él se forjaba un futuro? Si todavía no estaba preparado… ¿estaba dispuesto a perderla? ¿Y a su hijo?

Tenía la cabeza a punto de estallar y necesitaba tranquilidad para pensar.

Pero su madre tenía más cosas que decir.

–¿Qué más novedades hay en La Jolla? –preguntó con un brillo cómplice en la mirada.

–¿Te parece poco que tu hijo esté montando un negocio al margen de Corporación Carey? –preguntó Martin mirando anonadado a su esposa–. ¿No te parece novedad suficiente?

–De hecho –continuó Justin interrumpiendo a su padre y evitando responder a su madre–. Teniendo en cuenta que Bennett ha invertido en el hotel, técnicamente se podría decir que el Cliffside es parte de la compañía. Voy a cambiarle el nombre por Carey Cliffside, así que…

–¡Bennett! –exclamó Martin dirigiendo una mirada asesina a su hijo mayor–. ¿Tú también estás en esto?

–Era una buena inversión y Justin devolvió el préstamo en cuanto llegó el dinero del fideicomiso.

–¿Has usado tus fondos? –preguntó Martin con gesto de indignación.

–Para eso está el dinero, papá –respondió Justin–. Además, no lo he usado todo y, una vez se inaugure el hotel, ya no importará.

–¿Que no importará?

Los rugidos de Martin fueron silenciados por las voces de los otros Carey.

–Y ya que hablamos de eso, papá –añadió Bennett–, Justin me ha contado que planea construir una cadena de spas de lujo a lo largo de toda la costa de California. El siguiente en Newport Beach. Con el tiempo, extenderá la idea por todo el país. Y tienes que saber que Corporación Carey va a invertir en el proyecto.

Justin sonrió y Martin dio una palmada en la mesa. Miró a un hijo y luego al otro, dolido, con la traición reflejada en sus ojos.

–¿Sin hablarlo conmigo?

Bennett dedicó una sonrisa complaciente a su padre y Justin aplaudió mentalmente. Su hermano era otro desde que estaba con Hannah. Se sentía más seguro que nunca, algo difícil de creer.

–Sí, papá –dijo Bennett tranquilamente–. Ahora soy el presidente y tomo las decisiones.

–¿Y estás dispuesto a pisotear a tu padre?

–Papá, se supone que te has jubilado, ¿recuerdas? Nos has pasado la compañía para que seamos nosotros ahora los que la cuidemos y la hagamos crecer. Es nuestro momento, papá.

Martin apretó los labios furioso, como si estuviera conteniéndose para no decir lo que estaba pensando.

Había que reconocer el gran esfuerzo que hacía por controlarse. Tal vez por fin estaba asumiendo su jubilación.

–¿Cuándo abrirá el hotel y podremos ir a verlo?

La pregunta de Serena lo dejó helado.

Justin no quería que su familia fuera en tropel a conocer el hotel antes de tiempo porque eso supondría que conocerían al bebé y todavía no estaba preparado. Necesitaba arreglar las cosas con Sadie y, de momento, no había encontrado la manera de conseguirlo.

–La inauguración será en tres semanas –contestó ignorando el resto de la pregunta–. De hecho, Serena, me gustaría que me dieras tu opinión en algunas ideas que tengo sobre marketing. Una semana antes de abrir, vamos a publicar anuncios en periódicos, internet, revistas… Incluso pondremos un cartel en una valla de la autopista de la costa anunciando los cambios y la gran reapertura.

Serena sonrió y le dio una palmadita en la mano.

–No parece que necesites mi ayuda, pero cuenta conmigo para lo que quieras.

–Gracias.

–¿Es que soy el único al que le importa que Justin se aparte de los negocios familiares? –preguntó Martin, mirándolos uno a uno.

–Al parecer no, cariño –le dijo a su marido antes de volverse hacia Justin–. ¿Y mi nieto?

–¿Qué nieto? –gritó Martin.

–Se llama Ethan –dijo Amanda.

Bennett se frotó la frente y Serena tiró de la manga de la cazadora de cuero de Justin para conseguir su atención.

–¿Tienes fotos?

—Espero que sí –intervino su madre.

—Su nombre completo es Ethan Harris y tiene seis meses.

Justin sacó su teléfono, abrió la aplicación de fotos y le pasó el aparato a su madre.

—Oh, Dios mío.

Al instante, Candace se emocionó al ver las fotos, y Amanda y Serena se levantaron de un salto y se acercaron a su madre.

—¿Tu hijo se apellida Harris? –preguntó Martin–. ¿No vas a darle tu apellido a tu hijo? ¿Pero qué demonios…

Conocía a su padre. Tan pronto se le disparaba el temperamento como se calmaba. Martin se sentía acorralado: Justin había dejado el negocio familiar y su esposa estaba viviendo con Bennett y Hannah. Además, se sentía cada vez más arrinconado en la compañía que había ayudado a construir. Justin estaba dispuesto a darle una tregua a su padre.

—No me había enterado de lo de Ethan hasta hace diez días –reconoció.

—Oh, Justin…

Su madre lo miró con una mezcla de decepción y compasión en sus ojos.

—Ahora que sé de él, las cosas van a cambiar, incluyendo su apellido.

Desde que había sabido de Ethan, Justin no se había quitado aquella idea de la cabeza. Su hijo llevaría su apellido, tanto si le gustaba a Sadie como si no. Estaba dispuesto a adoptar legalmente al hijo que había ayudado a engendrar.

—Eso está bien –murmuró Martin.

—¿Y cómo vas a conseguir que su madre acceda? –preguntó Bennett.

–Todavía no lo he pensado –respondió Justin.

–Hay una forma muy sencilla –dijo alegremente Amanda–. Ya tenemos a tres hermanos Carey planeando bodas. ¿Por qué no nos casamos los cuatro?

–¿Casarme? –dijo Justin sacudiendo la cabeza.

–¿Por qué no? –preguntó su madre–. Tienes un hijo. ¿No sientes algo por su madre?

–Por supuesto que sí.

–¿Entonces?

De ninguna manera iba a permitir que su madre lo coaccionara para casarse por asegurarse una relación con su nieto. Solo porque sus hermanos fueran a casarse no significaba que era lo mejor para él. Ya en una ocasión había dejado a Sadie porque se había convertido en algo muy importante para él. Por entonces, había tenido que concentrarse en su futuro, en los objetivos y en los planes que se había propuesto. Ahora esos sentimientos eran todavía más fuertes. Había vuelto a su vida con un hijo del que enseguida se había encariñado, se preguntó si por fin había conseguido asentarse.

La respuesta era que no.

No podía arriesgarse y casarse sin saber si iba a triunfar. Había tardado mucho tiempo en averiguar qué quería hacer con su vida y aún tenía que comprobar que había tomado la decisión adecuada. ¿Cómo arriesgar la felicidad de Sadie y la seguridad de Ethan? No, antes tenía que triunfar y solo entonces podría considerar la posibilidad de casarse.

–No me apetece hablar de esto con todos vosotros. Esa decisión nos corresponde a Sadie y a mí. Solo he venido para contaros lo del hotel e invitaros a que vengáis a San Diego a la gran inauguración.

Bennett hizo una mueca y se recostó en su asiento.

Martin tamborileaba con los dedos sobre la mesa mientras las tres mujeres seguían viendo fotos del bebé. Justin vio una lágrima en la mejilla de su madre y se dio cuenta de que estaba en un lío. Candace Carey no iba a cejar en su empeño de conocer a su nieto sin esperar una invitación.

—Bueno, si eso es todo del nuevo negocio… —dijo Bennett poniéndose de pie.

—No, no lo es —dijo Martin y Bennett se dejó caer en su silla con un suspiro.

—¿Qué hora es? —preguntó Bennett.

Serena miró la hora en el teléfono de Justin.

—Casi medianoche.

—¿Dónde está tu reloj?

Bennett se encogió de hombros.

—A Hannah no le gusta.

—Esto es demasiado —anunció Martin a todo el que estuviera dispuesto a escuchar—. Muchas cosas están cambiando. Todo el mundo se casa, Bennett prescinde de su reloj, Justin no solo tiene un hijo, también un hotel —dijo y sacudió la cabeza como si estuviera despertando de un sueño—. Mi esposa vive con nuestro hijo y queda a comer con un hombre más joven.

—De verdad, Martin… —dijo Candace arrugando el entrecejo—. Ahora te estás compadeciendo de ti mismo.

—¿Y quién tiene más derecho? Candy, es hora de que vuelvas a casa y dejes ya esa tontería de vivir en casa de Bennett.

Le devolvió el teléfono a Justin y miró a su marido.

—¿Estás dispuesto por fin a jubilarte?

—Ya te he dicho que estoy jubilado.

—Entonces, ¿por qué estamos en esta reunión? —preguntó arqueando las cejas–. Deberíamos estar en un crucero camino de Inglaterra.

Martin frunció el ceño. Sus cuatro hijos contuvieron la respiración.

–Ya veo que no tienes respuesta –murmuró Candace.

–Maldita sea, Candy, podemos ir de crucero en cualquier momento. Hannah se ha mudado a vivir con Bennett. ¿Por qué no les dejas privacidad?

Su esposa rio y se puso de pie.

–Así que quieres que vuelva a casa porque te preocupa Bennett, ¿no es eso? Bueno, déjame que te cuente que Hannah y yo lo estamos pasando muy bien quitando todas las gamas de beis de casa de Bennett.

–No estaba tan mal –farfulló Bennett.

–Sí que lo estaba –dijeron Amanda y Serena al unísono.

Justin se sentía aliviado de no ser el tema de conversación.

–Maldita sea, Candy, ¿qué ha pasado con nuestras vidas? –preguntó mirándose las manos–. Encima, dos hijos de mis hijos están en mi contra.

–Oh, Martin.

–Estás viviendo en casa de Bennett solo para castigarme y ahora tenemos un nieto que ni siquiera lleva nuestro apellido.

Sacudió la cabeza. Tenía el aspecto de lo que era, un sexagenario que estaba viendo cómo su familia se distanciaba mientras cada uno hacía su propia vida.

Nadie en la habitación parecía cómodo con el giro que había tomado la reunión. Candace se levantó y puso una mano en el hombre de Martin.

–Marty, cuando te des cuenta de lo que es verdaderamente importante, ya sabes dónde encontrarme –dijo suavemente antes de volver la mirada a Justin con lágrimas en los ojos–. Tu hijo es tu viva imagen de bebé. No lo alejes de nosotros.

Justin abrió la boca para decir algo, pero se salvó de responder cuando su madre se dio media vuelta y salió de la sala de reuniones. Amanda y Serena le dirigieron una mirada asesina y siguieron a su madre.

Martin se sentó en su asiento con la mirada perdida. Bennett se levantó, dio un codazo a su hermano y le señaló con la cabeza hacia la puerta. Dejaron a su padre a solas y salieron. Bennett no se detuvo hasta que hubieron avanzado un buen trecho del pasillo.

–Eres consciente de que mamá no se va a sentar a esperar a que le lleves a tu hijo de visita.

Justin se pasó una mano por el pelo. Conocía a su madre. También conocía a Sadie y sabía que, teniendo en cuenta lo que sentía por la familia Carey, no le haría ninguna gracia que Candace apareciera de repente reclamando a su nieto.

–Lo sé.

–Si te hace sentir mejor –dijo Bennett con una sonrisa–, Hannah y yo estamos haciendo todo lo posible por engendrar otro nieto Carey.

Justin rio.

–Poned más empeño.

–Te prometo que lo haré –replicó Bennett dándole una palmada en la espalda–. Vamos, te invito a comer antes de que vuelvas. Así podrás contarme del hotel, del niño y de esa mujer que evitas mencionar.

–Si evito hablar de ella, lo cual no es cierto… Espera, ¿qué te hace pensar que voy a hablarte de ella?

–Porque necesitas desahogarte. Ya sabes que aquí me tienes –dijo Bennett de camino al ascensor.

Justin detestaba que su hermano tuviera razón, pero estaba fascinado por cómo había cambiado desde que estaba con Hannah.

Su padre tenía razón, la familia Carey se estaba reescribiendo.

¿Sería una comedia o una novela de terror?

Capítulo Ocho

–¿Estás segura?

–Completamente –dijo Sadie, dándole un abrazo a Sam.

Habían estado hablando un par de horas, repasando todo una y otra vez, y Sadie por fin lo había convencido. Sam tardó unos segundos más en soltarla y, cuando lo hizo, estaba sonriendo.

–Te debo una, Sadie.

–De ninguna manera. Será divertido –afirmó y abrió otra nota en su teléfono–. Pongámonos manos a la obra. Vamos a empezar a hacer una lista con todo lo que se nos ocurra y ya iremos añadiendo más cosas.

–¿Me he perdido algo?

Sadie y Sam se volvieron para mirar a Justin mientras atravesaba el patio. Sadie estudió su rostro para adivinar cómo había ido la reunión de la familia Carey, pero su expresión era indescifrable. Lo cual era señal de que no había ido bien.

–¿Falta algo? –preguntó Sam mirando de reojo a Sadie–. Bueno, lo que has visto es una celebración de alivio, aunque todo depende de si estás de acuerdo.

–¿De acuerdo con qué? –preguntó Justin mirando alternativamente a Sadie y a Sam–. ¿Qué está pasando? –preguntó confuso.

–Es una larga historia –dijo Sam–, pero te contaré la versión corta.

—Teniendo en cuenta que acabo de salir de la autopista, te lo agradezco.

—Kate me llamó esta mañana llorando —dijo Sam.

—¿Qué ha pasado? —preguntó Justin acercándose.

—Es sobre el lugar donde vamos a celebrar la boda —dijo Sam y se pasó una mano por la cara—. Justin, ¿recuerdas que te llevé a aquella casa victoriana en Old Town, en San Diego?

—Me acuerdo. Kate eligió aquel lugar para casaros.

—Exacto —dijo Sam mirando a Sadie—. Le gustó para celebrar allí el banquete y a mí me daba igual dónde casarnos, siempre y cuando nos casáramos.

—¿Qué ha pasado? —preguntó Justin.

—Kate me ha llamado esta mañana llorando. Un calentador ha reventado y se ha inundado.

—Van a cerrar un mes para limpiarlo.

—Vaya, eso es terrible —dijo Justin y se metió las manos en los bolsillos—. ¿Cómo se lo ha tomado Kate?

—¿Cómo crees que se lo ha tomado? Quedan dos semanas para la boda.

Justin se frotó la frente.

—Sí, claro. Lo siento.

—En fin. La han llamado para decírselo esta mañana y desde entonces no ha parado de llorar.

—Es comprensible —comentó Sadie.

—He intentado calmarla —prosiguió Sam—. Le he dicho que daba igual dónde nos casáramos, que podíamos reunir a nuestras familias e ir al juzgado —dijo y suspiró—. Ahí es cuando han empezado los gritos.

—Entiendo el desastre. Lo que no acabo de entender es qué estabais celebrando cuando he llegado.

—Porque, siempre y cuando esté de acuerdo, Sadie me ha salvado el día. Y probablemente la vida.

–Bueno, eres mi amigo, te prefiero vivo –dijo Justin–. ¿Cuál es la solución?

–Vamos a celebrar la boda aquí, en el patio –terció Sadie–. Podemos colocar mesas y que el banquete lo sirva nuestro restaurante.

–Pero todavía no hemos abierto –observó Justin.

–Por eso es perfecto –replicó Sadie.

–Creo que tiene razón –convino Sam.

–Te casas es dos semanas –dijo Justin mirando a Sadie–. No nos da tiempo a tenerlo todo listo.

–Claro que sí. Lo que nos queda son básicamente los retoques y las plantas para el patio llegan mañana. No hace falta que las cabinas de tratamiento estén listas. Esto estará precioso. Se trata de una boda y una fiesta, eso es todo.

–Mi equipo terminará todo lo necesario con tiempo suficiente.

Sadie miró a Justin, que se había quedando pensativo considerando la idea.

–Podemos tomarnos la boda como una especie de ensayo antes de la gran inauguración.

Él la miró y, después de unos segundos, sonrió.

–No está mal.

–Sabía que te gustaría la idea.

–Entonces, ¿seguimos adelante? ¿Puedo llamar a Kate y decírselo?

–Por supuesto –dijo Sadie sin apartar la vista de Justin–. Puede venir a verlo y pensar cómo quiere organizar las cosas.

–Dile que todo va a salir bien –intervino Justin.

Sam estrechó la mano de Justin, se volvió y volvió a darle un abrazo a Sadie.

–Tal vez os arrepintáis de esto. La madre de Kate es

un poco quisquillosa, pero ya es demasiado tarde para echaros atrás.

Cuando se apartó para llamar a su novia, Sadie volvió la vista a Justin.

—Está muy agradecido.

—Sí, ya lo veo —dijo lanzando una mirada a su amigo, que estaba riendo mientras hablaba por teléfono—. Ha sido una gran idea ofrecerle el hotel.

—Será divertido —replicó ella, deseando cambiar de tema.

Había estado preocupada desde que Justin se fue al condado de Orange. No había podido evitarlo. En cuanto los Carey supieran de la existencia de Ethan, todo cambiaría. Tenía que estar preparado.

—¿Cómo ha ido la reunión?

¿De verdad quería saberlo? ¿Les habría hablado de Ethan? ¿Habrían hablado ya con sus abogados?

—Como era de esperar. Respecto al Cliffside, mi padre ha reaccionado como si fuera el fin de la familia Carey.

Ella parpadeó. Sadie no podía imaginarse una familia en la que no se apoyaran mutuamente.

—Vaya, eso es cargarte con demasiada responsabilidad.

—Mi padre siempre sabe donde apuntar —dijo dejándose caer en una de las sillas de hierro forjado.

—Bueno, eso es terrible. ¿Se pusieron todos en tu contra?

—No, solo mi padre —contestó frunciendo el entrecejo—. Ha sido como esperaba. Piensa que toda la familia está en su contra y el que mi madre esté viviendo en casa de Bennett no resulta de ayuda.

—¿Por qué?

–Es una larga historia –dijo y se quedó pensativo antes de añadir–: Y muy extraña también, muy Carey.

Entonces, Sadie sí que quiso conocerla. Su curiosidad debió de resultar muy evidente, porque Justin enseguida añadió que se la contaría más tarde.

–De acuerdo –replicó ella.

–¿Dónde está Ethan? –preguntó.

–Justo ahí, en su corralito, durmiendo.

Justin se acercó y se quedó mirando al bebé. Sadie sintió un pellizco en la boca del estómago. Justin miraba al niño como si lo viera por primera vez.

–¿Qué pasa?

–Nada –contestó él negando con la cabeza.

–Es evidente que pasa algo y si no me lo cuentas, mi cabeza va a empezar a considerar todo tipo de posibilidades.

Justin se volvió para mirarla.

–No te recuerdo tan… nerviosa.

–Nunca lo he sido hasta que he tenido a Ethan –dijo mirando al bebé–. Es increíble la cantidad de preocupaciones que pueden asaltarte –añadió mordiéndose el labio inferior–. Ahora todo gira en torno a él.

–Es comprensible –murmuró Justin.

Sam volvió junto a ellos.

–¿A qué vienen esas caras tan largas? ¿Habéis cambiado de opinión? Porque mañana vienen Kate y su madre a organizarlo todo. Kate está muy agradecida y se ha puesto a llorar, esta vez de alegría.

–No, no hemos cambiado de opinión –le aseguró Justin dándole una palmada en la espalda–. No tienes de qué preocuparte. Será una boda preciosa. Nos aseguraremos de que así sea.

–Gracias, muchas gracias a ambos –dijo Sam

guardándose el teléfono en el bolsillo–. Me voy para el tercer piso para decirles a los chicos que se pongan las pilas y terminen todo. Tenemos una boda que organizar.

Cuando se fue, Sadie se quedó mirando cómo se alejaba.

–Quiere tener feliz a Sadie, pero Sam también está muy emocionado por casarse.

–Claro que lo está –dijo Justin–. ¿Por qué iba a casarse de no ser así?

Desde que había aparecido en el patio, Sadie había percibido que Justin estaba tenso. ¿Sería por su padre o porque sus expectativas se estaban viendo truncadas? ¿Acaso estaba pasando algo más? Ladeó la cabeza y se quedó mirándolo.

–Cuéntame qué está pasando, Justin.

–¿Qué quieres decir?

–Pareces… No sé. Enfadado no, pero… parece que pasa algo.

Justin se frotó la nuca.

–Mi familia sabía de Ethan.

–¿Qué?

–Sí. Bennett se lo dijo a Hannah, Hannah a mi madre y a partir de ahí se enteró todo el mundo.

–¿Todos?

–Bueno, todos menos mi padre –dijo encogiéndose de hombros–. Estos días está con la cabeza en otro sitio.

¿Qué suponía para ella? ¿Y para Ethan? Sabía que los Carey lo descubrirían antes o después, y ya se habían enterado. No sabía qué hacer. ¿Quedarse, irse a Arizona? ¿Acompañar a sus padres en su viaje en caravana?

–Vamos, Sadie –continuó Justin al ver su expresión–, son mi familia. ¿Acaso piensas que van a venir hasta aquí a secuestrar a Ethan?

–¿Qué quieres que te diga? –dijo ella abrazándose por la cintura–. No conozco a tu familia. Lo único que sé de ellos es que tienen más dinero del que yo tendré jamás. Así que, ¿cómo no preocuparme de que quieran arrebatarme a Ethan y criarlo como a un Carey?

–Ya es un Carey.

–Se apellida Harris –observó Sadie.

–De momento.

–¿Ves? Es la clase de comentario que me lleva al límite de mis propios miedos.

Justin le dio la espalda y, alejándose del bebé para no despertarlo, se dirigió hacia las sillas que estaban en la sombra.

–¿Por qué no iban a saber que tengo un hijo?

En lugar de sentarse en una de las sillas, siguió caminando hasta apoyarse en una maceta que le llegaba a la altura de la cadera.

–Es mi hijo.

–Por supuesto que es tu hijo –replicó ella sacudiendo las manos en el aire–. Ya te lo he dicho.

–Sí, pero antes de venir, fui a recoger los resultados de la prueba de ADN. Es oficial: es mi hijo.

Sadie sacudió la cabeza, sin poder salir de su asombro.

–¿Acaso pensabas que te estaba mintiendo?

–No, claro que no. No tendría sentido ya que es muy fácil de comprobar.

–Vaya, muchas gracias.

–Además, se parece mucho a mí –dijo frotándose la frente–. Pero de alguna manera, ese informe ha sido como recibir una bofetada y todavía estoy desconcertado.

Una sensación de pánico asaltó a Sadie. Sintió que el estómago se le revolvía y la boca se le secó.

—Eso no cambia nada, Justin.

—¿Ah, no? —dijo y una carcajada escapó de su garganta—. Siempre he pensado que algún día sería padre, pero antes de conocernos, no era un buen candidato para la paternidad.

—Justin…

No sabía qué decirle. Tenía razón. Se había apartado de ella en cuanto sus planes se habían evaporado, en cuanto le había dicho que lo amaba.

—No estoy seguro de ser el mejor candidato a padre en este momento —dijo mirando hacia donde su hijo dormía, pero quiero que sepas que no voy a volver a marcharme. Voy a quedarme, Sadie. Es mi hijo y no voy a perderlo.

—¿Qué estás diciendo, Justin?

—Te lo diré en cuanto tenga todos los ángulos resueltos.

—Claro, los ángulos.

Se volvió hacia el bebé, pero Justin la tomó del brazo para detenerla. Bajó la vista hacia donde la estaba sujetando. Sentía su calor penetrando en su cuerpo y hundiéndose en lo más profundo de su alma.

—Quieres a tu hijo, Justin, no a la madre de tu hijo —dijo buscando su mirada.

—Te equivocas. Te deseo.

—En la cama.

—¿Hay algo malo en eso? —preguntó sin soltarla—. Hace más de una semana desde que nos acostamos, Sadie. ¿Por qué te alejas de mí?

–No te he oído quejarte.

–Tal vez no estabas prestando la debida atención. Pero ¿por qué?

–Porque no puedo volver a hacerlo, Justin –contestó y se quedó mirando el cielo entre las ramas de los árboles–. No puedo entrar y salir de tu cama con la misma facilidad que la primera vez. Soy madre, no puedo pensar solo en lo que quiero.

–Así que me quieres –comentó y curvó los labios.

–Justin, seguramente te seguiré deseando después de mi muerte.

–Qué agradable pensamiento.

–No podemos hacer esto.

–Se nos da muy bien –dijo acercándose a ella.

Bajo la sombra de los árboles, lo miró a los ojos y vio algo más que deseo. Había dolor y preocupación, y supuso que su mirada reflejaría los mismos sentimientos. ¿Así que por qué complicar las cosas?

Justin deslizó la mano por su brazo hasta llegar a su hombro. Luego le acarició la nuca hasta casi hacerla ronronear.

–Justin…

–Un beso. Ha sido un día largo y duro. Solo un beso, Sadie.

Acercó los labios a los suyos y en cuanto se rozaron, Sadie supo que estaba perdida. Aquella chispa que saltaba cada vez que la tocaba; aquel fuego que la consumía en su interior y que la mantenía despierta cada noche, anhelándole. Un beso nunca sería suficiente, pero aun así lo deseaba.

Lo rodeó por el cuello y se estrechó contra él mientras la reclamaba con su boca en un movimiento tierno y desesperado que la hizo temblar entre sus brazos.

Cuando por fin apartó la cabeza y la miró a los ojos, Sadie supo que no habían terminado.

—Esta noche iré a tu habitación y una vez se duerma Ethan...

Al instante sintió que se excitaba. Eso nunca cambiaría. Siempre reaccionaría de la misma manera ante Justin.

—Hasta esta noche —dijo, confiando en saber lo que estaba haciendo.

Justin llevó pizza y vino de cena cuando fue a la suite de Sadie. Habían sido un día de locos, pero las cosas empezaban a mejorar. Hacía más de una semana que había estado con Sadie y desde entonces, apenas había podido dormir por las noches. Eso iba a terminar esa noche.

Los asuntos con su familia estaban casi resueltos. Estaba a punto de cumplir sus objetivos y hacer realidad sus sueños. Era el momento de dejar de pensar en el futuro que vendría después de la reapertura del hotel. Lo único que quería era concentrarse en concluir ese proyecto, conocer a su hijo y disfrutar de Sadie.

Llamó a la puerta y cuando se abrió, vio a Sadie con la melena recogida en una coleta y una mancha naranja en su camiseta amarilla. Tenía los labios tensos, los ojos brillantes y parecía cansada mientras sostenía en brazos a Ethan, que estaba llorando.

—Me alegro de que hayas venido.

Le entregó al bebé y rápidamente le quitó la pizza.

—Tu turno.

Ethan lanzó los brazos hacia su padre sin dejar de llorar.

–¿Mi turno?

Tomó al bebé en brazos y se quedó mirando su pequeño rostro compungido. Con lágrimas rodando por sus mejillas, el niño chilló, y fue como si un clavo le atravesara la sien. Justin miró a Sadie mientras le quitaba la botella de vino de la otra mano.

–¿Qué le pasa?

–Buena pregunta –dijo sacudiendo la cabeza–. ¿Por qué no se lo preguntas a él?

Llevó la pizza y el vino hasta la mesa de centro, y luego sacó dos copas de la barra que había la lado antes de sentarse en el sofá.

–¿Qué quieres que haga con él? –preguntó sorprendido de que no le ayudara.

–Tranquilízalo –contestó mirándolo–. Dale un baño, cámbiale el pañal, ponle a dormir… Lo que quieras.

Sadie…

Levantó la mano para hacerle callar, reclinó la cabeza y cerró los ojos. Justin se quedó mirando a su hijo, aterrorizado. Las otras veces que había visto a Ethan, todo habían sido sonrisas. Su única experiencia con bebés había sido con su sobrina Alli. Cada vez que tenía una rabieta, simplemente la dejaba con su madre y se iba.

Pero esa no parecía ser una opción en aquel momento.

Mientras seguía sin saber qué hacer, Ethan comenzó a abofetearle con ambas manos antes de meterle uno de sus pequeños dedos en el ojo.

–¡Eh!

–Sí, ten cuidado –le advirtió Sadie demasiado tarde–. Esos dedos necesitan un corte de uñas.

Justin la miró y vio que estaba abriendo una botella de vino.

–¿No vas a ayudar?

–Ya te he dicho que es tu turno. Tú eres el padre, ejerce como tal.

–Muy bien.

¿Tan difícil era? ¿Acaso pensaba que no podía hacer nada? ¿Lo estaba poniendo a prueba? Tal vez esperaba que lo dejara y se marchara. Miró a su hijo gritando y consideró esa posibilidad muy seriamente.

Pero eso solo serviría para demostrarle que no se sentía capaz de apaciguarlo, que se marcharía en cuanto las cosas se complicaran. Así que sí, estaba dispuesto a hacer algo.

Sadie se sirvió una copa de vino, puso los pies en la mesa y se quedó mirándolo.

–Los pañales están en su habitación, hay comida en esa barra y estoy segura de que sabrás encontrar la bañera.

–¿Acaso crees que no soy capaz?

Ella sonrió mientras daba un sorbo a su vino.

–Creo que estás pensado en volver al condado de Orange.

Era cierto, pero no iba a decírselo.

–Toma un poco de pizza –le dijo y se llevó al bebé de la habitación.

–Buena idea.

Una hora después, Justin estaba agotado y empapado, además de oler mal por la bocanada de vómito que Ethan había soltado en la camisa de su padre. Pero al menos, pensó mientras salía del dormitorio del niño, había conseguido tranquilizarlo y dormirlo.

Un milagro.

Volvió al salón de la suite. Sadie seguía en el sofá, bebiendo vino, y al verlo aparecer lo miró con interés.

—¿Qué tal ha ido?

—Curioso –dijo y se sentó a su lado.

Tomó la copa de su mano y dio un largo sorbo de vino.

—¿Me has puesto a prueba, verdad?

—Sí –contestó sonriendo–. Quería ver cómo reaccionabas cuando Ethan no es tan adorable.

—¿Sorprendida de que lo haya conseguido?

—Sí. Estaba convencida de que saldrías corriendo.

Tomó la otra copa, la llenó y se la dio. Luego recuperó la suya.

—Gracias –murmuró–. Tengo que reconocer que ese fue mi primer impulso, darme media vuelta, meterme en el coche y huir.

—Enhorabuena –dijo ella, levantando su copa en un brindis–, ya eres oficialmente padre. A todos nos pasa. Todos pasamos en algún momento por la desviación a una carretera y pensamos: en tres días, podría estar a miles de kilómetros. Pero enseguida lo descartamos.

—¿Tú también? –preguntó sorprendido.

Sadie rio.

—Por supuesto que yo también. Lo quiero más que a nada, pero a veces pienso que echaría a andar y no pararía.

—¿Sabes? Nunca he reconocido el mérito de mi hermana Serena. Ella también es madre soltera. El imbécil de su ex la dejó…

Sadie arqueó las cejas y Justin enseguida adivinó lo que estaba pensando.

—No es lo mismo. Yo no sabía nada de Ethan.

—Cierto –convino Sadie–. Y ahora que lo sabes…

—Sigo aquí, ¿no? –dijo y miró hacia la puerta de la

habitación del niño–. ¿No deberíamos estar más callados?

–No –respondió ella sonriendo–. Una vez que se duerme, nada lo despierta.

–Gracias a Dios –dijo Justin y dio un largo sorbo a su vino–. ¿Te apetece un poco de pizza fría?

Se quedó observándolo largos segundos y pensó que nunca lo había visto tan… tentador. Tenía el pelo revuelto, la camisa y los vaqueros manchados, olía a agrio y todavía no podía abrir del todo el ojo que Ethan le había golpeado. Se le veía más auténtico que nunca. Una sensación de calidez se extendió por su pecho. Lo había amado en otra ocasión y seguía amándolo, aunque esta vez el amor era más intenso a la vez que más aterrador.

Aun así, ya se preocuparía más adelante o al día siguiente. No quería desperdiciar la noche.

–La pizza fría siempre es una buena idea –dijo–. Como también lo es una ducha caliente seguida de…

No la dejó terminar.

–No tienes que convencerme.

Se inclinó para besarla y Sadie jadeó al sentir la humedad del vino al derramarse sobre su camiseta.

–Creo que a los dos nos vendría bien una ducha –dijo él sonriendo.

–Así ahorraremos agua –susurró ella–. Bueno para nosotros, bueno para el planeta.

–Ahí tienes.

Dejó las copas de vino en la mesa, se levantó y le ofreció su mano. Ella la entrelazó con la suya y la ayudó a ponerse de pie.

–Pensaba que estabas cansado.

Justin la miró y le dedicó una sonrisa.

–Creo que estoy recuperando las fuerzas.

–Me alegro de oírlo.

En el lujoso cuarto de baño recién reformado había una bañera en un rincón y una gran ducha con un banco y seis surtidores de ducha. Los baldosas turquesas brillaban bajo las luces y recordaban el color del mar.

–Es lo suficientemente grande para los dos –comentó Sadie.

–Es la mejor propuesta que he tenido en mucho tiempo.

Fue a abrazarla, pero Sadie se escabulló. Puso a correr el agua caliente y rápidamente se quitó la ropa mientras el vapor lo envolvía todo. Luego se metió en la ducha, bajo el chorro del agua, y se apartó el pelo de la cara para mirar a Justin. Sus latidos se aceleraron y, cuando se unió a ella bajo la ducha, lo abrazó.

–Vaya, sí que has puesto el agua caliente –dijo riendo mientras se apartaba del chorro.

–Me gusta muy caliente.

–Sí, ya lo veo.

Tiró de ella y la atrajo hasta que sus cuerpos quedaron pegados.

–Vamos a ver si podemos calentarla aún más.

Tomó un poco de gel del dispensador y con las manos enjabonadas recorrió todo su cuerpo. Sadie cerró los ojos y se concentró en la deliciosa sensación de las manos de Justin moviéndose sobre su piel: arriba y debajo de la espalda, por las caderas, recorriendo la curva de sus nalgas... Luego le acarició los pechos hasta dejarla sin respiración y poco a poco fue bajando. Separó las piernas y cuando la tocó, Sadie jadeó y se echó sobre él dejando que el agua cayera sobre ella.

Al cabo de unos minutos, la llevó de nuevo bajo el chorro del agua hasta que las burbujas de jabón se deslizaron por sus cuerpos hasta los pies. Entonces Justin cerró el grifo, tomó una toalla y se envolvieron en ella. Ambos vibraban de deseo.

—Me estás matando —susurró Sadie.

Sentía que el cuerpo le ardía y que la sangre de sus venas hervía.

—Todavía no —dijo él frotándole el cuerpo arriba y abajo con la toalla.

—Ya estamos bastante secos —replicó ella y, tomándolo de la mano, lo condujo al dormitorio.

Apartó el edredón verde y tiró de él hacia la cama. Justin la tomó por las muñecas con una mano y le sujetó los brazos por encima de la cabeza.

—Esta vez no, Sadie. No hay ninguna prisa. Esta noche quiero saborearte.

Deslizó los labios por sus pechos, tomándose su tiempo para mordisquear sus pezones erectos. Sadie se arqueó contra él y gimió incapaz de contenerse. Justin le soltó las manos, pero siguió explorándole cada centímetro de su cuerpo como si nunca antes la hubiera tocado.

Y así era, pensó. Nunca antes la había tocado de aquella manera. Era como si la estuviera adorando, como si fuera lo más importante del mundo para él.

Los ojos se le llenaron de lágrimas y los cerró para evitar que se diera cuenta. Pero estaba demasiado ocupado para darse cuenta. Siguió bajando por sus costillas y a lo largo de su vientre hasta llegar a la entrepierna.

–¡Justin!

–Te estoy saboreando, Sadie –le recordó.

Era demasiado, pero no suficiente. Hundió la cabeza en el colchón mientras le separaba las piernas. Después la sujetó e inclinó la cabeza sobre ella, y con sus labios, lengua y dientes le hizo cosas que la transportaron más allá del placer.

Una y otra vez la llevó al límite y luego se apartó, dejándola temblando al borde del abismo. Con el corazón acelerado, apenas podía respirar.

–¡Justin! No puedo soportarlo más.

–Tómalo todo, Sadie –le susurró antes de colocarse sobre ella y cubrirla con su cuerpo.

Mientras la besaba, la penetró. Ella jadeó.

–Te he echado de menos, Sadie –dijo hundiendo el rostro en su cuello.

–Yo también te he echado de menos –admitió levantando las caderas hacia él.

Justin levantó la cabeza y la miró fijamente a los ojos.

–Llevo año y medio echándote de menos.

Sintiendo su cuerpo profundamente hundido en el de ella, era incapaz de pensar.

–Justin… no.

La voz le salía entrecortada mientras se movía sobre ella cada vez más rápido, dándole lo que le había negado unos minutos antes.

Entonces la besó, ahogando sus suspiros con su boca y se afanó en llevarlos a ambos al borde de la cordura. Tomados de las manos y con los cuerpos entrelazados, juntos traspasaron el límite.

Capítulo Nueve

Cuando pudieron moverse de nuevo, Justin fue al salón, tomó el vino y la pizza y los llevó al dormitorio de Sadie.

Ella se recostó en el cabecero y lo observó, consciente de que jamás olvidaría aquella imagen. Con una mano hacía equilibrismos con dos copas sobre la caja de pizza y con la otra llevaba la botella de vino. Tenía el pelo revuelto y estaba desnudo. La boca se le hizo agua contemplando su cuerpo musculoso y bronceado, aunque acababa de experimentar el mejor orgasmo de su vida. Seguía deseándolo y siempre lo desearía.

Justin dejó la caja entre ellos, sobre la colcha, y Sadie sujetó las copas mientras él servía el resto del vino.

—¿Tienes hambre? —le preguntó después de besarla.

—Sí.

Sadie dio un sorbo a su vino para aflojar el nudo que sentía en la garganta. Comer no estaba en su lista de prioridades en aquel momento. Tenía demasiadas cosas en la cabeza, pero no quería confesárselo.

Justin abrió la caja, pero antes de servirse, se volvió hacia ella.

—Antes de que comamos… He estado pensando y hay algo de lo que quiero hablar contigo.

—¿De qué se trata?

Ella contuvo el aliento, sin saber muy bien dónde quería ir a parar y si le iba a gustar lo que iba a decir.

–Bueno –comenzó e hizo una pausa para dar un sorbo a su vino–, los dos queremos a Ethan…

–Sí.

También amaba a Justin, pero no le gustaría oírlo, así que se quedó callada a la espera.

Él encendió la lámpara de la mesilla y un pequeño círculo dorado se formó sobre la cama.

–Somos sus padres, Sadie, así que tenemos que encontrar la manera de hacer lo que sea mejor para él.

Lentamente, Sadie dejó su copa de vino en la mesilla y trató de contener aquel arrebato de miedo.

–¿Qué es lo mejor para él? ¿En qué sentido? Las mejores escuelas, una casa lujosa, un bonito coche cuando sea mayor… ¿A qué te refieres, Justin?

–¿Por qué te pones a la defensiva? Todavía no he dicho nada.

–Sé lo que pretendes y te lo voy a decir ahora mismo: no puedes alejar a Ethan de mí y decir que es por su bien.

–¿De qué estás hablando? –preguntó sorprendido–. No he dicho eso.

–Tampoco hacía falta que lo dijeras.

¿Cómo era posible que en cuestión de minutos hubieran pasado de la compenetración al enfrentamiento? Lo amaba y no podía decírselo. Justin había estado con su familia ese mismo día y estaba aterrada de lo que podía significar para ella.

–Ahora tu familia está implicada. Querrán que su nieto se eduque de manera adecuada.

Justin ahogó una carcajada y sacudió la cabeza.

–¿De manera adecuada? ¿Qué demonios, Sadie?

No lo estaba escuchando. El miedo le impedía pensar con claridad y tenía que dejarle clara su postura. No podía arriesgarse a perder a Ethan.

—Vas a intentar quitármelo porque te puedes permitir los mejores abogados y yo no. Pero lucharé con todas mis fuerzas, Justin.

—¿Con quién vas a luchar? —preguntó él pasándose la mano por el pelo—. Y por cierto, ¿de dónde has sacado todo eso? No pretendo arrebatártelo, Sadie —dijo dejando la copa y tomando sus manos entre las suyas—. Cuando he dicho que teníamos que hacer lo mejor para él, me refería a que podíamos casarnos.

Durante varios segundos se quedó observándolo fijamente. No estaba segura de haberle entendido bien, pero por la manera en que la miraba, supo que lo había oído correctamente. Aun así, no veía sentido.

—¿Casarnos?

El corazón se le salía del pecho.

—Eso mismo.

—¿De dónde has sacado esa idea?

—Lo cierto es que se me ha ocurrido viendo a Sam y Kate.

—No tiene sentido lo que dices, Justin.

No sabía qué pensar, así que se dispuso a escuchar.

—Dame una oportunidad, enseguida te lo explico. Vamos a celebrar su boda aquí y…

—¿Y?

—Van a casarse, compartir todo, vivir juntos.

—Bueno, sí, pero ¿adónde quieres ir a parar?

—Se me acaba de ocurrir que si nos casamos, Ethan tendrá dos padres y…

—¿Y?

—Seremos un equipo, Sadie. Estamos bien juntos,

123

ya lo sabes. Tenemos un hijo en común, dijo, y suspiró mientras sacudía la cabeza–. No sé, creo que sería lo mejor para todos, para Ethan y para nosotros. Sé que no suena muy convincente ahora mismo, pero piénsalo, Sadie.

–Estos últimos meses hemos demostrado que trabajamos muy bien juntos. En cuanto inauguremos el Carey Cliffside, podemos ponernos a trabajar en el hotel de Newport Beach. Y de ahí adonde queramos. Podemos reformar hoteles por todo el estado y hacerlo como un equipo: tú, Ethan y yo, los tres juntos.

–Sadie, nos gustamos y tenemos en común a Ethan. Y, ¡que demonios!, funcionamos muy bien en la cama. ¿Por qué no podemos casarnos?

Todos los temores, el nerviosismo y la esperanza se desvanecieron. Estaba dispuesto a casarse con ella para facilitar las cosas. El matrimonio en sí no significaba nada. Para él era un buen negocio del que sacaría una compañera de trabajo, una compañera de cama y un hijo. ¿Cómo no iba a gustarle?

Pero ella no estaba tan desesperada. Amaba a Justin Carey. ¿Cómo iba a casarse con él sabiendo que no la amaba? ¿Cómo conformarse con un matrimonio que sabía que no era real? Si aceptaba, su corazón se marchitaría lentamente y moriría.

Tomó su copa, apuró el vino, y volvió a dejarla en la mesa antes de volverse hacia el hombre que la estaba observando. El hombre al que amaba y que no podía tener.

–¿Qué dices? –preguntó, esbozando su media sonrisa.

Justin era todo lo que quería y sabía que nunca tendría, al menos no de la forma que le gustaría. Le había ofrecido matrimonio y no la amaba. Eso le dolía más de lo que habría podido imaginar, pero no iba a dejar que se diera cuenta.

—Por dónde empezar… Ha sido una proposición muy romántica, Justin. Si tuviera un diario, lo escribiría.

—¿Romántica? —dijo frunciendo el ceño—. ¿Quién habla de romanticismo?

—Ninguno de los dos. Algún día le contaré a Ethan que su padre lo quería tanto que estaba dispuesto a sacrificarse y pasar por el altar.

—¿Qué demonios?

Se levantó de la cama y se quedó mirándola.

—Parece que te sorprende que no me emocione tu proposición.

—No, quiero decir, sí, me sorprende. Es una idea estupenda, Sadie. ¿Por qué no lo ves?

—Lo que veo es que sigues huyendo. La única diferencia es que todavía no te has marchado.

—No tiene sentido lo que dices.

—Sí, claro —dijo asintiendo, y se levantó—. Soy yo. Bueno, gracias por tu generosa oferta, pero no necesito que me ofrezcas un anillo de boda por compasión.

—¿Compasión? —repitió Justin, pasándose las manos por el pelo como si no acabara de entender cómo había perdido el control de la situación.

—El matrimonio no trata de eso. Tus padres llevan más de cuarenta años juntos, como los míos. ¿Crees que lo han conseguido porque hacen un buen equipo o porque funcionan bien en la cama?

—No quiero pensar en eso.

Ella suspiró.

—Lo que quiero decir es que el matrimonio se basa

en el amor. Por eso es que Sam y Kate se casan, por eso es que nuestros padres siguen casados. ¿Recuerdas lo que te dije hace año y medio, en la última noche que pasamos juntos antes de que te marcharas?

–Lo recuerdo y sé que no hablabas en serio. Son las cosas que se dicen después de una noche de buen sexo.

–Te dije que te quería y lo dije muy en serio, Justin. Te quería entonces y te quiero ahora, pero no voy a casarme contigo porque, sinceramente, me merezco algo mejor –afirmó y, poniéndose un albornoz, le dio la espalda y añadió–: Creo que deberías irte.

Durante una semana, estuvieron demasiado ocupados para retomar la conversación. Justin, Sam y el resto de la cuadrilla se concentraron en dar los retoques finales mientras Sadie y Kate se ocupaban de convertir el patio en un idílico jardín para la boda.

Kate era un manojo de nervios, pero irradiaba una felicidad que Sadie envidiaba y que deseaba para sí. La probabilidad de conseguirla con Justin era de cero. Desde la noche en su habitación, apenas le había dirigido la palabra salvo por pura cortesía. Había visitado a Ethan, había jugado con él y lo había cuidado, pero la había ignorado. Era como si se lo hubieran dicho todo aquella noche.

Estaba triste. Cuánto le habría gustado que las cosas hubieran sido diferentes. Amaba a Justin y siempre lo amaría. Si su proposición hubiera sido auténtica, la habría aceptado al instante. Al menos en una cosa tenía razón: hacían un buen equipo. Pero sin amor, ¿qué sentido tenía el matrimonio?

Respiró hondo y sonrió.

–Va a ser una boda maravillosa –se dijo en voz alta.

–Creo que tienes razón.

La voz de Justin. ¿Cómo no se había dado cuenta de que estaba cerca?

–A Kate le encanta esto –añadió.

Sadie recorrió el patio con la vista, poniéndose en la piel de una novia. Además de las plantas que había encargado ella, también había un cenador cubierto de clemátides azules y soportes de hierro forjado con maceteros repletos de flores. Flanqueando el pasillo que Kate recorrería en su gran día había macetas con petunias blancas y rosas, y sillas con fundas verdes. La ceremonia se celebraría bajo el cenador y, una vez terminara, se colocarían mesas para el banquete preparado y servido por el hotel.

Sadie pensó que así le gustaría que fuera su boda, sofisticada a la vez que informal.

–Está feliz –afirmó Sadie sin volverse–. Hasta su madre está contenta y le gusta el cenador. Me alegro de que Kate vaya a tener la boda que quiere.

–Sí –convino Justin–. Sam dice que no para de hablar de todo lo que has hecho. Te está muy agradecido, Sadie –añadió tocándole el brazo para que se diera la vuelta–. Les has salvado la boda.

–Lo hemos hecho los dos –lo corrigió ella evitando su mirada.

–Sí, los dos –dijo Justin y la tomó de la barbilla para obligarla a mirarlo–. Siento haber estado tan… callado esta semana.

–¿Ah, has estado callado?

–Escucha, no me gusta que me cambien los planes y que me dijeras que no, me tiene desconcertado. Ya sabes que pienso que hacemos un gran equipo.

Sadie sacudió la cabeza y se mordió la lengua. No tenía sentido volver a hablar de aquello.

—Déjalo, Justin.

—¿Por qué? —preguntó agarrándola con más fuerza—. Me dijiste que me amabas.

—Sí, pero lo superaré.

—Seguro que sí, pero ¿para qué? Si me amas, cásate conmigo. Es lo mejor para Ethan, para ti y para mí.

—¿No lo entiendes? Un amor no correspondido es muy duro para el que está enamorado.

—Sadie… ¡Maldita sea! Me importas.

—También te importa tu cazadora de cuero negro.

—Estás siendo ridícula.

—¿Ah, sí? —dijo recogiéndose el pelo en una trenza por ocupar las manos en algo.

—Yo creo que no. Hemos dejado que las cosas sigan su curso y uno de los dos tiene que ser el que lo diga. Supongo que yo.

—Pero dijiste que me amabas.

—Por desgracia, el amor no es la solución a todo.

—Maldita sea, Sadie —dijo echando la cabeza hacia atrás para mirar al cielo antes de volver a fijar los ojos en ella—. Todo en lo que he trabajado en los últimos meses está en juego ahora. Este hotel es muy importante para mí y quiero que sea todo un éxito. ¿No te parece que están pasando muchas cosas ahora mismo como para que tengamos estas conversaciones?

—Te recuerdo que fuiste tú el que me hizo esa proposición absurda. Si no aceptas mi respuesta, es tu problema.

Le ardían los ojos, pero se resistía a llorar. Justin no podía ver la verdad porque no quería verla.

—No era absurda, era una proposición para unirte a mí, para ser mi compañera.

–Si quieres una socia, consigue un contrato no un certificado de matrimonio –replicó–. Tengo que ir a por Ethan. Es su hora de comer y, al igual que su padre, se pone muy irritable cuando tiene hambre.

Sadie rodeó las filas de sillas y se dirigió hacia el corralito que estaba en la sombra. Sabía que Justin la seguía porque sentía un zumbido en el aire.

¿Por qué insistía tanto en que se casara con ella si no la amaba? ¿Sería por el bien de Ethan, por tenerlo a su lado sin arrebatárselo?

Si no accedía, ¿recurriría a un abogado para conseguir la custodia? Pero ¿cómo iba a casarse con él sabiendo que no la amaba? Un matrimonio así sería una tortura y poco a poco su corazón se iría marchitando. Con el tiempo, incluso Ethan se daría cuenta.

–¿No tienes algo que hacer? –pregunto volviendo la cabeza.

–Ya lo estoy haciendo. Quiero ver a mi hijo. Tómate un descanso o haz otra cosa. Yo me ocuparé de dar de comer a Ethan.

–Está bien, no necesito un descanso.

Quería estar con su hijo y disfrutar de lo mejor que tenía en la vida. Sonrió y el pequeño sacudió brazos y piernas.

Se inclinó para tomarlo en brazos y le dio un sonoro beso. Ethan rio. Aquellas alegres carcajadas fueron suficiente para recordarle que la vida era maravillosa, que era madre y que había alguien que dependía de ella.

Apoyó a Ethan en su cadera izquierda y se agachó para recoger la bolsa de pañales.

–Yo me ocupo –dijo Justin.

–Justin…

Antes de que pudiera levantar la bolsa, Ethan volvió

a reír y se lanzó hacia su padre. Sadie solo tuvo tiempo de ver cómo Justin lo recibía en sus brazos antes de lanzarlo de nuevo al aire entre carcajadas.

Su corazón se encogió al verlos juntos. Nunca serían la familia que siempre había soñado.

–Ha llegado alguien –dijo al percibir movimiento por el rabillo del ojo–. Supongo que con tanta actividad, piensan que hemos abierto.

Sin dejar de sonreír, Justin bajó a Ethan hasta su pecho y se volvió. Sadie vio cómo se le borraba la sonrisa de los labios.

–Son familia mía.

–¿Cómo?

Miró a las tres personas que se dirigían hacia ellos. Debía de tener un aspecto horrible, con el pelo revuelto, vestida como una vagabunda y encima sudando.

–Oh, Dios mío.

Justin la tomó de la mano como si pensara que iba a salir corriendo.

–Venga, Sadie, ni que fueran a comerte.

Tirando de ella, se dirigió hacia los recién llegados.

–Mamá, ¿qué estáis haciendo aquí?

–Ah, aquí estás –dijo la mujer de más edad, con la vista fija en Ethan–. No podía soportarlo, tenía que venir a conocer a mi nieto.

Justin suspiró y Sadie tuvo que contener el impulso de echar a correr con su hijo.

–Bueno –dijo la mujer con una amplia sonrisa–, no podía esperar a la boda de Sam para conocer a mi nieto, así que les pedí a Bennett y a Hannah que me acompañaran.

–No ha sido idea mía –intervino Bennett.

–¿Va a venir a la boda? –preguntó Sadie.

–Sí, claro –contestó la madre de Justin–. Hace años que conocemos a Sam. Justin, ¿no te parece que deberías presentarnos?

Él suspiró, dándose por vencido.

–Mamá, te presento a Sadie Harris, mi socia en el hotel. Sadie, ella es mi madre, Candace Carey.

–Llámame Candace –dijo dedicándole una sonrisa.

Era una mujer elegante. Llevaba falda y chaqueta gris, con una blusa escarlata. Los zapatos de tacón eran del mismo tono gris que el traje y llevaba un estiloso corte de pelo.

Sadie se sintió aún más desaliñada.

–Encantada de conocerte.

–Eres muy cortés, aunque seguro que estás pasando un mal rato –dijo Candace–. Espero que lo entiendas.

–Claro.

–Sadie, este es mi hermano mayor, Bennett, y su prometida, Hannah Yates.

Bennett era alto y llevaba un traje que probablemente valía más que su coche. Por su parte, Hannah tenía el pelo corto y negro, y llevaba vaqueros desgastados, botas y una camiseta en la que se leía: Construcciones Yates. Le cayó bien al instante.

–Lo siento –dijo Hannah–, pero Ben me ha sacado de una obra y no he tenido ocasión de cambiarme de ropa.

–¿Por qué ibas a cambiarte? Estás muy guapa, como siempre.

Candace los ignoró y se concentró en Justin.

–¿Puedo tomarlo en brazos?

–Claro, mamá –contestó y le entregó el bebé a su madre.

–No le gustan mucho los desconocidos –dijo Sadie y vio cómo su hijo la dejaba en mal lugar.

El pequeño miró a Candace y le tiró del pelo mientras balbuceaba.

–Eres idéntico a tu padre –afirmó y miró a Sadie–. Es adorable –añadió y se volvió hacia su hijo pequeño–. Tiene tu mismo hoyuelo.

–Bueno, si vamos a hablar de los hoyuelos de mi hermano, me voy. Seguid haciéndole carantoñas al bebé mientras Justin me enseña el hotel.

Sadie le dirigió una mirada significativa a Justin para que no la dejara sola, pero él se limitó a encogerse de hombros y echó a andar con su hermano. No le quedó más remedió que forzar una sonrisa.

–Supongo que no te habrá gustado que haya venido sin avisar –dijo Candace sin dejar de sonreír y acariciar a Ethan.

–No, yo… –dijo y respiró hondo–. No.

Hannah rio.

–Sé cómo te sientes. También vino a conocerme sin avisar. Estaba en una obra y vino a darme una charla sobre Ben. No me gustó, pero todo salió bien.

–Salió bien porque querías a Bennett –terció Candace y dirigió una mirada elocuente a Sadie–. Y tengo la sensación de que Sadie ama a mi Justin.

Por suerte, Ethan eligió aquel preciso instante para quejarse. Sadie aprovechó la situación.

–Lo siento, pero es su hora de comer y…

–¿Puedo hacerlo yo? –preguntó Candace–. Me encantan los bebés.

Sadie se quedó observándola y vio más allá de su elegancia a la mujer dulce de mirada tierna.

–Claro –respondió dejándose llevar por su instinto–. Vamos aquí. Su biberón está en la bolsa.

–¿No te parece divertido? –dijo Candace dándole

un codazo a Hannah–. Espero que pronto me des un nieto.

–En ello estamos –le aseguró Hannah con una sonrisa–. Aprovechamos cada oportunidad que tenemos.

–Hace poco le he dicho a Bennett que una vida sexual saludable es importante en toda relación.

Sorprendida, Sadie se quedó mirándola unos segundos. Entonces Hannah se encogió de hombros. La familia de Justin era diferente a como se la había imaginado. Había asumido que serían estirados y altaneros, pero nada más lejos de la realidad.

Candace tomó el biberón, colocó a Ethan en sus brazos y se dispuso a darle de comer.

–Oh, Sadie, cuánto me alegro de conocer a mi precioso nieto. Espero que me perdones por haber aparecido sin avisar.

–Claro que sí. Lo entiendo muy bien. Mi madre habría hecho lo mismo.

–Tu madre y yo vamos a llevarnos muy bien.

–No creo que haya que preocuparse por eso –dijo Sadie–. Justin y yo no estamos juntos.

–Yo no me daría por vencida todavía.

La brisa del mar meció la copa de los árboles, provocando que las sombras bailaran sobre sus rostros. El aroma de las flores del patio era irresistible. Rodeada de tanta belleza. Sadie trató de disfrutar de la compañía de aquellas mujeres.

–El otro motivo por el que quería venir era para conocer a la mujer que tiene a mi hijo pequeño alterado.

Sadie rio y miró alternativamente a Candace y a Hannah.

–No, no es cierto.

–Conozco muy bien a mis hijos, Sadie. Justin nunca

ha sido tan reservado, y no con el bebé, también contigo. ¿Sabes? No nos ha hablado de ti.

—Porque no me considera lo suficientemente importante.

—Todo lo contrario, querida —dijo alargando una mano para darle una palmadita—. Si no hubieras sido importante para él, nos lo habría contado todo. Pero como lo eres, ha preferido guardar silencio. Eso es muy de Justin. Así como fue muy de Bennett hacer el ridículo con Hannah. ¿Me equivoco?

Hannah suspiró y sonrió.

—Hay que reconocer que conoce muy bien a sus hijos.

—Por eso quería que conocieras a Hannah. Va a casarse con un Carey, así que sabrá compadecerse de ti si lo necesitas.

—Y lo necesitarás —dijo apoyando los codos en la mesa—. Adoro a Ben, pero hay momentos en que me saca de mis casillas. Es tan obstinado como dulce y cariñoso. Tengo que reconocer que los Carey son algo raros, pero merecen la pena.

—Muy bien dicho —dijo Candace, y se volvió a Sadie—. ¿Lo ves?

—Agradezco la solidaridad y los consejos, incluso la empatía. Pero yo no soy el problema. Lo amo, pero con el tiempo, lo superaré.

Hannah y Candace intercambiaron una mirada significativa.

—No lo entendéis —dijo Sadie y suspiró—. Justin me propuso matrimonio, pero lo hizo más bien por negocios. No le interesa el amor, sino formar una alianza empresarial.

—Ya te lo he dicho —murmuró Hannah—, los Carey son raros.

–Raros o no –continuó Sadie–, no quiero vivir mi vida de esa forma, así que no hay nada que podáis hacer.

–Es muy triste oír que tengo otro hijo corto de vista –dijo Candace–. Aunque tengo que decir que últimamente su padre no ha estado mucho mejor.

–Escucha, te agradezco mucho todo esto, pero Justin y yo no estamos juntos y nunca lo estaremos.

–Tenéis un hijo en común. Ethan es un Carey.

Sadie se estremeció de miedo al oír las palabras de Candace. ¿Eran una advertencia, una amenaza?

–Eso significa que Justin y tú estaréis ligados de por vida, y nadie sabe lo que el futuro depara –dijo Candace sonriendo al bebé–. Ya ha terminado, ¿verdad, precioso?

Lo colocó en su hombro y le dio unas palmaditas en la espalda hasta que eructó.

–Los bebés lo cambian todo, Sadie –prosiguió–. Ya lo verás.

–Gracias, Candace, pero no quiero casarme por un bebé ni por un asunto de negocios.

–No te culpo. Querida, es necesaria mucha paciencia para tratar con un Carey.

–Ni te imaginas cuánta razón tiene –terció Hannah.

–¿De qué crees que estarán hablando? –preguntó Justin mirando por la ventana a las mujeres.

–De nosotros –contestó Bennett mientras recorrían el hotel–. ¿De qué hablan siempre las mujeres? De los hombres de sus vidas y de qué hacer para que cambien y sean mejores.

–No necesito cambiar.

–Yo tampoco, pero me gusta que Hannah lo intente.

–Debería salir ahí fuera.

–¿Estás preocupado?

–Sadie no confía en los Carey.

–Tampoco confiaba Hannah.

–¿Cómo conseguiste que cambiara de opinión? –preguntó Justin pasándose la mano por el pelo.

–Amándola.

Justin se metió las manos en los bolsillos. Amor. Todo giraba en torno a aquella palabra, un sentimiento que mucha gente había tratado sin éxito de definir. Nunca había sentido algo tan fuerte como lo que sentía por Sadie y posiblemente podía describirse con esa palabra que ella quería oír.

Quería estar con ella y ofrecerle lo que necesitaba. Quería mantener aquella complicidad que habían conseguido en los últimos meses, pero aquella palabra seguía frenándolo porque, una vez la pronunciara, no habría vuelta atrás.

Y todavía no podía arriesgarse.

–Nunca le he dicho a una mujer que la amaba y todavía no estoy listo para decírselo a Sadie.

–¿Por qué no?

–Tengo que demostrar demasiadas cosas –respondió frunciendo el ceño.

–¿A quién?

–A ti, a papá, a mí.

–A mí ya me has convencido. Papa tiene sus propios problemas –señaló Bennett–. Y si no crees en ti, ¿quién lo hará?

–Tengo un hijo. A él también le debo algo.

–Cierto –replicó Bennett mirándolo fijamente–. Le debes una familia si se la puedes dar. Si amas a Sadie, da un paso al frente. A punto estuve de perder a Hannah porque era demasiado estúpido para darme cuenta de la verdad –añadió dándole una palmada en el hombro–. Sé mejor que yo.

Las palabras de su hermano resonaron en su cabeza. Había sido un estúpido, pero todavía estaba a tiempo.

–Detesto que tengas razón, pero agradezco todo lo que me has dicho.

Estaba arriesgando lo que tenía con Sadie porque temía poner en peligro el corazón de Sadie. De repente, aquello no tenía ningún sentido.

Un año y medio antes había dejado a Sadie porque había pasado a ser algo muy importante para él y tenía demasiado que demostrar. Ahora la amaba. Había estado dispuesto a dejarla otra vez porque no podía poner en peligro la felicidad de ella hasta que no estuviera seguro de conseguir sus metas. ¿Cómo hacerle promesas si todavía no había cumplido las que se había hecho a sí mismo?

Pero ¿no había alcanzado ya lo que se había prometido? El Carey Cliffside era una realidad y en dos semanas se inauguraría y la gente acudiría en masa a aquel impresionante hotel al borde del mar. Lo había conseguido. Lo único que le quedaba era demostrarle a Sadie que la amaba y que no volvería a dejarla jamás.

Además, ¿cuántos hoteles necesitaba para considerar que había triunfado antes de ofrecerle a Sadie lo que quería?

–Quiero a Sadie a mi lado –dijo mirando a su hermano–. Quiero formar parte de la vida de mi hijo.

–Me alegro de oírlo porque los dos habéis hecho un trabajo increíble en este hotel spa, y vamos a necesitar a Sadie en el hotel Newport Beach.

Justin rio.

–Tú preocúpate de los negocios mientras yo ordeno mis ideas.

Sacudió la cabeza y dejó que fuera Bennett el que siguiera hablando de negocios mientras su mente se concentraba en Sadie. Tenía muchas cosas de las que quería hablar con ella. Una vez se celebrara la boda de Sam y se inaugurara el hotel, se dedicaría a conquistarla.

Quería formar una familia con la mujer que amaba. Pero ¿podría hacerlo? ¿Podría conseguir que confiara en él y en su familia? Tenía que hacer una llamada, poner la maquinaria en marcha para poder demostrarle a Sadie que iba en serio con lo que le había dicho.

–Tengo que llamar a Jackson.

–¿El abogado de la familia? ¿Por qué?

–Porque, Bennett… –dijo sonriendo–, voy a ser mejor que tú.

Bennett le dio una palmada en la espalda.

–Solo por esta vez, Justin.

–Gracias por venir a verme y decirme lo que necesitaba escuchar.

–Las mujeres solo traen problemas a la vida de los hombres, Justin –dijo Bennett sonriendo y suspiró–. Pero tengo que decirte que merece la pena. Hannah… lo es todo para mí. No tengas miedo, Justin, no te arrepentirás.

Justin pensó en la última semana, en cuando Sadie y él habían estado tan cerca y a la vez tan distanciados. Pensó en las largas y solitarias noches sin ella. Y lo supo: estaba deseando enfrentarse al mayor riesgo de su vida. Solo esperaba que no fuera demasiado tarde.

138

Capítulo Diez

Una hora más tarde, Bennett salió del hotel, fue directamente a su prometida y la besó. Luego miró a Sadie.

–Es un sitio fabuloso. Creo que nos va a ir muy bien juntos.

Sadie sabía que Bennett y Corporación Carey habían invertido en el grupo hotelero Carey Spa y le parecía muy bien. Había que reconocer que los Carey eran empresarios de éxito. Si seguía asociados a ellos en otros hoteles, el futuro de Ethan estaría asegurado.

–Me alegro de que te guste –replicó Sadie observando cómo Candace mecía en sus brazos a Ethan, que ya se había quedado dormido.

La familia Carey se había presentado sin avisar y eso le había preocupado, pero tenía que reconocer que eran muy agradables. Así que mientras Sadie se relajaba, trató de recordar por qué estaba tan recelosa al principio.

–¿Gustarme? ¡Me encanta! –exclamó Bennett y se volvió hacia Hannah–. Vamos a hacer una oferta por el hotel Newport Beach en un par de semanas y tú, mi preciosa contratista, vas a ocuparte de la reforma.

–Lo intentaré. Antes tengo que terminar el castillo de la casa de Jack.

–Está casi terminado –dijo Bennett y volvió a besarla–. Hazme hueco en tu agenda. Eres la única en la que confío para ese trabajo.

–Adulador –farfulló Hannah.

–¿Dónde está Justin? –preguntó Sadie mirando hacia el hotel.

Después del tour que le había dado a Bennett, ¿por qué no había vuelto con su hermano?

–Está haciendo una llamada –contestó Bennett rodeando a Hannah con un brazo–. Quería hablar con Jackson.

–¿Quién es Jackson? –preguntó Sadie sonriendo–. ¿Otro hermano?

–No –intervino Candace mientras le daba un beso a Ethan en la frente–. Jackson es el abogado de la familia.

Sadie se quedó de piedra y tragó saliva.

–¿Por qué tiene que llamar a un abogado?

–Ni idea. Mamá, sé que estás disfrutando, pero tenemos que volver antes de que se complique el tráfico.

Sadie los oía como si fueran un zumbido en su cabeza. Estaba aterrorizada, pero no dejó que se le notara. Sabía que era importante sonreír y poner buena cara, así que cuando Candace le entregó a Ethan, Sadie lo acogió en sus brazos e inhaló su olor dulce para tranquilizarse.

–Está bien, vámonos. Pero volveremos para la boda, Sadie, así que espero verte dentro de una semana, ¿de acuerdo? Espera a que Martin conozca a su nieto.

–¿Te importa lo que piense papá? –preguntó Bennett.

–No seas ridículo, Bennett –dijo Candace–. Quiero mucho a tu padre.

–Sí, claro, por eso estás viviendo conmigo.

–Con nosotros –lo corrigió Hannah.

–Bueno, con un poco de suerte, en breve me mudaré

de tu casa. Creo que Martin está entrando en razón –dijo Candace con una sonrisa de satisfacción.

Seguían hablando y bromeando entre ellos, pero Sadie era incapaz de prestar atención. Lo único en lo que podía pensar era en que Justin había llamado al abogado de la familia. ¿Por qué? El estómago se le había encogido y tenía un nudo en la garganta. Aun así, se las arregló para sonreír y despedirse de Candace, Bennett y Hannah cuando se marcharon.

Los pensamientos bullían en su cabeza y se aferró a Ethan. Quería salir corriendo. ¿Abogados? Solo podía significar una cosa. Justin había estado jugando con ella. Había empezado a confiar en él y él le había tendido una trampa. Por eso había ido su familia, para ver a Ethan, para asegurarse de que era un digno heredero de los Carey antes de arrebatárselo.

¿Estaba siendo paranoica? Todos sus miedos estaban aflorando. No podía correr riesgos.

–Dios mío, Ethan –dijo mirando a su alrededor, como si esperara que alguien saltara sobre ella para arrebatarle a su hijo–. Tenemos que irnos de aquí.

El pánico la asaltó. Se quedó sin aliento y los ojos se le llenaron de lágrimas. Se sentía traicionada. ¿Cómo podía hacerle aquello?

–Y todo porque no he aceptado su proposición –farfulló–. Sí, me ha dado la oportunidad de quedarme con mi hijo. Lo único que tengo que hacer es casarme con un hombre que no me ama.

Había llamado al abogado para plantear una demanda por la custodia. Estaba convencida, al igual de que lo estaba de que nunca ganaría un pleito contra los Carey. No podía hacerles frente, tenía que huir.

Hacía un año y medio que Justin la había dejado,

rompiéndole el corazón. Esta vez sería ella la que se marcharía.

—¿Ya se han ido? —preguntó Justin, saliendo del hotel.

—Sí, querían evitar el tráfico —contestó forzando una sonrisa—. ¿Qué estabas haciendo?

¿Le mentiría o le diría la verdad?

—He llamado a un agente inmobiliario que conozco en el condado de Orange. Bennett y yo queremos mudarnos a Newport Beach en cuanto inauguremos el hotel.

Mentiras. La había mirado a los ojos y había mentido.

—Eso es estupendo —dijo tragándose el dolor—. Voy a llevar a Ethan a la habitación para acostarlo.

—Déjame hacerlo a mí —se ofreció Justin acercándose a su hijo.

Tuvo que contenerse para no echar a correr. En vez de eso, estrechó instintivamente a Ethan, que se revolvió en sus brazos.

—Está bien, ya me ocupo yo. Tú ve a hablar con Sam. Asegúrate de que todo esté listo para la boda y la inauguración.

La miró frunciendo el ceño y ella le sonrió para tranquilizarlo.

—De acuerdo. Se nos acaba el tiempo, ¿verdad?

—¿Qué? —preguntó asustada.

—Para tenerlo todo listo para la boda —respondió frunciendo de nuevo el entrecejo—. ¿Estás bien?

—Sí, solo un poco cansada.

—Aprovecha y échate un rato con Ethan.

—No es mala idea —convino—. Nos veremos en un par de horas.

–De acuerdo –dijo y echó a andar hacia el hotel.

–¿Sadie?

Se detuvo y volvió la cabeza para mirarlo.

–Cuando pasen la boda y la inauguración, tenemos que sentarnos a hablar.

Se le hizo un nudo en el estómago. Sabía de qué quería hablar, pero no estaría allí para escucharlo.

Inclinó la cabeza y entró en el hotel, obligándose a caminar con pasos firmes y lentos.

Hacía horas que Justin no veía a Sadie, pero había decidido darle un poco de espacio después de la visita inesperada de su familia. Hablar con Bennett le había sido de gran ayuda, pero había visto la expresión de terror de Sadie cuando habían llegado y cuando su madre había tomado en brazos a Ethan.

No confiaba en él ni en su familia. ¿Por qué iba a hacerlo? Con un poco de suerte, en cuanto supiera de qué había hablado con el abogado, volvería a confiar en él. Echando la vista atrás, se dio cuenta de que proponerle matrimonio solo porque formaban un buen equipo en el trabajo, había sido el mayor error de su vida.

Había sido una estupidez, pero le asustaba admitir que estaba enamorado. Era un gran paso para cualquier hombre. Ahora sabía que la única manera de que Sadie creyera que la amaba era haciéndole una proposición de verdad, algo para lo que ya se sentía preparado.

Entró en el vestíbulo del Cliffside y se detuvo para mirar a su alrededor. El personal encargado de la limpieza se afanaba en abrillantar los suelos, limpiar el polvo y colocar jarrones con flores en las mesas de madera. Detrás del mostrador de la recepción, dos mujeres se encargaban de contestar las llamadas. Al parecer, la publicidad estaba dando sus frutos.

—¿Qué tal va todo? —le preguntó a una de las mujeres cuando colgó el teléfono.

—Es increíble, señor Carey —contestó con una amplia sonrisa—. Estamos casi al completo. Solo quedan libres un puñado de habitaciones y las reservas para tratamientos están completas para la primera semana.

—Justo lo que quería oír —dijo Justin y se marchó cuando entró otra llamada.

Todo parecía perfecto. Tal vez no tendría que esperar a que pasaran la boda y la inauguración para hacerle a Sadie una proposición de verdad. Después de todo, quería estar con ella independientemente de si el hotel era un éxito o no. Se había cansado de esperar y hacer planes; era el momento de actuar.

«No puedo pedirle matrimonio sin un anillo», pensó a punto de subir la escalera.

Sonriente, dio media vuelta, salió del hotel y puso rumbo a la mejor joyería de la ciudad.

Sadie tardó poco más de tres horas en llegar en coche hasta la casa de sus padres en Bullhead City, en el estado de Arizona. Aparcó delante de la casa y torció el gesto nada más salir del coche. A pesar de que era junio, hacía un calor abrasador.

La casa era nueva, de una sola planta, y estaba sobre una loma desde la que se divisaba a la distancia el río Colorado. El paisaje era desértico y había dos árboles en el patio que, algún día, darían sombra. Mientras contemplaba el entorno, la puerta se abrió y su madre apareció corriendo hacia ella.

–¡Sadie! Qué maravillosa sorpresa.

Monica Harris era alta y delgada como su hija, con una melena castaña hasta la barbilla que le sentaba muy bien. Llevaba unos pantalones cortos blancos y una camiseta verde que resaltaban su bronceado.

–Hola, mamá –dijo y los ojos se le llenaron de lágrimas al fundirse en un abrazo–. Necesitaba salir de San Diego.

Monica tomó a su hija por los hombros y se echó hacia atrás para mirarla a la cara.

–Te pasa algo. Anda, pasa y cuéntamelo.

–¿Dónde está papá? –preguntó Sadie mirando hacia la casa.

–Se ha ido a jugar al golf con sus amigos –contestó su madre, abriendo la puerta trasera del coche para sacar a su nieto–. No volverá hasta dentro de una hora.

Estupendo, así tendría la oportunidad de hablar con su madre.

–¡Aquí está mi niño! –exclamó Monica sacando a Ethan del coche–. ¿Cuánto tiempo vas a quedarte?

–No lo sé todavía, mamá –contestó y su mirada se cruzó con la de su madre–. No sé nada.

–Ay, cariño –exclamó mirándola con ternura–. Venga, vamos dentro y me lo cuentas todo delante de un trozo de bizcocho.

–¿De chocolate? –preguntó Sadie con una sonrisa.

–¿Acaso hay más clases de bizcochos?

Necesitaba aquello. Necesitaba los mimos de su madre y sentir el cariño y el apoyo incondicional de las dos personas que más la querían en el mundo.

***

–¿Has desaparecido con su hijo, así, sin más?

Sadie suspiró ante la indignación de su padre.

–Mamá ya me ha echado la bronca y ahora llegas a casa y haces lo mismo.

–Cariño –dijo su padre acercándose para darle un rápido abrazo–. No te puedes llevar al hijo de nadie, eso no está bien. Te preocupa que él te lo haga a ti, pero se lo acabas de hacer tú a él.

Tenía razón. En su defensa tenía que decir que no estaba pensando. Se había dejado llevar por las emociones.

–Vas a asustarlo –prosiguió, observándola atentamente–. ¿Es eso lo que quieres?

–Claro que no. Quería sacar a Ethan de allí. Justin acababa de hablar con el abogado de su familia.

–Pero podía ser de cualquier otro asunto –intervino su madre, balanceando al bebé en su regazo.

–No.

Sadie llevaba horas pensando en aquello y sabía que tenía razón. Había llamado al abogado justo después de que su madre y su hermano conocieran a Ethan. Los Carey querían a su hijo, pero no podían tenerlo.

Tomó el vaso de té helado y dio un sorbo.

–No puedo creer que haya recurrido a vosotros y os hayáis puesto del lado de Justin. ¿Qué ha pasado con eso del apoyo incondicional?

Max Harris rio.

–Siempre estamos de tu lado, Sadie. Te queremos, pero eso no significa que cuando pensemos que te equivocas, no vayamos a decírtelo.

–Y esta vez estás equivocada, tesoro –afirmó su madre.

–No, no lo estoy.

Sadie miró a su hijo, convencida de que había hecho lo correcto para protegerlo. Era lo único que había podido hacer.

–Imagínate cómo se va a sentir Justin cuando descubra que os habéis ido –dijo su madre acariciándole el pelo a Ethan.

–Se pondrá furioso cuando descubra que Ethan no está, pero por mí no se preocupará.

Odiaba reconocerlo, pero lo cierto era que Justin no la amaba. Solo la quería por su hijo. Le había hecho la proposición de matrimonio más poco romántica de la historia.

–Si eso es cierto, ese hombre es un tonto –dijo su padre dándole un abrazo.

Sadie se puso de puntillas y le dio un beso a su padre. Se arrepentía de haber ido con sus problemas. Sus padres llevaban una nueva vida más relajada y hacía tiempo que no veía a su padre con tan buen aspecto.

–No debería haber venido y preocuparos con mis problemas.

–Ya sabes que aquí nos tienes, pequeña –dijo su padre–. Puede que no siempre pensemos que tienes razón, pero te queremos.

–Lo sé –replicó fundiéndose en un abrazo–. Voy a llamar a Justin. No quiero que se asuste por Ethan.

–O por ti.

–Papá, ya te lo he dicho. Solo me pidió matrimonio porque dice que hacemos un buen equipo y tenemos a Ethan.

Una lágrima rodó por su mejilla y rápidamente se la secó.

–Cariño…

–No –dijo mirando a su madre antes de posar la vista en su bebé–. Tengo a Ethan, y a ti y a papá. Estaré bien.

Había apagado el teléfono al salir de San Diego, así que cuando volvió a encenderlo y vio que tenía una docena de mensajes de texto y otros tantos mensajes de voz no se sorprendió. Rápidamente revisó los mensajes.

–¿*Dónde estás? Llámame.*

Una y otra vez, el mensaje se repetía.

No se molestó en oír el buzón de voz. Comenzó a dar vueltas por el patio de sus padres y marcó el número de Justin.

–¿Dónde demonios estás? –preguntó sin que el teléfono hubiera dado señal.

–En casa de mis padres en Arizona.

–¿Arizona? ¿Va todo bien? ¿Ethan y tú estáis bien?

Había rabia, miedo y frustración en su voz.

–Sí, claro.

–Bien. ¿Cómo te has ido sin avisar?

–Tú hiciste lo mismo, ¿recuerdas? Hace año y medio te dije que te quería y te marchaste. Esta vez, era mi turno para desaparecer.

–¿Tu turno? ¿De eso va todo esto?

–No, Justin –respondió y se obligó a hablar y superar el dolor que albergaba en su pecho–. Me fui porque tenía que hacerlo. Te he llamado para decirte que Ethan está bien –dijo y respiró hondo–. Respecto al hotel, puedes quedártelo. Mi veinticinco por ciento era mi forma de velar por el futuro de Ethan. No tiene sentido si no puedo tenerlo conmigo, así que quédate el hotel, no me importa. Pero no puedes quedarte con mi hijo.

–¿De qué estás hablando?

–Voy a quedarme en Arizona, Justin –dijo buscando

la sombra de uno de los árboles del patio–. Ethan está a salvo y así seguirá.

–¿Por qué no iba a estar a salvo? ¿Qué demonios pasó cuando hablaste con mi familia?

–Sabes exactamente lo que pasó. ¿Por qué si no ibas a haber llamado a tu abogado?

–¿Así que es por eso, porque llamé a Jackson? Por el amor de Dios, Sadie…

–Porque llamaste al abogado y después me mentiste. No quiero oír más mentiras –dijo cortándolo, incapaz de contener las lágrimas–. Tengo que colgar. Ethan me necesita.

Dos horas más tarde, Justin aparcó el coche de alquiler ante la casa de los Harris. Después de apagar el motor, se quedó un par de minutos tratando de contener la furia que lo había acompañado desde California.

Sadie se había alejado de su lado. Se había marchado sin avisar y ahora sabía exactamente lo que había sentido cuando se lo había hecho él. No le gustaba lo más mínimo.

Lo tenía merecido. Sadie tenía motivos para marcharse con su hijo. No le había dado ninguna razón para que confiara en él, para que se diera cuenta de que había cambiado. Así que se había llevado a su hijo para protegerlo de él, su padre.

No le había sido difícil dar con sus padres. Una llamada a las oficinas de la Corporación Carey había puesto a tres de los mejores empleados en la tarea. Uno había dado con la familia Harris, otro había alquilado un coche para Justin y el tercero se había encargado de que el avión privado de los Carey estuviera dispuesto para volar. Así que cuando Justin había llegado al aparcamiento del aeropuerto de San Diego, el avión ya estaba esperando para llevarlo hasta Bullhead City, en Arizona.

Se bajó del coche de alquiler, recorrió el camino de acceso y tocó el timbre. Sadie abrió la puerta y, al verlo, abrió los ojos como platos.

—Sorpresa —dijo y la hizo apartarse para entrar en la casa.

Se dirigió al salón, vio a su hijo en el regazo de la madre de Sadie y por fin pudo respirar tranquilo.

—Señor y señora Harris, siento conocerlos de esta manera, pero tengo algo que decirle a su hija.

—Seguro que sí —murmuró Max Harris.

—Mamá, papá, ¿nos disculpáis?

—Me parece que no —respondió su madre y se acomodó en su asiento con Ethan en brazos.

—Muy bien —dijo Sadie y suspiró—. ¿A qué has venido, Justin?

Se acercó a ella y la tomó por los hombros para obligarla a mirarlo.

—¿Estás de broma, verdad? No os encontraba ni a ti ni Ethan, y no te localizaba. El miedo ha ido en aumento hasta que te he encontrado aquí, con tus padres. Ahora me dices que no vas a volver, que puedo quedarme con el hotel, pero no contigo ni con mi hijo.

—No hace falta que lo repitas todo —replicó y miró incómoda a sus padres.

—Sí, tengo que repetírmelo para creerme que es cierto. ¿Por qué, Sadie? —preguntó aflojando la fuerza de sus manos—. Solo dime eso. ¿Por qué?

—Porque llamaste a tu abogado —respondió alzando la vista para mirarlo a los ojos—. Porque ibas a intentar arrebatarme a Ethan.

150

–¿De qué estás hablando? ¿De dónde has sacado esa idea?

Los padres de Sadie escuchaban atentamente, pero no podía hacer nada para evitarlo. Por fin iba a decirle todo lo que quería y no le importaba tener público.

–Justo después de que tu madre y tu hermano vinieran a conocer a Ethan llamaste a tu abogado. ¿Para qué si no ibas a hacerlo?

Aquellas palabras cayeron como un mazazo sobre Justin. ¿La distancia emocional que había mantenido con Sadie la había llevado a pensar que podía quitarle a su hijo?

–Lo siento, Sadie –susurró y los ojos se le llenaron de lágrimas.

–¿Así que es cierto?

–No. Lamento haber sido tan idiota como para no ganarme tu confianza. Nunca debí haberme marchado de tu lado, Sadie –dijo acariciándole la mejilla para secarle una lágrima–. Y tú deberías haberme hablado de Ethan.

–Sí, debería haberlo hecho –intervino su padre.

–Le dijimos que lo hiciera –añadió su madre.

–Sí, todos tenéis razón, debería habértelo dicho, Justin. Y… siento que estemos hablando de esto con público.

–No me importa quien me escuche, siempre y cuando me escuches tú. Sé que no confías en mí y no sé cómo cambiarlo excepto demostrándote que puedes hacerlo. Tal vez tarde años en conseguirlo, pero dedicaré tiempo porque te quiero.

Sadie se mordió el labio inferior. Parecía querer creerle, pero seguía sin creer en él.

–El motivo por el que llamé al abogado es porque

quería empezar el proceso de adopción. Quiero que Ethan lleve mi apellido, y también tú.

–¿De qué estás hablando? –susurró Sadie.

–Lo que digo es que quiero que Ethan y tú seáis mi familia.

–Oh, Justin…

–Espera un momento –dijo frotándole los hombros porque necesitaba sentirla–. Por fin lo estoy diciendo, así que… Escúchame, por favor. Voy a esforzarme en demostrarte lo mucho que os quiero a ti y a Ethan. Pero la próxima vez que te enfades conmigo, te agradecería que me lo dijeras en vez de salir corriendo.

–Lo haré. Ya está bien de que huyamos el uno del otro. Tal vez es hora de que nos busquemos.

–Buena idea –dijo mientras su corazón se llenaba de esperanza.

–Nunca fue mi intención ocultarte a Ethan, Justin –susurró acariciándole la mejilla–. Y no hace falta que adoptes a tu hijo porque tu nombre figura en el certificado de nacimiento.

–Te lo agradezco.

–No podía haceros eso a ti y a Ethan –replicó sonriendo.

–Te quiero –dijo y rodeándola con los brazos, le dio un beso–. Vamos a tener la mejor cadena de hoteles spa del país.

–Me alegro de oír eso, ya que poseo el veinticinco por ciento del negocio.

–De eso nada –dijo tomando su mano izquierda–. De ahora en adelante, vamos al cincuenta por ciento.

Justin se puso de rodillas y oyó a la madre de Sadie suspirar de alegría. Pero solo tenía ojos para Sadie, que lo miraba embelesada, con una sonrisa en los labios. Se metió la mano en el bolsillo de la chaqueta y sacó una sortija con un diamante amarillo de talla cuadrada.

–Cásate conmigo, Sadie. Formemos una familia juntos. Te prometo que te amaré siempre. Y si alguna vez tienes ganas de marcharte de nuevo, prométeme que me llevarás contigo.

–Creo que eso puedo hacerlo –dijo sonriendo, con los ojos vidriosos.

–¿Eso es un sí?

–Sí, Justin. Siempre ha sido un sí.

Le puso la sortija en el dedo, y luego se levantó y le dio un beso. Ethan empezó a reír dando palmas, y los padres de Sadie aplaudieron. Y de esa manera, dio comienzo el resto de sus vidas.

Fue perfecto.

Epílogo

La boda de Sam y Kate transcurrió sin problemas. Incluso la climatología cooperó, con un brillante sol que se asomaba entre las nubes blancas y una suave brisa que evitó que hiciera demasiado calor. La comida fue deliciosa y la ceremonia breve y emotiva.

Lo mejor del día para Sadie fue que Justin, Ethan y ella se presentaron oficialmente como una familia. Miró el anillo y vio algo más que una joya. Para ella era la promesa con la que tanto había soñado. Justin se acercó por detrás y la rodeó con sus brazos. Ella se apoyó en él y volvió la cabeza para obsequiarle con una sonrisa.

–Kate y tú habéis conseguido que todo saliera bien.

–Y eso, a pesar de la madre de Kate –dijo Sadie riendo–. Menos mal que conseguiste tranquilizar a Sam.

–Está loco por Kate y ha estado a punto de venirse abajo cuando se ha visto delante de tanta gente.

–Ya veremos qué pasa contigo cuando te toque.

–No hablemos de eso todavía –dijo y se estremeció.

Sadie rio y lo tomó del brazo.

–Creo que deberíamos ir a por Ethan y darles un respiro a tus padres.

–Sí, buena suerte con eso.

La mayoría de los invitados se había marchado y los pocos que quedaban estaban bailando en la pista.

Los Carey estaban sentados alrededor de una gran mesa y Sadie sonrió al verlos. Había pasado a formar parte de la familia y la habían recibido con los brazos abiertos. Allí estaban todos: los padres de Justin, Candace y Martin, con Ethan en brazos; su hermana Amanda, sentada en el regazo de Henry, su prometido; Alli, la hija de su hermana Serena, encaramada a los hombros de su futuro padrastro Jack mientras su madre lo tomaba del brazo; Bennett y Hannah, de la mano, observando embobados a Ethan.

—Llegáis en el momento perfecto —dijo Candace—. Vamos a hacer un brindis por todas las bodas que van a celebrarse en la familia.

Justin se sentó y tiró de Candace hasta colocarla sobre su regazo.

—Mamá, si vamos a brindar por todos nosotros, hay una cosa más que celebrar —anunció Bennett mirando a Hannah—. No queríamos decir nada todavía, pero ¡qué demonios!, Hannah está embarazada.

Toda la mesa rompió en aplausos y vítores.

—Eso es maravilloso —exclamó Candace—. Pronto tendré dos hijos y dos hijas más. Imaginad todos los nietos que vamos a tener.

Martin se puso de pie e hizo que Candace se levantara y se colocara a su lado. En un brazo sujetaba a Ethan y con el otro rodeó a su esposa por los hombros.

—Vamos a brindar por todas vuestras bodas, por el bebé de Bennett y Hannah… y por vuestra madre, por mí y por la jubilación.

Todos protestaron y Candace rio y levantó una mano para pedir silencio.

—No, esta vez es en serio, ¿verdad, Marty?

Martin la miró y le dio un beso en la frente.

–Así es. No quiero arriesgarme a perderte de nuevo, Candy –dijo y se volvió hacia sus hijos–. Gracias a todos vosotros, me he dado cuenta de que lo único que me hace feliz es tener a Candy a mi lado.

Candace apoyó la cabeza en el pecho de su marido y suspiró.

–Vamos a hacer un crucero alrededor del mundo –anunció–. Nos vamos a finales de semana. Me lo llevo a mitad del océano para asegurarme de que esta vez se jubila de verdad.

–Te prometo que me retiro, Candy –le aseguró, y se volvió hacia sus hijos–. Eso sí, volveremos a casa para asistir a cada boda. Y cuando termine el crucero, seremos unos abuelos viajeros.

Levantó la copa y esperó a que los demás hicieran lo mismo.

–El negocio es vuestro ahora –añadió–. Confío en que trabajéis juntos, os ayudéis y os queráis. Sé que Corporación Carey, el Centro Carey y el legado Carey están en buenas manos.